anagramma

374

Della stessa autrice:

Buonanotte amore mio

Questo libro è un'opera di fantasia.
Nomi, personaggi, luoghi e avvenimenti sono frutto dell'immaginazione dell'autrice o sono usati in maniera fittizia.
Qualunque somiglianza con fatti, luoghi o persone, reali, viventi o defunte è del tutto casuale.

Prima edizione: agosto 2015

Roma, Casella postale 6214

ISBN 978-88-541-8207-3

www.newtoncompton.com

Stampato nell'agosto 2015 presso Puntoweb s.r.l., Ariccia (Roma)
su carta prodotta con cellulose senza cloro gas provenienti
da foreste controllate, nel rispetto delle normative ecologiche vigenti

Daniela Volonté

L'amore è uno sbaglio straordinario

Newton Compton editori

Prologo

Corro. Devo sbrigarmi altrimenti perderò la coincidenza. Era meglio prendere un taxi. Arrivo in tempo, ma con il fiatone, così mi accascio sul sedile e tento di far arrivare un po' di ossigeno nei polmoni. Pochi minuti e il treno parte. Appoggio la testa allo schienale e mi passo una mano sugli occhi. Sono esausto! Questa vita non fa proprio per me, non più. Per fortuna ci sono le mie foto. Apro lo zaino e cerco l'iPad. Dov'è? Sparito. Rovisto nel trolley, ma non lo trovo. Non è nemmeno nelle tasche laterali. Dannazione, l'ho perso!

Capitolo 1
Melissa

Sono un disastro. Sono una vera catastrofe, mi ripeto mentre cerco di pulire questo lago di caffè. Giuro che smetto di berlo. Cavolo, forse si è solo sporcato! Ma no, no, la situazione è peggiore di quel che pensassi. Lo schermo si è trasformato in una fitta ragnatela di crepe. No! Vorrei solo piangere. Appena Damiano si accorgerà del danno, non mi rivolgerà mai più la parola.

Magari il vetro si può cambiare… Finisco di asciugarlo con la stessa delicatezza che dedicherei a un neonato, poi il momento della verità: provo ad accenderlo. Nessun segnale di vita. Calma, Mel, magari la batteria è scarica. Corro in camera di Damiano e frugo alla ricerca del caricatore e mentre lo attacco alla presa elettrica, prego il santo degli elettrodomestici di farmi la grazia, ma niente miracolo: l'iPad è morto stecchito. E chi lo sente?

Mi muovo per la cucina in attesa di un'idea, ma penso soltanto che vorrei un caffè. Provo a premere di nuovo il tasto di accensione, con un'ultima speranza. Purtroppo l'elettrocardiogramma è piatto. E ora che faccio? L'unica cosa saggia: prendo il cellulare.

«Pronto». Mi preparo al peggio.

«Sasha, ascoltami, ho combinato un guaio, devi aiutarmi».

«Mel, che cosa è successo?», mi chiede lui con la sua solita flemma.

«Ho rotto l'iPad di Damiano», confesso.

«Cosa?». La flemma è andata a farsi benedire. «Come? Quando? Ma sei impazzita?»

«Ci ho versato sopra del caffè».
«Allora non l'hai rotto. Mel, mi hai fatto prendere un colpo!».
«...tazza compresa».
«Sei in guai molto grossi. Lo sai vero?», sbotta. «Dimmi che Damiano prima di prestartelo l'ha sincronizzato, altrimenti siamo rovinati. È con quell'iPad che ha scattato le foto che ci servono per il progetto», tuona a denti stretti.
«A dir la verità, mi aveva proibito di usarlo». Dall'altra parte provengono una serie di imprecazioni. «Sasha, lo so e mi dispiace, ma ti prego aiutami».
Silenzio.
«L'ho sentito un'ora fa, ha detto che si trattiene dai suoi fino a domenica. Hai sette giorni di tempo per sistemare questo caos, oppure ti conviene fare testamento», asserisce serio.
«Grazie per l'incoraggiamento. Fatti venire un'idea».
«E io che cosa c'entro? Hai fatto tutto tu». Non mi può abbandonare in questo modo.
«Sasha, hai presente come si trasforma il tuo ragazzo quando è arrabbiato? Ecco, direi che la cosa ti riguarda da vicino, eccome».
«Porca miseria, ho capito, passo da te dopo il lavoro. Non toccare l'iPad, non tentare di aprirlo, chiaro? Lascialo così come si trova. Evita di fare altri danni».
«Va bene», rispondo avvilita. «Grazie, a dopo».
Mi ci vuole proprio un caffè. Al diavolo la promessa di prima.

Sasha è passato a prendere l'iPad. Appena lo ha visto, ha strabuzzato gli occhi. Temevo quasi che il bulbo oculare gli cascasse a terra. Sarebbe stato un enorme sacrilegio sprecare quelle iridi grigie incastonate in un viso tanto delicato. Ormai non faccio più caso alla bellezza di Damiano, ma quando mi ha presentato questo russo di un metro e novantacinque dai capelli biondi e dal fisico scolpito, giuro che mi è venuto un colpo!

Tra grugniti e sbuffi, Sasha ha appena portato via i resti del tablet. Ho continuato a chiedere scusa, ma la sostanza non cambia. Spero solo che Damiano sia riuscito a scaricare il contenuto nel suo computer prima dell'incidente.

Per fortuna questa è l'ultima settimana di lezioni in Cattolica. In questo anno accademico i miei studenti sono stati davvero indisciplinati. Molti di loro sono venuti a lezione soltanto per disturbare, più di una volta sono stata costretta a sospendere le esercitazioni, ma non è servito a nulla. Dalla settimana prossima però mi diverto io: iniziano gli esami e prima di passare dal titolare della cattedra sono obbligati a fare una sosta dalla sottoscritta. Ho una buona memoria visiva, quindi le facce dei cafoni me le ricordo molto bene. Casualmente saranno tartassati…

Alla fine, dopo due giorni, Sasha si degna di telefonarmi.

«Ciao, ti prego dimmi che non ho buttato dalla finestra tutto il vostro lavoro». Lui ride. Spero sia un buon segno.

«Tranquilla, Mel, siamo riusciti a recuperare tutti i dati».

«Grazie, grazie, grazie. Meno male, ti giuro che non capiterà mai più».

«Questa era la buona notizia, ma c'è anche quella cattiva». E ti pareva, un po' di fortuna, no?

«Va' avanti, l'importante è che quelle foto siano in salvo».

«L'iPad è andato. Non si può riparare in nessun modo, mi dispiace».

«Pazienza, ne comprerò uno a rate. Secondo te quanto può costare?», chiedo calcolando mentalmente ciò che rimane del mio stipendio tolto l'affitto e le spese ordinarie.

«Circa settecento euro».

«Sette… settecento?», balbetto.

«Mel, non ti preoccupare, vorrà dire che gli farò il regalo di compleanno anticipato. Anzi, così non dovrò nemmeno impazzire per trovare qualcosa che sia di suo gusto».

«No, non sarebbe giusto. In qualche modo farò!». Forse ho trovato una soluzione. «Pensi che se ne trovino di usati?»

«Non voglio abbatterti, ma non lo credo possibile, soprattutto tanto accessoriato», commenta. «La mia offerta è sempre valida, pensaci su, va bene?»

«Grazie, Sasha. Mi hai già salvato riuscendo a estrapolare quei dati».

Passo tutta la giornata di mercoledì a cercare un'offerta o una promozione per quel modello di tablet. La sera sono ormai rassegnata, quindi mi vedo costretta ad accettare la proposta di Sasha, gli restituirò la cifra un po' alla volta.

Questa storia mi fa riflettere. Mi considero un disastro e, quando sono in queste condizioni, tendo a tirare le somme della mia vita. Ho trentun anni, condivido un appartamento con il mio migliore amico e non ho uno straccio di fidanzato. Fidanzato… lasciamo perdere. Con Philippe ero convinta che potesse funzionare, invece, è stato un anno buttato e sentimenti sprecati, prima di lui ho avuto solo qualche storiella di pochi mesi.

Sto cenando quando il cellulare squilla. È di nuovo Sasha. Dice di aver risolto tutti i miei problemi e di farmi trovare pronta per le 07:30 di venerdì raccomandandomi di portare almeno trecento euro in contanti. Quando chiedo spiegazioni, ha già riagganciato, fagocitato dal lavoro, come sempre.

Venerdì, appena apro il portone, lo trovo appoggiato alla portiera della sua auto.

«Buongiorno, Mel, dormito bene?»

«Benissimo, grazie. Allora, mi sveli l'arcano? Dove stiamo andando?», gli chiedo mentre mi allaccio la cintura.

«All'aeroporto». Si volta e ride della mia espressione.

«Non ti sto proponendo di scappare con me, tranquilla». Peccato! Ma sono scema? È il ragazzo del mio migliore amico. «C'è un'asta di oggetti rinvenuti a Malpensa. Ho controllato la lista e il prezzo base per un iPad come quello che ci interessa è di centottanta euro».

«Oddio, sei un mito! Come hai fatto a scovare questa notizia?»

«È stato il ragazzo che ha fatto il backup dei dati dal vecchio tablet a dirmelo. Gli ho chiesto se conosceva qualcuno che vendeva un iPad usato e lui mi ha detto di questa asta. L'unico problema è che non sono formattati».

«Quindi, cosa ce ne facciamo?», mormoro mentre il mio entusiasmo scema.

«Semplice, lo riporto ad Antony che sistemerà tutto».

«Sei fantastico! Ma da quando conosci un hacker?», domando divertita.

«Hacker… che parola grossa, il ragazzo è un semplice smanettone. Tutto qui».

A mezzogiorno siamo di ritorno a Milano, con un iPad identico a quello distrutto. Sasha ha comprato anche un portatile a un prezzo stracciato, chissà a cosa gli servirà… Io ho dovuto lottare un po', ma alla fine ho speso solo duecentocinquanta euro. Li avevo appena messi da parte per comprarmi un computer, ma preferisco risarcire il danno a Damiano. Con lo stipendio da ricercatore non riesco sempre ad arrivare a fine mese e lui si offre spesso di coprire la mia parte di affitto, quindi rimanderò i miei piani.

Per i prossimi mesi ho tre presentazioni da preparare, così potrò contare su entrate extra e saranno una boccata d'ossigeno. Amo molto questa parte del mio lavoro, più che insegnare. Quest'anno poi forse sono più stanca del solito o le matricole sono esagitate, sta di fatto che sono contenta che i corsi siano giunti al termine.

Arrivati davanti a casa, saluto con un bacio sulla guancia

il mio salvatore. Mi sento molto più serena rispetto ai giorni scorsi.

Oggi torna il mio coinquilino e strozzerei il suo compagno che non mi ha ancora fatto sapere nulla di quel benedetto iPad. Ho passato l'intera giornata a sistemare casa e per cena ho persino cucinato i piatti preferiti di Damiano. Non litighiamo quasi mai, ma quando accade sto male per settimane.

Alle sette di sera mi viene la tentazione di chiamare Sasha, ma desisto, in ogni caso devo assumermi le responsabilità delle mie azioni. Mia madre direbbe: «Melissa, segui l'esempio di Simona. Tua sorella è una persona responsabile e sa cosa vuole nella vita. Tua sorella si è fidanzata. Tua sorella ha passato l'esame di stato al primo colpo e sarà un ottimo avvocato. Tua sorella ha comprato casa e si sposa». E ha ragione! Simona ha due anni meno di me ed è una donna con la *d* maiuscola. È perfetta e io la adoro perché non fa pesare mai i suoi successi. Ci pensa mia madre al posto suo.

Il tintinnio di chiavi nella toppa mi fa ridestare da questi pensieri e poco dopo mi trovo davanti la faccia sorridente di Damiano. Gli corro incontro, mentre lui mi prende per la vita e mi alza da terra.

«Direi che ti sono mancato».

Oltre le sue spalle vedo Sasha con il pollice alzato, ma io lo guardo male. Non poteva mandare almeno un SMS?

«Ovvio che mi sei mancato», gli dico sciogliendo il nostro abbraccio. «Va' a posare la valigia, ti ho preparato le lasagne ai gamberi».

«Mel, è successo qualcosa?». Mi guarda torvo.

Come cavolo fa? Mi giro, fisso Sasha che è una maschera di indifferenza, e poi torno a osservare il mio migliore amico.

«A dir la verità, sì. Ho rotto il tuo iPad», confesso, «ma

Sasha ha recuperato tutto e io te l'ho ricomprato. È usato, ma è tenuto bene! Vero, Sasha?», domando. Temo lo sguardo di Damiano, invece gli angoli della sua bocca si piegano verso il cielo.

«Mi ha già detto tutto», commenta con un cenno della testa, indicando il suo compagno. «E dopo che mi ha raccontato il caos che avete fatto per rimediare al danno, mi sono sentito fortunato ad avere accanto due matti come voi. Ora possiamo cenare?».

Sono felice che l'abbia presa bene, ma durante la cena i suoi silenzi mi preoccupano. Gli occhi verdi sono cupi, intuisco che qualcosa non va. Lancio uno sguardo a Sasha e capisco che anche lui non sa nulla di più. Mentre metto i piatti nella lavastoviglie, loro escono sul terrazzo e appena guardo la mensola del salotto, ho la certezza che Damiano deve essere turbato: ha preso le sigarette e il posacenere. Venti minuti dopo, Sasha entra in cucina e l'espressione del suo volto non annuncia nulla di positivo.

«Che cosa succede?»

«Non ne vuole parlare. Gli ho chiesto se voleva che mi fermassi questa notte, mi ha risposto di no», afferma Sasha con un filo di voce.

«Sai che per lui è difficile esternare quello che ha dentro. Vedrai che domani starà meglio e si farà perdonare in tutti i modi possibili».

«Speriamo che sia come dici tu». Prende un sacchetto da terra e lo appoggia sul tavolo. «Questo è per te. Il mio amico te lo ha sistemato per bene, pertanto non potrai fare altri danni», commenta regalandomi un sorriso tirato, mentre all'interno trovo il portatile che ha acquistato all'asta. «In questo computer troverai una cartella contenente i file del vecchio proprietario dell'iPad. Li ho fatti eliminare dal tablet, ma il ragazzo li ha salvati per sbaglio sul tuo portatile e vanno cancellati, pensaci tu, ok?»

«Lo farò! E grazie tante, non so davvero cosa altro dire».
«Stagli vicino anche per me», sussurra.
Faccio un cenno affermativo mentre lancia un'ultima occhiata verso la terrazza prima di andarsene.
Quando esco, trovo Damiano appoggiato al parapetto, la sigaretta in mano e il volto nascosto nell'altra. So di cosa ha bisogno, così mi appoggio alla balaustra davanti a lui.
«Vieni qui», gli ordino mentre allargo le braccia pronta ad accoglierlo.
Lascia cadere la sigaretta nel posacenere e si accoccola addosso a me. La testa sul mio seno e le sue mani attorno alla mia vita. Prima sospira, poi il suo respiro si spezza e inizia a piangere. Poso la guancia sulla sua testa e gli accarezzo quella matassa color corteccia.
«Le cure non fanno effetto… mio padre sta morendo, Mel. E io ero lì come un coglione, a guardare, senza poter far niente».
Lo stringo di più senza dire altro, perché in certe situazioni le parole devono lasciare il posto ai gesti.

Mi sveglio e capisco subito di non essere nel mio letto, prima ancora di voltarmi verso Damiano che dorme al mio fianco. Vado a prepararmi un caffè e lo bevo in terrazza, mentre mi godo la vista di questo scorcio di Milano. Appena rientro, accendo il cellulare e trovo un messaggio di Sasha, nonostante sia l'alba lo richiamo all'istante.
«Mel, tutto ok?»
«Sì, ora sta dormendo, ma sarebbe meglio che al suo risveglio tu fossi qui!», sussurro.
«Il tempo di vestirmi e arrivo».
Mentre mi preparo per andare al lavoro, Sasha arriva e ha gli occhi segnati.
«Ha bisogno di te!», mi limito a dire.
Arrivo in Cattolica alle sette e per mia fortuna il portone è

già aperto. Vado nel mio ufficio, anche se in realtà lo condividiamo in quattro, e con una certa trepidazione avvio il mio *nuovo* portatile per la prima volta. Sono già stati installati tutti i programmi che uso di più, persino quelli di grafica. Fantastico! E questa che cos'è? Una cartella denominata "iPad"... Giusto, i file da eliminare del vecchio proprietario del tablet. La apro e ci sono una serie di sottocartelle. In "Documenti" e "Video" non c'è nulla. Poi visualizzo "Immagini" e sullo schermo si stagliano una miriade di icone. In totale sono quattrocentocinquantadue.

Incuriosita, attivo la riproduzione. Caspita, sono bellissime! Davanti ai miei occhi si susseguono foto di paesaggi, dettagli della natura, parti di edifici o costruzioni, oggetti che sembrano quasi vivi. Foto a colori, in bianco e nero, seppiate o monocromatiche. Resto senza fiato nel vederle scorrere a una a una, all'inizio velocemente, poi piano, assaporandole come fossero pagine di un libro. Passo così le successive tre ore, immersa in quel collage di emozioni e mi dimentico perfino del lavoro. In alcune riconosco qualche città europea, mentre in altre il soggetto è la bellezza della natura. Una tra tutte cattura la mia attenzione. Mi toglie il fiato. È una foto in bianco e nero e mostra delle onde altissime che si infrangono contro un frangiflutti. L'acqua s'increspa, ma la struttura rimane lì immobile, compatta.

La imposto come sfondo del desktop, è una calamita per le mie pupille.

A metà mattina vado in sede a prendermi un caffè. Appena rientro in ufficio, curioso di nuovo nel computer e apro la cartella "Immagini" che nasconde una sottocartella chiamata "Bianca". Qui ci sono una trentina di foto di tessuti in primo piano, modelli di vestiti indossati da manichini, foto di insegne e quelli che sembrano interni di negozi.

A questo punto credo di aver capito. L'iPad deve essere di questa Bianca, che ha scattato soltanto le foto appena visualizzate, mentre tutte le altre le avrà scaricate dal web, non possono essere opera della stessa mano. Non ci vorrà molto a scoprirlo. Vado su Google, clicco sull'icona della macchina fotografica e cerco l'opzione "carica un'immagine". Provo con la prima foto ma non ottengo alcun risultato. Tento con una ventina in ordine sparso e l'esito non cambia. Compaiono foto simili, ma non quelle, quindi è molto probabile che siano state davvero scattate dalla vecchia proprietaria. Come non detto, questa Bianca è eccezionale!

Lo squillo del cellulare mi distrae dai miei pensieri.

«Ciao, Damiano, tutto a posto?»

«Sì». C'è una lunga pausa di silenzio. «Grazie per avergli telefonato. Abbiamo chiarito molte cose».

«Allora mi perdoni per quel piccolo danno?», chiedo e lo sento ridere.

«Perdonata, anzi, sono in debito con te».

«Se la metti su questo piano, ci sarebbe da fare la spesa. Il frigorifero piange».

«Non esagerare, Mel. Se non sbaglio le ultime due volte sono andato io al supermercato e ho portato a casa una dozzina di bottiglie d'acqua».

«Appunto, almeno fai allenamento e ti mantieni in forma! E non credo che a Sasha dispiacerebbe vederti ancora più scolpito».

«Va bene, mi hai convinto. Per l'ennesima volta andrò io. Ti serve qualcosa?»

«La lista di quello che manca è al solito posto. Grazie, Damiano. Un bacio».

Sono sollevata dal sentirlo più sereno, poi fisso lo sfondo del portatile e torno alla mia ricerca caricando proprio l'immagine del frangiflutti.

Caspita! Il primo risultato è un profilo Facebook. Clicco e mi compare il profilo di Leon de Rouc. Ma non doveva essere una donna? Magari è il fidanzato... Ovviamente la foto del profilo è proprio quella che mi piace tanto, mentre quella di copertina è una delle tante notate stamattina. Cerco nella sezione *Informazioni*, ma purtroppo il profilo è blindato. Non mi fa sbirciare tra le altre foto o tra le notizie sulla sua vita. Compare la solita scritta: "Per vedere cosa condivide con gli amici, invia una richiesta di amicizia".

E ora che faccio? La mano è più veloce della testa e ha già cliccato su "Aggiungi agli amici". Cavolo! E se dovesse chiedermi chi sono e perché l'ho contattato? Be', allora gli dirò la verità: ho visto l'immagine del suo profilo e volevo fargli sapere che me ne sono innamorata. Brava, Mel, così ti darà della pazza e chiamerà la polizia postale!

Ormai l'ennesimo danno è fatto. Spengo il computer e l'ultima cosa che vedo è proprio quella foto. Chissà quale dettaglio mi attrae tanto, non lo capisco nemmeno io.

Capitolo 2
Riccardo

Ieri l'aereo è atterrato ben oltre l'orario previsto. Sto accusando il colpo del jet lag e ho dormito pochissimo. Arrivo in ufficio con almeno un'ora di ritardo. Non faccio in tempo a sedermi che il capo mi chiama nella sua stanza.

«Allora Ricky. Come è andata in Russia?»

«La verità?», gli domando. «Qui si deve smettere di lesinare sui traduttori. Giorgio, quello non capiva un cazzo di codici e di informatica in generale. Come posso interfacciarmi con il cliente, se il traduttore non capisce cosa deve dire. Ho fatto una fatica dannata. Alla fine ho chiesto al ragazzo di andare a cercarmi dei documenti e appena è uscito Ian e io ci siamo intesi da soli».

«Capisco il problema, ma purtroppo sai quanto me che dobbiamo rimanere entro un certo budget», afferma lui.

«Conosco bene la prassi, ma se il cliente trova un bug nel suo sistema di sicurezza, il culo lo fate a me, non al traduttore, o sbaglio?».

Mi sto alterando. Ho dormito poco, sono stanco e i miei nervi sono alle stelle.

«Hai ragione su tutto. Al prossimo cliente chiederemo di selezionare qualcuno che abbia le conoscenze informatiche adatte. Comunque questa mattina all'amministratore delegato è arrivata un'email da Mosca in cui confermano di essere molto soddisfatti del lavoro. De Robertis mi ha chiesto di porgerti i suoi complimenti». E chi se ne frega?

«Grazie». Non riesco a dire altro, mentre mi massaggio gli occhi.

«E c'è anche una buona notizia: hai un nuovo cliente». Che palle, sono appena tornato, ma Giorgio deve aver capito dalla mia faccia quello a cui sto pensando. «Tranquillo, la Bundesbank sta per aprire la prima filiale italiana proprio qui a Torino. Si tratta di un grosso progetto che richiederà vari mesi di lavoro, quindi spero che non ti dispiaccia accantonare per un po' i viaggi all'estero», commenta sorridendo.

«No, anzi, è fantastico!», esclamo sorpreso.

Torno nel mio ufficio con un umore diverso. Accendo il portatile e scarico la posta, che è una valanga come sempre. Ci sono anche alcune email di notifiche sul profilo Facebook di Leon, magari saranno i soliti commenti alle foto. Do una rapida occhiata e non essendoci nulla di urgente, accedo a FB con le credenziali di quel profilo. Sarà un mese che non utilizzo questo account. Tra le notifiche c'è una richiesta di amicizia da parte di una certa Melissa Riva. Chi sei? L'immagine del profilo è particolare. Compare il viso di una ragazza mezzo coperto da un braccio, indossa un maglione verde e lascia intravedere solo capelli corvini e un'iride azzurra. Quel colore sarà stato ritoccato con Photoshop, è troppo intenso per essere reale. Clicco e mi rimanda al suo profilo, dove sono poche le informazioni pubbliche: età, città in cui vive, lavoro. Ha circa duecento amici e purtroppo le foto sono off-limits. Per ora lascio stare, penserò poi se concederle l'amicizia di Leon o meno. Mi sposto sull'icona dei messaggi, poiché ne indica due non letti. Il primo è di un tizio che mi chiede di poter mettere le sue foto nella mia bacheca, mentre l'altro è della ragazza di prima. Apro e in realtà si tratta di cinque messaggi inviati in giorni diversi. Insistente la ragazza, che vorrà?

27 maggio 2013

Ciao, scusa se ti ho disturbato con la mia richiesta di amicizia. In realtà è partita per sbaglio. Scusa di nuovo, buona giornata.
Melissa Riva

10 giugno 2013

Ciao. Perdonami, ma un messaggio di risposta tipo: "No, tranquilla. Figurati, capita" sarebbe stato gradito. Buona continuazione.
Melissa

14 giugno 2013

Scusami per il messaggio precedente, in effetti non è colpa tua. Era stata una giornataccia. Ciao.
Melissa

18 giugno 2013

Va bene, ti devo dire la verità. A maggio ho acquistato a un'asta all'aeroporto di Malpensa il tuo (credo) iPad. Facendo una ricerca con le foto ritrovate sul dispositivo, ho scovato il tuo profilo. Magari tu non c'entri nulla o forse conosci chi le ha scattate, volevo solo dirti che se le rivuoi, posso inviartele tramite email. Fammi sapere. Buon pomeriggio.
Melissa
P.S. Giusto per la cronaca, le trovo a dir poco meravigliose.

19 giugno 2013

Ho la ricevuta dell'acquisto, nel caso volessi denunciarmi per furto!
Mel

Questa tipa è proprio fusa, ma mi fa sorridere, quindi direi che si è proprio conquistata la mia amicizia.

A fine giornata, quando entro in casa, noto che la valigia è ancora lì da disfare. Passo oltre, mi tolgo la cravatta e slaccio il bottone del colletto, vorrei concedermi una birra come d'abitudine quando fa così caldo, invece indosso maglietta e pantaloncini e vado a correre. Alzo il volume del lettore MP3 e lascio che la musica mi martelli nelle orecchie a ogni passo. Erano mesi che non mi facevo una corsa, ma oggi è la giornata adatta. La notizia che per un po' non dovrò viaggiare mi dà la giusta carica.

Dopo quarantacinque minuti rincaso ed è lo squillo del cellulare ad accogliermi. Leggo il display e sono indeciso se rispondere o meno.

«Ciao», dico alla fine, senza entusiasmo.

«Senti, so che ieri non mi sono comportata bene, ma spero che tu non abbia intenzione di tenermi il muso ancora per molto».

«Non ti sto tenendo il muso. Quella è la tua specialità, non la mia», so di essere stronzo, ma in questo momento non me ne pento affatto.

«E allora perché non mi hai chiamato per tutto il giorno?»

«Per dirti cosa? Che ti stai comportando come una ragazzina viziata? Dovevo sbollire la rabbia, Bianca».

«Ho capito, ho sbagliato, cosa devo fare, vuoi che venga da te e mi metta in ginocchio?»

«Non essere ridicola. Voglio solo che tu capisca che il mondo non gira intorno ai tuoi desideri. Mi sono sparato tredici ore di aereo, ero stanco e volevo andare a dormire. Punto. Nessuna cospirazione contro di te».

«Mettiti nei miei panni, non ti vedo da settimane e avevo voglia di stare un po' con il mio ragazzo», ribatte lei, «non credo di aver commesso nessun crimine». Ecco, come da copione inizia a fare la vittima.

«Se volevi davvero stare con me, bastava venire qui, invece tu pretendevi che io ti accompagnassi a quel vernissage».

«Va bene, ho capito. Scusa. Sei a casa?»

«Sì, sono andato a correre e adesso ho bisogno di farmi una doccia. Ci sentiamo più tardi con calma».

«Mi chiami quando hai finito?», chiede con voce suadente.

«Certo, a dopo».

Chiudo la conversazione e controllo la pila di posta che giace all'ingresso. Entro nella doccia e apro il getto di acqua fredda. Mi sto insaponando quando la porta scorre e quasi mi viene un colpo. Mi trovo davanti Bianca, nuda. I miei occhi scivolano lungo il suo fisico, scolpito da anni di danza e palestra. Sorride maliziosa.

«Mi perdoni?», domanda facendo scorrere un dito sul mio petto.

Le mie labbra sono già sulle sue, mentre le mani scorrono tra i suoi capelli rosso fuoco. Il mio corpo aderisce al suo. La sospingo verso la parete, le sollevo una gamba e affondo dentro di lei con prepotenza. Ansima, ma so che le piace essere presa con poca delicatezza, proprio come la prima volta che la vidi scopare al Griffe.

Si aggrappa a me, mentre l'acqua scende su di noi e io non le do tregua finché non ottengo quello che voglio: il mio orgasmo. Le sue unghie nella mia carne e un grido soffocato sono il segnale che ho fatto il mio dovere. Si abbandona addosso a me. Ma il mio abbraccio dura poco. Prendo l'accappatoio e prima di uscire mi costringo a darle un bacio sulla fronte, anche se noi, dei baci, ce ne siamo sempre fregati. È roba per le coppiette normali, quello che ci accumuna invece è il bisogno di emozioni forti.

Capitolo 3
Melissa

Dal giorno del funerale di suo padre, Damiano non è più lo stesso. I suoi silenzi mi fanno star male. Ha preso due settimane di ferie per stare accanto a sua madre, ma dopo due giorni era già di ritorno a Milano. È successo tutto velocemente. Una telefonata di Lilia nel cuore della notte, con la quale avvisava che il padre stava peggiorando e poi il terrore e l'impotenza dipinti sul volto del mio coinquilino. Mi sono vestita in fretta, mentre buttavo qualcosa di suo nella prima valigia che ho trovato. Ho dovuto urlargli contro perché si ridestasse da quel suo stato catatonico e poter finalmente partire alla volta di Siena. Non ha aperto bocca per tutto il viaggio. Mentre eravamo in auto, ho lasciato a Sasha un messaggio in segreteria.

Pietro era come un padre per me. Fino al suo trasferimento a Siena per le cure mediche ha sopportato la casa invasa dalla mia presenza e dalle mie chiacchiere. Tante volte abbiamo riso insieme, discusso e fatto pace. L'ho anche odiato quando non voleva ascoltare suo figlio e la verità che gli stava confessando, ma ancora di più l'ho adorato nel momento in cui gli ha chiesto perdono.

Il giorno del funerale non sapevo dove stare: tra i familiari stretti o tra i conoscenti. Sulla soglia della chiesa è stato Damiano a prendermi per mano e volermi accanto a sé, mentre dall'altra parte c'era Sasha. Durante l'omelia, quando lo vedevo contrarre la mascella, gli stringevo più forte le dita.

Adesso passa le giornate chiuso in casa oppure davanti al computer. Sasha e io abbiamo deciso che è meglio non lasciarlo solo, così spesso mi ritrovo a lavorare dal nostro appartamento, tanto le lezioni sono ormai concluse. La sera ceniamo tutti e tre insieme e poi io esco a fare una passeggiata lasciandoli soli.

A volte mi fermo in qualche bar a bere una bibita fresca e approfitto del WI-FI per navigare indisturbata. Stasera la mia routine è stata spezzata da un messaggio in arrivo sul mio profilo Facebook.

20 giugno 2013 ore 11:31

Gentile signorina Riva,
la ringrazio per avermi contattato, le confermo che le foto che ha allegato sono mie, ma stia tranquilla, non ho bisogno che me le invii. Le ho scattate con la mia Nikon e ho vari backup.
Cordiali saluti,
Leon de Rouc
P.S. Non ha bisogno di mostrarmi alcuna ricevuta, le credo quando dice di aver acquistato l'iPad a un'asta. Sono stato io a perderlo, lei non ha fatto nulla di male.

Rimango basita per vari motivi. Prima di tutto perché mi dà del lei, mentre io ho usato un tono più confidenziale fin dal primo messaggio. Il suo essere così formale mi fa supporre che sia una persona di una certa età. Almeno è stato gentile, non è incavolato con me perché ho il suo iPad!

22 giugno 2013 ore 20:30

Gentile signor de Rouc,
grazie per aver zittito la mia coscienza. Mi stava tormentando e tra i vari scenari che mi sono immaginata, quello apocalittico era dettato dal fatto che il proprietario dell'iPad avesse scattato quelle foto in anni e anni di viaggi, come una sorta di diario visivo. Quindi sono lieta che non siano andate perse. Le auguro una piacevole serata.
Melissa

Riprendo a bere il mio frullato, mentre fisso il desktop.

Chissà dove si trova il frangiflutti rappresentato in quell'immagine che amo tanto. Ancora una volta le dita sono più veloci della mia testa.

22 giugno 2013 ore 20:45

Scusi se la disturbo di nuovo. Volevo chiederle: dove ha scattato la foto che usa come profilo? Mi perdoni, ma la trovo talmente bella che la sto usando come sfondo del mio portatile.
Melissa

Mentre curioso tra i vari post di Facebook nei quali una tizia annuncia al mondo di essere incinta e un altro si lamenta della eccessiva tassazione, l'icona dei messaggi lampeggia.

22 giugno 2013 ore 20:52

Si tratta di una struttura frangiflutti nel nord della Spagna, a Zumaia per la precisione. Sono lieto che le piaccia. Auguro a lei e alla sua coscienza una buona riappacificazione.
Leon

Mi ritrovo a sorridere. E rispondo. Di nuovo.

22 giugno 2013 ore 21:03

Grazie per l'informazione. È stato molto gentile.
Melissa
P.S. Anche la mia coscienza le è grata, stavamo valutando l'idea di andare da un consulente di coppia, ma lei ci ha salvate. Con infinita gratitudine.
Mel (e Cos)

Aspetto, ma non arriva alcuna risposta. Clicco sulla chat e vedo che Leon è uscito da Facebook senza visualizzare il messaggio. Lo rileggo. Ma che cavolo ho scritto? E non posso nemmeno cancellarlo, presto o tardi lo vedrà. Altra figuraccia… Sarà meglio tornare a casa.

Capitolo 4
Riccardo

Confesso che il mio ego si è trasformato in un pavone che fa la ruota, quando Melissa mi ha riferito di aver messo la mia foto come sfondo del suo computer. Ricordo bene quando l'ho scattata a Zumaia. Quel giorno tirava un vento pazzesco ed ero stufo di stare chiuso in albergo, perciò sono uscito a farmi un giro. Poco oltre il centro abitato ho visto quelle onde altissime che sembravano prendersi gioco della stupidità umana: costruire una struttura che potesse spezzarle, contenerle. Impossibile! In quell'occasione avrò fatto almeno trenta foto, ma quella del mio profilo è l'unica che abbia superato i miei severi test qualitativi.

Sono a casa di Bianca e mentre attendo che finisca di prepararsi, accedo a Facebook. Abbiamo una cena con i nostri rispettivi genitori e siamo in ritardo, ma non è una novità.

Si presenta indossando un abito corto color pesca e sandali neri con vertiginosi tacchi, insomma perfetta come sempre. Chiudo in fretta la chat, ma non prima di aver scorto l'arrivo di un nuovo messaggio.

«Lo so, ho impiegato troppo tempo. Ora possiamo andare». Prende la borsa e usciamo.

La casa dei miei si trova fuori Torino. Durante il tragitto Bianca trova il modo di elencarmi per filo e per segno tutti i problemi avuti con le sarte nel pomeriggio.

«Ti rendi conto? Ho impiegato mesi a disegnare quei modelli e quelle inette non hanno capito un bel niente!», brontola. «Però se i vestiti fanno schifo, sono io a mettere il nome e la faccia su questa collezione, mica loro! Mi sono fatta un culo così e adesso non lascerò certo che qualche incapace mi rovini il lavoro».

«Magari hanno solo frainteso le tue indicazioni. Può capitare…».

«Frainteso un corno! Sai cosa mi ha detto una? "Signorina Comi, non possiamo cucire il vestito in questo modo, la stoffa è troppo pesante, scivolerebbe via e la modella si ritroverebbe con le tette al vento ancora prima di raggiungere la passerella"», afferma lei scimmiottando la malcapitata.

«E quindi, alla fine come siete rimaste?»

«Ho detto che si fa come dico io. Loro sono pagate per eseguire i miei ordini, altrimenti possono prendere i loro aghi e tornarsene a casa», asserisce soddisfatta. Sto per aprire bocca quando aggiunge: «I miei sono già qui. Dài, Ricky, muoviti», tuona. Muoviti? A me lo dice!

Faccio un bel respiro e raggiungo la zona bar dove i miei stanno bevendo l'aperitivo. Conoscendo mia madre avrà fatto imbandire la tavola in giardino, davanti alla piscina.

«Buonasera a tutti e scusate il ritardo».

Mi fa incazzare il fatto che debba essere io a scusarmi, ma dato che Bianca non pronuncia una parola, mi becco gli sguardi al vetriolo di mia madre. E dov'è la novità? Indosso la consueta maschera del figlio modello e mi stampo un sorriso finto in faccia. Avrò modo di sfogare la mia frustrazione più tardi.

Quando ci accomodiamo a tavola, i genitori di Bianca mi chiedono subito come sia andato il viaggio di lavoro. Chissà se ne sono stati informati dai miei o dalla mia ragazza. Dio, sto con lei da tre anni e non dovrei sentirmi infastidito da questi suoi comportamenti, eppure è così. Forse sono io che ho esaurito tutta la mia pazienza in giro per il mondo o forse è Bianca a essere troppo stressata per la sua nuova attività…

«In Russia ho avuto qualche problema con i traduttori, poco esperti di algoritmi e software. Mi hanno fatto perdere un sacco di tempo. Ma la bella notizia è che mi hanno affidato un cliente qui a Torino, quindi per qualche mese non dovrò spostarmi», commento entusiasta, mentre sorseggio il vino.

In realtà alzo gli occhi e vedo solo sguardi preoccupati. È mio padre a esternare per primo il proprio pensiero.

«Hai fatto qualche cazzata oppure sei tu che hai chiesto di rimanere in Italia?»

«Nessuna delle due ipotesi, papà. Perché dovrebbe essere una punizione?»

«In genere si fidano di te tanto da affidarti clienti importanti in giro per il mondo e ora, casualmente, ne trovano uno proprio nella tua città?», asserisce mio padre sottolineando quel "casualmente" e la mia rabbia inizia a montare.

«Non mi pare di averti sentito chiedere il nome del cliente o la portata del progetto, quindi perché ti senti autorizzato a fare simili congetture? Ma quando si tratta del sottoscritto, tu parti prevenuto come sempre, vero? Questa cazzo di storia avrà mai fine, papà?». Mi alzo e lancio il tovagliolo sul tavolo. «Bene, visto che siete i soli genitori al mondo che vogliono vedere il loro unico figlio il meno possibile, vi accontento e vi risparmio la mia presenza. Buona serata». E mi allontano a grandi passi da quel posto.

Cristo, saranno mai soddisfatti di una cosa che faccio nella vita? Una sola. Anche tentare di mantenere la calma sta diventando sempre più difficile, temo davvero che potrei esplodere da un momento all'altro e fare ritorno allo schifo di qualche anno fa.

Mentre chiudo la porta, alle mie spalle sento mia madre

e la mia fidanzata che mi chiamano con lo stesso tono di rimprovero. Incredibile, meglio andare via di qui!

Salgo in auto e parto facendo stridere le ruote sulla ghiaia. Al rientro lancio il cellulare spento sul tavolino. Non voglio che mi rompano i coglioni. L'avrò detto dieci, cento, mille volte, che sono stanco di questi continui spostamenti, delle camere d'albergo, degli aeroporti, delle stazioni e di non avere più una vita. Ma secondo mio padre, pensarla in questo modo fa di me un uomo poco ambizioso, quindi poco degno della famiglia Ferraris. Se in trentacinque anni i miei non hanno ancora capito che non me ne frega un cazzo del loro mondo snob, non posso farci più nulla. Sono davvero stanco di dover dimostrare in continuazione di essere all'altezza di questo fottuto cognome. Ho accettato un lavoro che non mi esalta, sto con la donna che piace forse più a loro che a me, vivo una vita che mi sta davvero stretta... Eppure non basta. Non basta mai. Se continuano così andrà a finire che taglierò i ponti con loro.

Mentre bevo una birra provando a calmarmi, accendo il computer ed esploro la cartella con tutte le foto scattate negli ultimi anni. Ne guardo qualcuna e mi viene in mente quella ragazza dagli occhi incredibilmente chiari. Accedo a Facebook con l'account di Leon e dopo aver letto il suo ultimo messaggio, mi ritrovo a sorridere almeno una volta in questa giornata pesante. Si merita una risposta!

22 giugno 2013 ore 22:36

Carissime Mel e Cos,
sono davvero felice di aver contribuito alla vostra riappacificazione. Spero che, se le cose volgeranno al meglio, mi farete la grazia di invitarmi al vostro matrimonio.
Il vostro fedele consulente,
Leon

Per curiosità clicco di nuovo sul profilo di Melissa e cerco un indizio del suo aspetto tra le poche foto in bacheca, quando ecco l'icona della chat illuminarsi.

22 giugno 2013 ore 22:47

Gentile signor de Rouc,
le anticipo che, dato il suo enorme merito in questa nostra storia d'amore, se non le dispiace vorrei darle del tu. Lungi da me volerti offendere e se non sei d'accordo torno al lei in un attimo. Con immensa gratitudine per il tuo aiuto, ti auguro una notte serena.
Mel

"Notte serena"? Sono troppo incazzato... anche se per qualche minuto mi sono dimenticato di tutti i miei casini... proprio grazie a lei.

22 giugno 2013 ore 22:56

Certo che possiamo darci del tu, ci mancherebbe, non sono così vecchio dal momento che ho trentacinque anni. Per la "notte serena" ti ringrazio dell'augurio, ma sarà davvero impossibile.
Leon

Che idiota, che cosa mi è venuto in mente di scriverle? Ho cliccato di nuovo prima di ragionarci. Sono proprio stanco, meglio dormirci su, ma prima di spegnere il portatile, arriva la sua risposta.

22 giugno 2013 ore 22:59

Benvenuto nel club Notte Agitata, di cui pure io e Cos facciamo parte. Il motto di questo esclusivo circolo è: se vuoi iniziar bene la giornata, devi passare una notte agitata. E a questo punto io e Cos iniziamo a fare dei saltelli agitando i nostri pompon, tipo cheerleader. Dopo questa immagine vedrai che starai davvero sveglio per tutta la notte, ma a causa degli incubi! :-)
Notte,
Mel e Cos (vestite da liceali)

22 giugno 2013 ore 23:15

Mel, grazie! Dopo una brutta serata, avevo davvero bisogno di sorridere un po'.
Buonanotte a te,
Leo

Aspetto dieci minuti che l'icona s'illumini, ma non accade nulla. È ora di andare a letto.

Capitolo 5
Melissa

Cosa rispondere a quell'ultimo messaggio? Ha cambiato tono all'improvviso. Impiego almeno un quarto d'ora per capire cosa scrivere a questo sconosciuto.

22 giugno 2013 ore 23:33

Sono lieta che le mie disavventure con Cos ti abbiano strappato un sorriso.
Mel

Che schifo di messaggio! Sono davanti al portatile, quando Sasha esce dalla camera di Damiano.

«Si è addormentato?», chiedo notando il suo viso stanco.

«Sì, l'ho convinto a prendere le gocce che gli ha prescritto il dottore».

«Perché non ti fermi a dormire qui?», gli propongo.

«Se per te non è un problema, accetto volentieri. Non riesco a tenere gli occhi aperti, sto facendo orari pazzeschi e in ufficio siamo sommersi dalle scadenze».

«Non è affatto un problema, Sasha. Ormai fai parte dell'arredamento», gli dico, e lui scoppia a ridere.

«Be', se la metti in questo modo, allora stanotte resto. Stai lavorando?»

«No, a dir la verità ho rintracciato il proprietario dell'iPad», confesso. «E tu stai sgranando gli stessi occhi che prima non riuscivi a tenere aperti».

«Ovvio, Mel, sono stupito! E cosa vi siete detti?». Si siede e inizio a raccontargli, dal principio.

La mattina mi sveglio con il profumo di caffè che invade l'aria. Guardo l'ora, sono già le nove passate. Devo svegliare Sasha, altrimenti arriverà tardi in ufficio. Cavolo, siamo rimasti alzati a parlare quasi tutta la notte, nonostante la stanchezza.

«Sasha, sei in ritardo!», grido aprendo la porta.

«Veramente è andato via un paio d'ore fa, doveva passare a casa a cambiarsi». Resto ammutolita nel vedere Damiano in piedi vicino al lavello, rasato e in completo blu scuro. Mi guarda prima di aprire bocca. «Mel, scusa se te lo dico, ma sei un disastro. Hai la stessa faccia del mio ragazzo quando è uscito da qui stamattina». È tornato. Il mio migliore amico si è ridestato dal suo dolore. Appoggia la tazza nel lavandino e con le mani accenna un invito a cui non posso rinunciare. «Vieni qui». Non me lo faccio dire due volte e corro ad abbracciarlo, mentre lui mi schiocca un bacio tra i capelli.

«Come… Che cosa ti ha fatto…», balbetto. Vorrei chiedergli cosa è successo, come abbia fatto a riprendersi dall'apatia nella quale era imprigionato, ma in fondo non ha importanza, perché sono troppo felice di riaverlo accanto a me.

«Ieri sera mi sono svegliato e vi ho sentito parlare. Gli stavi raccontando di aver chattato con un tizio e ho capito che al posto di Sasha avrei dovuto esserci io, ma avevo deciso di sparire. All'inizio ho provato una punta di gelosia, perché ho capito che sono facilmente sostituibile». Mi scosto in fretta pronta a replicare, ma mi zittisce. «Lasciami finire. Mi sono reso conto che non voglio più perdere nemmeno un attimo della vita che ho. Non voglio avere rimpianti. E soprattutto… non voglio che tu ti invischi con un tipo dal nome tanto idiota. Leon? Ma mi dici che razza di nome è?». Nascondo il viso nel suo petto mentre insieme sogghigniamo.

«Ora fila al lavoro che quel poveretto di Sasha ha proprio

bisogno di una mano», lo ammonisco dopo essermi ripresa da quell'attacco di ilarità.

Appena esce di casa, noto che mi ha preparato la colazione. Come si fa a non volergli bene? Accendo il cellulare e mentre bevo il mio caffè trovo la notifica di un messaggio su Facebook.

23 giugno 2013 ore 06:14

Ho avuto incubi su Cos che ti tradiva con una cheerleader! Spero che il vostro idillio sia sano e salvo. Buona giornata,
Leo

23 giugno 2013 ore 09:27

Non preoccuparti, il nostro amore è forte. Solo tu, comparso dal nulla, potevi minare un sodalizio trentennale. Ti senti in colpa, Leo? No? Male, forse dovresti! ;-)
Grazie e buona giornata anche a te,
Mel

Il tempo di mettere la tazza nel lavello ed ecco il suono di un nuovo messaggio in chat.

23 giugno 2013 ore 09:32

09:27? Te la prendi comoda, Mel. O forse sei già al lavoro e cazzeggi con il cellulare?
:-)
Leo

È in linea in questo momento? Cavolo! Be', ma non c'è nulla di strano! E allora perché mi sento tanto in subbuglio?

23 giugno 2013 ore 09:37

Attentissimo signor de Rouc,
cosa fa, mi controlla? Oppure sta monitorando gli spostamenti di Cos?
M.

23 giugno 2013 ore 09:41

Non esattamente... a dir la verità sto cazzeggiando al cellulare prima di una riunione, se proprio lo vuole sapere, signorina Riva.
L.

23 giugno 2013 ore 09:45

Per la serie: la prima gallina che canta è quella che ha fatto l'uovo...
Lontano dalle mie intenzioni darti della gallina, ovvio.
Comunque, visto che me lo hai chiesto tanto gentilmente, sto facendo colazione. E non farti prendere da un attacco di invidia, non sono in ferie, ogni tanto lavoro da casa e domani ho una scadenza. E sono piuttosto in alto mare.
M.

23 giugno 2013 ore 09:53

Devo scappare. Ciao.
Leo

Resto un po' delusa dal saluto sbrigativo. Mel, non essere sciocca, usa la ragione, avrebbe anche potuto non rispondere affatto e spegnere senza nemmeno un cenno! Dopotutto è una persona conosciuta per caso in rete, non un amico. Sono presa da questi ragionamenti quando l'icona si illumina di nuovo.

23 giugno 2013 ore 09:55

P.S. Della gallina non so cosa farmene, se vuoi essere d'aiuto al mio ego, dammi del gallo in un pollaio pieno di belle pollastrelle! :-)
Buon lavoro,
Leo

Mi ritrovo a ridere come una scolaretta.

23 giugno 2013 ore 10:02

Va bene, di' pure al tuo Mr Ego che me lo immagino proprio così.
Sopravvivi alla riunione!
Mel

Passo la giornata a elaborare la presentazione di un nuovo prodotto farmaceutico. A fine serata calcolo di aver passato otto ore filate davanti al computer e, in questo arco di tempo, avrò guardato le notifiche di FB almeno sessanta volte. E in tutto ciò, i messaggi ricevuti da lui ammontano a zero. Inutile dire che mi sento una stupida.

Ceno da sola perché Damiano è entrato in modalità "devo recuperare il lavoro accumulato". Siccome sto crollando dal sonno, vado a letto, ma a farmi risvegliare ci pensa l'allarme di un'auto. Afferro il cellulare e trovo un messaggio del mio coinquilino, in cui mi avvisa che resterà fuori stanotte, e noto anche una notifica di FB.

24 giugno 2013 ore 00:14

Sopravvissuto alla riunione? Non direi proprio. Sono appena tornato a casa e non ho nemmeno cenato. Non ne ho voglia. Sono talmente stanco da voler mollare tutto e tutti.
Scusa gli strani pensieri, sarà l'ora.
Notte,
Leo

Rileggo quel messaggio. Sembra triste. Immagino un uomo e penso a mani che digitano quelle frasi nel cuore della notte, le inviano a me, sconosciuta in un mondo poco reale. Torno a letto e scrivo.

24 giugno 2013 ore 02:23

Spesso vorrei trasferirmi su un atollo sperduto. Non so cosa ti sia successo oggi, ma sappi che capisco perfettamente la tua voglia di fuggire.
Mel

24 giugno 2013 ore 02:25

Come mai ancora sveglia? Non hai finito quel lavoro?
L.

Ecco di nuovo la sensazione di ansia e gioia che emerge sapendo che è online.

24 giugno 2013 ore 02:28

Avevo sete. Lavoro finito. Tu hai mangiato?
M.

Oh mamma, ma sono scema? Manco fossi sua madre o la sua compagna.

24 giugno 2013 ore 02:33

A dir la verità mi sono appena preparato un panino. Sono andato a dormire, ma il mio stomaco non mi dava tregua. Sembrava il ruggito di un Leon...
L.

24 giugno 2013 ore 02:40

Ecco Mr Ego che si fa strada in te. Deduco che tu stia meglio. Allora buon appetito, Leo, vedrai che domani mattina le cose ti sembreranno migliori.
Notte,
Mel

Spengo il cellulare senza attendere una sua risposta, altrimenti so con certezza che continuerei a scrivergli, diventando invadente e passando per una specie di maniaca. Tento di dormire mentre mille pensieri mi vorticano nella testa. Al primo posto c'è l'uomo senza volto seduto davanti a un tavolo a mangiare un panino intento a chattare con me.

Capitolo 6
Riccardo

Le giornate si sono rincorse in una serie di spiacevoli eventi. I miei genitori da quella cena non mi rivolgono più la parola, arroccati nei loro silenzi di delusione. Delusione per cosa, poi? Ho sempre seguito la strada che hanno scelto per me… o almeno ho assecondato i loro imperativi in quella parte della mia vita che conoscono. Certo, loro non sanno proprio tutto.

A peggiorare il mio umore ci sono anche i musi lunghi di Bianca. I capricci da ragazzina ricca mi divertivano finché c'era da fingere di obbedire ai suoi ordini, per poi ribaltare i nostri ruoli e arrivare a punirla per la sua sfrontatezza da bambina ribelle. Ma adesso questi giochetti erotici mi hanno stancato.

L'ultimo argomento di discussione con Bianca è nato dalla sua insistenza per scegliere la meta delle prossime vacanze. Negli ultimi tre anni spesso mi ha raggiunto nella località in cui lavoravo e ammetto che, in quelle occasioni, lei rappresentava il mio mondo familiare in uno stato straniero. Quest'anno mi lascia ovunque cataloghi di tour operator con pagine segnate e si incavola pure se non trovo il tempo di sfogliarli.

Per fortuna il progetto per la Bundesbank è davvero ambizioso e per la prima volta in vita mia sono soddisfatto di come stanno procedendo le cose. Fino a poco tempo fa non avrei mai immaginato di essere contento del mio lavoro, invece mi devo ricredere. Ma questa non è l'unica nota positiva di questo periodo. C'è anche Melissa.

Dopo una lunga giornata dai ritmi serratissimi, è davvero una piacevole sorpresa trovare un suo messaggio. Le parole di Melissa hanno il potere di rasserenarmi e quando il suo silenzio si fa prolungato, sono io a scriverle per primo, come se volessi cercare una boccata d'ossigeno che solo lei sa regalarmi. Proprio per questo motivo ho iniziato a contattarla sempre più spesso, anche con la scusa di un semplice saluto. Ammetto che non è da me comportarmi in questo modo e spesso non mi riconosco nemmeno in quel che le scrivo. Certo, non affrontiamo mai questioni personali. Su questo punto è come se avessimo un tacito accordo.

Con il passare del tempo, e soprattutto con l'infittirsi di questa nostra corrispondenza, ho imparato però a cogliere piccole sfumature tra le sue parole. Di solito è allegra, ma nell'ultimo mese il tono è cambiato. Le sue battute sono forzate, come se nascondesse qualcosa, e anche le frasi si sono fatte sempre più concise e sbrigative. Per questo motivo oggi mi stupisce ricevere un messaggio tanto lungo.

2 agosto 2013 ore 05:57

Leo, sai che ti dico? Sono proprio stanca! La devo smettere di aspettarmi troppo dagli altri e accettare quel che mi viene dato, perché così starei certamente meglio di come mi sento ora. Spesso do tutto di me, il mio tempo, la mia sincerità, il mio affetto, eppure gli altri non mi danno niente in cambio. Un esempio? Tento di capire cosa sta succedendo nella mia famiglia e loro, invece, mi escludono come se non ne facessi nemmeno parte. Mentono, ne sono certa... Evidentemente i miei genitori e io non condividiamo la stessa concezione della parola "famiglia".

Chissà quante risate ti farai alle spalle di questa pazza che ti scrive stupidaggini al levar del sole. Che cosa so io di te? Nulla. Forse ti stai semplicemente divertendo, appunto, oppure sono una seccatura. Non ne ho idea. La verità è che con te è tutto così strano. Ti racconto una cosa su di me: seguo il mio istinto. Le poche volte che ho zittito il cuore per seguire la ragione, ho sbagliato.

Con te, Leo, sto seguendo il mio cuore, se dovessi sbagliare tutto, ti scongiuro, fermami.
Mel

Non so cosa rispondere e non è da me… vorrei dire tante cose, ma nessuna mi pare opportuna. Oggi ho scritto più messaggi, ma non ne ho inviato nemmeno uno. Avrei voluto chiederle cosa sia successo esattamente. C'era tanta delusione e rabbia tra quelle righe e questi sono sentimenti che Melissa non ha mai espresso, neanche in modo velato. Ho pensato di rispondere con toni ironici, magari chiedendole se avesse rotto il climatizzatore per apparire così fusa, ma ho pensato che le avrei dato l'impressione di minimizzare i suoi problemi. Ho anche meditato di incoraggiarla a raccontarmi tutto, però sono convinto che se avesse davvero voluto farlo, nulla l'avrebbe fermata e a quest'ora io saprei già vita, morte e miracoli di Melissa Riva. Sono stato anche tentato di confessarle come mi fa sentire questo scambio di messaggi, ma ho desistito per il timore di spaventarla.

Nessuna delle risposte andava bene. O aveva implicazioni troppo personali, oppure era fredda e banale. Alla fine ho avuto una specie di illuminazione. Sono andato alla ricerca di una foto scattata in Irlanda, la Dark Hedges, una strada in mezzo a una foresta che crea una galleria naturale formata da un groviglio inestricabile di rami fittamente intrecciati. Quella via, anche se stretta, non è a senso unico, può essere percorsa in entrambi i sensi.

Ho allegato questa immagine a un breve messaggio.

3 agosto 2013 ore 01:21

È una strada a doppio senso, Mel. Dolce notte.
Leo

Non so se ho fatto bene, e non so se capirà. Forse no, ma quell'immagine esprime quello che con le parole non sarei mai riuscito a comunicarle. Anche se nemmeno io, a pensarci bene, sono sicuro di quello che voglio dirle con questo messaggio.

Non riesco ad assopirmi, così verso le quattro mi alzo e prendo lo smartphone. Ecco una notifica.

3 agosto 2013 ore 04:16

Leo, grazie! Per la foto bella da togliere il fiato, per le tue parole e per aver capito.
Un abbraccio,
Mel

Nelle settimane successive si ripete lo stesso cliché. Al mattino o al pomeriggio ricevo un suo messaggio. È diventata un'abitudine. Bella? Credo proprio di sì, soprattutto se la paragono al resto della mia giornata contraddistinta dalla freddezza dei rapporti con i miei genitori e dagli sbalzi di umore della mia ragazza. Anche al lavoro sono talmente oberato da non avere nemmeno il tempo di andare a prendere un caffè con i colleghi. Perciò trovare le parole di Melissa ad attendermi, mi rende più sopportabile questo torrido agosto, in cui sono tanto stanco da non aver voglia di fare nulla.

E neanche a farlo apposta, questa sera Bianca vuole uscire a mangiare giapponese. E la cosa peggiore è che non ho scuse per rifiutare. Torino ad agosto non è piena di gente, perciò troviamo subito posto in un elegante locale del centro. Mentre la ragazza ci accompagna al nostro tavolo, vedo gli sguardi degli altri uomini cadere su di lei. Bianca indossa un abito aderente verde smeraldo che fa risaltare la sua chioma e si intona ai suoi occhi. Inoltre con i tacchi così alti raggiunge quasi il mio metro e novanta.

La osservo mentre va verso la toilette, la seguo con lo sguardo. Ha movenze sinuose, passo sicuro e portamento elegante. Le è sempre piaciuto farsi notare. Per Bianca era facilissimo in quei club, che entrambi frequentavamo, dove la parola d'ordine era solo una: sesso. Per lei era esaltante essere scelta tra le donne presenti, si ubriacava di quell'euforia e mi eccitavo da morire all'idea di essere il primo, e forse l'unico, a fotterla quella sera.

Quando mi accarezza il collo, torno al presente. La guardo mentre si china e mi dà un bacio sulle labbra, rispondo muovendo le mie sulle sue, finché non si scosta. Mentre si siede, non riesco a non curiosare sul mio cellulare alla ricerca di qualche notifica. Oggi non ho ancora ricevuto alcun messaggio da parte di Melissa. Poi a un tratto Bianca mi richiama all'ordine.

«Senti Ricky, stavo pensando... Siccome non siamo andati in ferie perché tu eri impegnato con il lavoro, che ne dici di trascorrere il prossimo weekend in Costa Azzurra? Ho chiesto ad Alessandra di prenotarci una camera al Palace». È un'abitudine, per lei, mettermi davanti al fatto compiuto.

«Visto che hai già organizzato tutto, almeno potrei sapere le date, oppure devo tenere la valigia pronta da un momento all'altro?», domando con un finto sorriso, mentre lei si mette a ridere.

«Spiritoso! Le ho detto di tenerci una camera dal 23 al 25».

«Agosto?», le chiedo sbigottito.

«No, gennaio! Ovvio che sia ad agosto, amore».

«Bianca, vuol dire che dovremmo partire dopodomani. Non posso prendere un giorno di ferie con così poco preavviso, ho fissato un incontro proprio per venerdì».

«Be', non puoi semplicemente disdire la riunione?», ribatte serafica.

Respiro per tenere sotto controllo la collera.

«Nel mio lavoro le cose non funzionano in questo modo. Quando chiedo un incontro non siamo solo in due, ma vengono coinvolte almeno una decina di persone. Molte di loro sono rientrate apposta dalle vacanze. È fissata da settimane, non posso annullarla».

Posa la forchetta e inizia a fare quel gesto con le dita che odio da morire. Picchietta le sue unghie laccate sul tavolo. Quel ticchettio mi dà sui nervi.

«Ricky, non pensi che io possa essere stufa di venire sempre dopo i tuoi impegni? Non mi è mai successo in vita mia di passare tutto agosto a Torino come una sfigata, e non ho intenzione di iniziare a farlo per colpa tua, chiaro? Quindi domani chiami quei tizi e gli dici che questo fottutissimo venerdì tu te ne vai in vacanza con la tua donna», tuona tornando a battere le unghie.

Sto per scoppiare, così distolgo lo sguardo da Bianca e premo immediatamente il tasto per sbloccare il cellulare. Agisco ancor prima di riflettere, e solo quando non trovo notifiche di Facebook, mi rendo conto dell'assurdità della mia azione. Come se trovare un messaggio di Melissa potesse aiutarmi a sbollire la collera... Che pazzia!

«E smettila di fissare quel maledetto telefono, sto parlando con te!», strilla Bianca allungando la mano e prendendolo dal tavolo. «Ne ho davvero abbastanza».

La guardo dritto negli occhi e le sussurro: «Primo, se non siamo andati via, è anche perché tu pensavi che sarebbero arrivati i campionari dei tuoi nuovi modelli e, come vedi, l'aver tanto rotto i coglioni a quelle povere sarte non ti ha portato a nulla. Secondo, cosa c'è di tanto disdicevole nel passare il mese di agosto in città?», dico a denti stretti trattenendo la rabbia. «Terzo, dammi subito il cellulare o giuro che mi alzo ed esco da questo posto!». Bianca appoggia il telefono sul tavolo e io lo agguanto veloce, mentre i suoi occhi si fanno furenti. Prima che possa aprire bocca, aggiungo: «Ora mangiamo tranquilli, non ho voglia di litigare, chiaro?».

Abbassa lo sguardo. In questi anni, oltre a scoprire cosa la fa impazzire a letto, ho imparato a domare il suo carattere con il tono e le argomentazioni giuste.

Finiamo la nostra cena in totale silenzio, ma non appena saliamo in auto, ecco comparire di nuovo il suo muso lungo.

«Dove mi stai portando?»

«A casa tua», rispondo secco.

Guarda fuori dal finestrino e sospira.

«Va bene, forse ho esagerato, però tenta di capire anche me. Sono nervosa, è la mia prima collezione e vorrei che tutto fosse perfetto, invece saltano fuori problemi in continuazione. Scusa», forse ha capito, «se volevo passare un po' di tempo con il mio ragazzo che sembra essere fidanzato con il suo lavoro più che con me!». Come non detto, non ha capito un cazzo!

Gira il viso dall'altra parte e si passa le dita sulla guancia. Far finta di piangere fa parte del suo migliore repertorio. Cosa posso aspettarmi da una ragazza di ventisette anni, viziata come una bambina? Ma so pure che aver chiesto scusa è già stato tanto per lei. Mi è sempre piaciuto questo suo atteggiamento infantile in netto contrasto con le sue esperienze sessuali da donna navigata. Preso da un momento di tenerezza nei suoi confronti, le accarezzo i capelli e accosto il SUV.

«Scuse accettate, dove vuoi andare?», le chiedo.

Si gira e con lo sguardo da gattina mi dice: «Andiamo a casa tua». Faccio inversione e procedo verso il mio appartamento.

Appena chiudo la porta di ingresso, lei mi afferra il polso. Si appoggia contro la parete e porta la mia mano tra le sue cosce. Non indossa quasi mai biancheria intima, e questa sera non fa eccezione.

«Sono già bagnata», sussurra. Ecco la vera Bianca.

Mi attira a sé afferrandomi la camicia. Mi bacia mentre la lingua cerca la mia. Si crea un varco nei miei pantaloni, oltre i boxer, poi prende la mia erezione. Le sfilo il vestito e mi spoglio in fretta. Bianca, nuda, torna a baciarmi, e mentre avvicino il mio corpo al suo, la sospingo fino alla cucina. Avanzo mentre lei arretra, finché è costretta a bloccarsi: dietro di lei c'è il tavolo. Mi stacco e le guardo gli occhi verdi, vi leggo la voglia di essere scopata. La faccio voltare di schiena e la guido finché non è reclinata in avanti.

«Da questa posizione mi trovi più arrapante, vero?», chiede.

Entro dentro lei con prepotenza per la voglia di farla stare zitta. Mentre mi muovo con irruenza, la mia mano corre a stimolarle il clitoride. Capisco che sta godendo, dal modo in cui asseconda i miei movimenti. A ogni affondo il mio fisico si libera dallo stress di una settimana di merda. Mi spingo con più forza e volano via anche gli sguardi di disapprovazione dei miei. Un ulteriore attacco in lei e scivolano anche i silenzi di Melissa. E come sempre, quando l'orgasmo arriva, mi libera dai pensieri, dalle sensazioni negative e per un attimo tutto passa in secondo piano. Zittisco la mente e mi annullo. Resta soltanto il mio corpo e nient'altro.

Peccato che questa sensazione di annientamento non possa durare in eterno, così, ansimante, mi ritraggo da Bianca, senza preoccuparmi che sia venuta. Nel peggiore dei casi, sarebbe la giusta punizione per avermi fatto incazzare questa sera.

«Vado a farmi una doccia», dico e la lascio, mentre è ancora prona sul tavolo a riprendere fiato.

Quando entro in camera, la trovo ad aspettarmi nel letto.

«Volevo fare un bagno insieme a te nell'idromassaggio, ma sei sparito». Di nuovo quella voce da gattina.

Mi sdraio accanto a lei, ma ho come la sensazione di essermi dimenticato qualcosa. Certo, il cellulare! Negli ultimi mesi lo tengo sul comodino. Però non ricordo dove l'ho messo.

«Dove vai?», mi domanda.

«Non ricordo dove ho lasciato il cellulare, lo hai visto?»

«No, e sinceramente non mi importa! Ricky, spegni la luce e mettiti a dormire, lo cercherai domani».

Devo averlo lasciato nella tasca dei pantaloni. Appena lo trovo, premo il tasto di accensione. Il display si illumina e mi regala l'icona che ho aspettato per tutta la sera. Accedo a FB per leggere il messaggio di Mel.

21 agosto 2013 ore 23:22

Sera Leo,
tranquillo non sono caduta in un tombino. O forse lo speravi, così da poterti liberare di me? Scherzi a parte, oggi è stata una giornata surreale. Persone che nella mia vita avevano ruoli ben precisi, hanno ribaltato la loro posizione e adesso mi sembra che il mondo giri al contrario. Chiariamo, nulla di tragico, però mi sento disorientata. Ma almeno in tutto questo caos ci sei tu che rimani per me una presenza costante, con un atteggiamento coerente. Sembro pazza, me ne rendo conto!
Un bacio,
Mel

Se le prime frasi mi hanno strappato il consueto sorriso, il resto del suo messaggio mi ha in parte turbato. Parla di me usando termini come: presenza costante e coerenza.

Digito qualcosa per risponderle, ma mi blocco. Se sapesse in realtà che tipo di persona sono… La verità è distante anni luce da quello che appaio ai suoi occhi. Spengo il cellulare, e dopo essermi scolato una birra, torno in camera. Nonostante l'aria condizionata provo un gran caldo. Bianca si è addormentata subito, mentre io non riesco a seguirla. Continuo a pensare alle parole di Mel. Mi passo la mano sul viso, quasi a voler allontanare lo schifo che mi sento addosso.

Capitolo 7
Melissa

Da settimane le telefonate da parte di mia madre sono drasticamente diminuite e questo, unito alle sue risposte evasive quando le domando se va tutto bene, ha iniziato a preoccuparmi, così ho chiamato Simona che mi ha rassicurato. Pare che i miei le stiano addosso perché non vuole avere figli. Ma mia sorella ha solo ventinove anni e la maggior parte della sua vita l'ha passata sui libri. Inoltre è ancora praticamente in luna di miele. Non capisco proprio le pressioni dei miei. Dovrebbero lasciarla respirare.

I dubbi che ci sia qualche problema serio sono tornati dopo che ho incontrato Sergio in facoltà e mi ha salutato tenendo gli occhi bassi. Quando gli ho chiesto se fosse tutto a posto, mi ha liquidato dicendo che era in ritardo a un appuntamento con un tesista. Così oggi ho chiamato mia madre per avvisarla che domenica sarei andata a pranzo da loro. Voglio capire costa sta succedendo. Dopo quello che è capitato al padre di Damiano, non vorrei che mi nascondessero qualcosa di simile…

In questa domenica di metà agosto mi sveglio con una brutta sensazione addosso. Durante il tragitto verso casa dei miei genitori benedico il mio coinquilino che mi ha prestato la sua auto, il mio catorcio non ha né l'aria condizionata né il servo sterzo, figuriamoci l'autoradio. L'accendo sul primo canale che mi capita e la melodia trasmessa mi piace, è lenta e molto dolce.

Non posso fare a meno di pensare a Leo e a come le cose

si siano evolute in questi mesi. È una bella abitudine trovare un suo messaggio al mio risveglio. Non mi ha mai deluso. Nessun commento fuori posto o parole poco garbate.

Quando due settimane fa ho sentito l'esigenza di esternare le mie paure, è come se gli avessi donato un pezzetto di me. Ho riletto quel messaggio fino alla nausea, non sapendo se fosse il caso o meno di spedirlo. Avrò fissato lo schermo per non so quanto tempo, poi ho abbassato le palpebre e ho immaginato quell'ombra che si muove tra mura sconosciute, in una città di cui non so nulla. Ho pensato a lui che digita un messaggio destinato a me, così ho scelto di dargli fiducia e il mio dito ha cliccato sul tasto *invia.* Era fatta, non potevo tornare indietro. Ho pregato che quella parte di me non venisse derisa o calpestata. L'angoscia e il dubbio di aver sbagliato mi hanno assalito, finché non ho ricevuto la sua risposta. Controllavo in continuazione quell'odiosa icona. Più non ricevevo sue notizie e più il timore di aver fatto una stupidaggine, mi perseguitava. Ho spento il cellulare e mi sono addormentata facendo incubi tutta la notte e, intorno alle quattro del mattino, mi sono svegliata. Dopo aver fissato minacciosa lo smartphone, ho pregato che ci fosse il suo messaggio ad attendermi. Ed è stato così.

Prima quella meravigliosa foto e poi le sue parole: "È una strada a doppio senso, Mel. Dolce notte. Leo". Mi ha sorpreso, non solo aveva capito, ma sembrava volermi comunicare che anche lui sta seguendo il suo istinto e si fida di me.

Con tutti questi pensieri che si alternano nella mia testa, arrivo davanti alla casa dei miei genitori. Mentre scendo dalla macchina, sento mio padre che sbraita oltre le finestre aperte. Non capisco una parola, perché anche mia madre gli risponde urlando. Appena entro, li trovo in salotto a discutere animatamente, mentre mia sorella è seduta e dà le spalle all'ingresso.

«Ma si può sapere cosa succede?». Entrambi ammutoliscono e si voltano verso di me, quasi stupiti della mia presenza. «E tu, Simo, non dici nulla!».

Solo quando mi avvicino, vedo che sta piangendo. Si copre il volto con le mani, mentre mi precipito accanto a lei. Poi guardo i nostri genitori e insisto a denti stretti: «Sto aspettando una risposta».

«È colpa mia», piagnucola Simona scostandosi i capelli dal viso.

«Sergio l'ha scoperta con un altro», afferma mia madre con un filo di voce.

La guardo, ma lei sta fissando il pavimento, mentre le lacrime continuano a rigarle il viso.

«L'ha pure cacciato di casa», dice mio padre. «Ti rendi conto?».

Ci metto un po' a elaborare la situazione poi, posando un braccio intorno alle spalle di mia sorella, chiedo ai miei genitori: «E voi perché vi stavate scannando?».

Mia madre mi guarda stupita.

«Melissa, sei sorda? Hai capito cosa ha combinato tua sorella oppure no?»

«Certo che ho capito, ma fino a prova contraria resta un problema tra lei e Sergio, non vostro». Mio padre sta per aggiungere qualcosa, ma lo fermo con un gesto della mano prima che intervenga. «Lasciami dire ciò che penso, poi potrai attaccare con la tua predica. Sono settimane che vi sento strani e temevo che qualcuno di voi potesse avere seri problemi di salute. Ora, sapere che vi state azzuffando perché è stata stronza con il marito, mi rincuora e non poco. Vi siete forse dimenticati che nell'ultimo anno sono spesso partita nel cuore della notte per portare Damiano a Siena e che suo padre stava morendo per un maledetto cancro?». Mio padre abbassa gli occhi, incrocia le braccia al petto e sospira. «Ho visto i figli e la moglie farsi violenza per regalargli un sorriso nel momento del dolore. E li ho osservati stringersi ancora di più davanti alla malattia. E voi, alla prima difficoltà vi rimbalzate la colpa a vicenda?». Provo amarezza. «Dovreste vergognarvi. La verità è che siete solo delusi da Simona».

«Melissa, qui si sta discutendo di come tua sorella ha trattato suo marito», interviene mia madre. «Sergio è rientrato prima dal lavoro e li ha trovati nel loro letto. Inoltre, l'avesse tradito con qualcuno di cui è innamorata, sarebbe comunque grave, ma almeno l'avrei giustificata in qualche modo... No, la signora è finita sotto le lenzuola con il nuovo stagista dello studio legale. E in più ha avuto il coraggio di sbattere fuori di casa il marito».

«L'ho sempre detto che tra loro c'è troppa differenza d'età e che alla lunga questo sarebbe stato un problema», sentenzia mio padre.

«Oddio!», sbotto. «Lo so pure io che Sergio è un brav'uomo e non si merita una sofferenza simile, ma ribadisco che le tragedie sono altre». Detto questo mi alzo e mia madre mi segue.

«Melissa, aspetta, dove vai?»

«Torno a casa, non ho intenzione di partecipare a questa sceneggiata. Preferisco restarne fuori».

«Che significa restarne fuori?», strilla lei bloccandomi sulla soglia.

«Vuol dire che secondo me Simona e Sergio devono risolvere i loro problemi da soli. Voi due non c'entrate niente».

«La questione ci riguarda, invece. Perché non è così che vi abbiamo educato», ribatte mia madre.

«Mamma, senti, la verità è che Simona è sempre stata una figlia modello e alla prima stronzata che combina in vita sua gliela fate pesare perché da lei non vi aspettavate un simile comportamento. Se al suo posto ci fossi stata io, tutto questo caos non ci sarebbe stato!».

Salgo in auto in fretta e il rumore del motore copre la voce di mia madre, mentre mi dirigo verso casa. Poco dopo il cellulare squilla. Si tratterà di mio padre. Non rispondo, anzi, lo spengo. So che andrà avanti in questo modo per tutto il giorno. Mentre sto percorrendo la strada per tornare a Milano, vedo i cartelli che indicano Como. È da tanto che non ci vado, così metto la freccia e dopo mezz'ora sto passeggiando verso Villa Olmo seguendo il lungolago. Le colline si inabissano nell'acqua e le ville d'epoca si affacciano sul lago. Mi fermo a osservare una coppia che si scambia un lungo bacio. Mani che si cercano e che si accarezzano. Sospiro e cerco il telefono nella borsa, ma mi rammento di averlo lasciato in auto. Chissà che cosa sta facendo Leo. Forse starà baciando la sua ragazza nello stesso modo. Ma io, che diritto ho di farmi certe domande? Scuoto la testa e torno alla macchina.

I giorni successivi sono stati un susseguirsi di telefonate. Dopo essermi chiarita con i miei ho parlato con Simona, senza risparmiarle nulla di quel che penso della faccenda. Sergio non si meritava un simile trattamento. Prima di arrivare al punto di tradirlo, avrebbe dovuto lasciarlo andare per la sua strada e risparmiargli una tale sofferenza. Nemmeno lei sa come sia arrivata a questo punto. Ho implorato i miei di starne fuori e a Simona ho consigliato di fare la cosa più difficile al mondo: parlare con assoluta sincerità a Sergio.

Non ho sentito spesso Leo ma, siccome Damiano e Sasha hanno deciso di fermarsi un'altra settimana in Russia, sento il bisogno di sfogarmi. Il messaggio che gli ho inviato mercoledì notte è scritto di getto, ma è sincero.

Da quando lo conosco, Leo non mi ha mai deluso e io ho la necessità di parlare con qualcuno, soprattutto in questi giorni in cui sono io quella costretta a dare retta a tutti.

Il mattino seguente non ricevo sue notizie. La stessa cosa si ripete la sera e persino il giorno dopo.

23 agosto 2013 ore 22:55

Ciao Leo,
tutto bene? Qui nella norma, ti scrivo per un saluto veloce.
...Stronzate. Non ho tue notizie da due giorni e ti scrivo perché sono in pensiero. Da me la situazione non è affatto tranquilla, anzi, è un delirio.
Ovunque tu sia, spero solo che tu stia bene.
Un bacio,
Mel

Capitolo 8
Riccardo

Partiamo per Cannes venerdì pomeriggio. Ho spostato la riunione al mattino e nonostante ciò Bianca non fa che sbuffare e lamentarsi per aver perso una giornata di mare e relax.

«Ma se piove?», le faccio notare.

«Ti ricordo che l'albergo dove lavora Alessandra ha una SPA. Avrei potuto fare una lunga seduta di massaggi, ma quando arriveremo sarà chiusa. Una giornata buttata!». Devo controllarmi per non discutere con lei.

Appena arriviamo al Palace, la sua amica ci viene incontro e inizia a blaterare più velocemente della mia ragazza. Sono giorni che dormo di merda, vorrei soltanto riposare un po'. Ed ecco che mi viene un'idea.

«Ale, scusa, non è che potresti procurare a Bianca una seduta alla SPA? Purtroppo per colpa mia siamo partiti tardi e lei ci teneva davvero tanto».

Venti minuti dopo sono in camera, da solo. Il primo desiderio è farmi una lunga doccia. Quando esco, scruto bene il mio riflesso nello specchio. I capelli neri e gli occhi scuri sono sempre uguali, eppure oggi non mi riconosco. È come se vivessi in una bolla che si rimpicciolisce, l'aria inizia a mancarmi. In passato, per non farmi uccidere da questa sensazione, sarei andato di corsa a cercare una donna con cui dare sfogo a tutto questo, ma da tre anni Bianca assolve perfettamente a questo compito e mi fa sentire meno animale. Ma nelle ultime settimane questo senso di oppressione si sta facendo sempre più pesante. Sento che potrei scoppiare da un momento all'altro.

Infilo i boxer e mi sdraio sul letto portando con me il cellulare. Nessuna notizia di Mel.

Una mano mi accarezza il ventre. Alzo le palpebre di scatto, devo essermi addormentato. Bianca mi sta baciando la spalla, scende verso i pettorali, mentre le sue dita si stringono intorno alla mia erezione. Si muove esperta e nonostante il mio corpo si stia arrendendo a questa sua provocazione, sento che qualcosa mi trattiene. Tento di relegare i pensieri in un angolo della mia testa, mi impongo di rilassarmi, poi tutto avviene velocemente. Le sue labbra, la sua bocca, il mio corpo che gode e un senso di liberazione.

«Ricky, scusa, ma dove vai?»

«In bagno», rispondo ansimante e mi alzo dal letto.

Siamo al ristorante, quando a un certo punto Bianca vede da lontano una sua conoscente e si alza per andare a salutarla. Ne approfitto per attivare lo smartphone, ma l'icona di Facebook rimane muta. La mia coscienza mi ammonisce: "Che cosa ti aspettavi, idiota? Tu non hai risposto e lei sarà incazzata con te. Col cavolo che ti scriverà!".

«Amore, ti ricordi di quella mia amica francese che ho conosciuto quando ho posato per Armani? L'ho vista laggiù e non potevo crederci, invece è proprio lei. Certo che il mondo è proprio piccolo».

«Già chi l'avrebbe mai detto, trovare una francese in Francia. Incredibile!». Bevo un altro bicchiere di vino, mentre i suoi occhi diventano due fessure.

«Ti stai prendendo gioco di me?»

«No, era una semplice battuta».

«Ah, meno male! Le ho detto che dopo cena andiamo con lei e il suo fidanzato in un nuovo locale super chic e molto cool che hanno appena aperto». Chic, cool? Ma come parla?

«Scusa, ma non sono venuto fino a Cannes per rinchiudermi in un locale, ce ne sono anche a Torino!».

«E sentiamo, cosa vorresti fare? Andare a dormire come i vecchi?», chiede piccata.

«Non so, una passeggiata in riva al mare, un giro in centro. Un gelato a Montecarlo. Quello che vuoi».

«Be', si dà il caso che voglia andare a questa inaugurazione». Non ci posso credere, mi viene da ridere.

«Bianca, due giorni fa mi hai costretto a spostare una riunione con dieci persone per venire in Costa Azzurra, perché secondo te non passavamo abbastanza tempo insieme e avevamo bisogno di una vacanza, mentre ora te ne esci che vuoi andare in un lounge bar?»

«Non vedo cosa ci sia di male. Ci saranno molti ospiti famosi, è un'occasione da non perdere».

Mi passo una mano sugli occhi, dopodiché prendo lo smartphone, le do un bacio tra i capelli e le dico: «Buona serata, divertiti e quando torni, se riesci, non fare troppo rumore».

«Ricky, aspetta...». Sono già fuori dal ristorante, sto camminando verso il lungomare. Grazie a questa passeggiata mi sono rilassato e mentre torno verso l'albergo, giuro a me stesso che appena varco la soglia della camera rispondo a Mel.

Quando apro la porta, sono contento che Bianca non abbia cambiato idea e sia andata a divertirsi. Conoscendola rientrerà all'alba mezza sbronza.

Mi tolgo la camicia e i pantaloni e mi stendo sul letto con il cellulare. Cazzo, un suo messaggio di circa trenta minuti fa! Le rispondo subito tentando per una volta, una sola maledetta volta, di dare un po' di spazio al cuore.

23 agosto 2013 ore 23:37

Dolce Mel, perdona il mio silenzio. Sto abbastanza bene. La mia vita

è complicata e, anche quando sembra semplice, qualcosa arriva a scombinare tutto. Io stesso sono un uomo difficile da capire.
Mi dispiace per il periodo di caos che stai passando, ma tu non sei una che si arrende, vero? L'ho notato subito, fin dai tuoi primi messaggi.
Mi hai scritto che mi consideri un punto fermo... Non so se mi merito tanta fiducia, forse è vero che sei un po' pazza, ma un fondo di verità in tutto questo c'è. E sei tu. Non mi sono spiegato, vero? Allora provo in un altro modo: ti sono vicino qualunque strada tu decida di percorrere e sento che è lo stesso per te. Se, come dici, ho la tua fiducia, non puoi revocarla quando ti fa comodo, perché è proprio ora che ne ho più bisogno.
Così adesso entrambi chiediamo l'uno all'altra di non essere feriti.
Una carezza per augurarti sogni d'oro.
Leo

Prima che possa cambiare idea, invio questo strano messaggio.

Vedo che la ragazza con gli occhi azzurri mi sta scrivendo, significa che è online.

23 agosto 2013 ore 23:46

Leo,
non ho paura di viverti accanto in questo modo. Ma dopo questi giorni di silenzio, non voglio che tu sparisca senza dirmi addio. Non fraintendermi, ti prego. Tu hai la tua vita e io ho la mia. È quella che mi sono scelta e non mi dispiace affatto, quindi non voglio complicare nulla, ma tu in qualche modo la arricchisci. Tutto qui. Voglio solo farti sapere che se vuoi chiudere questa nostra strana amicizia, sei liberissimo di farlo in qualsiasi momento, ma ti prego di comunicarmelo, perché ho la brutta abitudine di preoccuparmi per coloro a cui tengo.
Un bacio,
Mel

"Ho la brutta abitudine di preoccuparmi per coloro a cui tengo". Impiego più di un quarto d'ora per pensare a cosa scriverle e temo che sia già andata via.

24 agosto 2013 ore 00:05

Melissa, non ho alcuna intenzione di rinunciare alla nostra amicizia. E a conferma della mia volontà di non tradire la tua fiducia, ti prometto che non ti chiederò mai di incontrarci. Questo mio gesto ti dà la prova che non nutro secondi fini?
L.

24 agosto 2013 ore 00:19

Leon de Rouc, o come caspita ti chiamerai, sì e ne sono sollevata! Così so che tu non sei una specie di serial killer, anche perché uno che crea un profilo falso con questo nome, tanto a posto non deve essere! :-)
Mel

24 agosto 2013 ore 00:27

Colpito e affondato! Non è il mio vero nome, ma i tuoi occhi, mia cara Mel, prestano poca attenzione a quello che hanno davanti.
L.

24 agosto 2013 ore 00:38

Leo, se come dici c'è un qualche significato dietro questo tuo nome strampalato, non è che magari hai pure un amico che prevede il futuro? E nel caso, non potresti chiedergli quando ci sarà la fine del mondo? Così il mese prima do fondo alla mia carta di credito, tanto poi non possono venire a pignorarmi gli acquisti! Almeno ti rendi utile... :-)
Mel

24 agosto 2013 ore 00:46

Ahahah! Ti piacerebbe? A dir la verità credo di poterti essere utile sotto molti punti di vista...
L.

24 agosto 2013 ore 00:51

???
Leo, cosa fai? Stai sconfinando in campi che abbiamo chiarito essere off-limits?
Mel

24 agosto 2013 ore 00:57

Mel, Mel, Mel... perché vuoi vedere il male là dove non c'è?
L.

24 agosto 2013 ore 01:05

Il mio nome (che è vero!) lo hai imparato proprio bene! Per il resto, sarà l'ora, ma non ho capito... In che modo potresti essermi d'aiuto? Spiegati meglio, Leo, Leo, Leo.
Mel, Mel, Mel

24 agosto 2013 ore 01:11

Così come tu avrai curiosato nel mio profilo, io ho sbirciato il tuo. Premetto che non l'ho fatto con finalità da stalker, ma vedendo il tuo interesse per le mie foto pensavo fossi un'addetta ai lavori. Insomma, leggendo qualche tuo post, mi sono accorto che non sempre tra te e i software c'è un rapporto idilliaco...
In quel campo me la cavo, se mai avessi bisogno di una mano, chiedi pure!
L.

24 agosto 2013 ore 01:19

:-(
Leo, mi stai per caso dando dell'ignorante informatica?
M.

24 agosto 2013 ore 01:31

La cosa ti offenderebbe, forse? :-)
L.

24 agosto 2013 ore 01:39

Moltissimo!!! :-) Ahimè hai ragione, so usare molti programmi, ma nessuno bene. Faccio continui salvataggi a ogni passaggio, sempre con nomi diversi, almeno se sbaglio non devo rifare tutto...
Sei molto gentile a offrirmi il tuo aiuto... secondo me te ne pentirai presto e alla fine mi toglierai l'amicizia da Fb per la disperazione.
M.

All'improvviso la porta si apre. Bianca è tornata prima di quanto mi aspettassi. Ha le scarpe in mano e barcolla.

«Ciao, amore, mi stavi aspettando? Che dolce!». Si siede sul letto e fa per baciarmi. Puzza di alcol e fumo. Giro il viso e le sue labbra finiscono sulla mia guancia.

«Hai bevuto, vero?»

«Un pochino». Ride.

«Forza, mettiti a dormire, che domani sarai uno straccio», commento mentre cerco di farla sdraiare.

Sto per allontanarmi quando lei tenta di afferrarmi il polso, ma sbaglia mira e le dita catturano solo l'aria.

«Perché non vieni qui vicino a me? Eh? Ho voglia di una bella scopata».

«Ora dormi». Non faccio in tempo a dirlo, che è già crollata. Quasi non ci credo, io che rinuncio a fare sesso?

Mi metto seduto a letto e riprendo il cellulare. Ancora una volta le mani corrono più veloci della mente.

24 agosto 2013 ore 02:02

Impossibile, Mel, non potrà mai capitare.
Sogni d'oro.
Un bacio,
Leo

Spengo il telefono e percepisco il respiro regolare di Bianca al mio fianco. Chiudo gli occhi e penso che così non va. Ma *così* come?

Capitolo 9
Melissa

Con il passare del tempo, e con l'aiuto di un bravo psicoterapeuta, tra Simona e Sergio le cose hanno ripreso a funzionare. Lui è rimasto nella loro casa di Saronno, mentre lei è tornata dai miei a Lomazzo. Dopo tutta questa faccenda i miei hanno iniziato a stare meno addosso a Simona e tra me e lei il legame si è fatto più forte. In uno slancio di confidenza le ho persino raccontato di Leo. Simona vede il marcio ovunque e mi ha consigliato di chiudere il profilo FB, ma credo che la sua sia deformazione professionale. Anche secondo Damiano dovrei stare attenta, perché lo considera un viscido che ci sta provando, mentre Sasha è ottimista, secondo lui Leo è uno spirito buono che cerca una sua dimensione almeno sul piano virtuale, perché nella realtà non è soddisfatto di sé.

La certezza è una sola: Leo e io ci sentiamo almeno una volta al giorno. E questa presenza fissa mi fa stare bene. Mi piace sapere che qualcuno rubi del tempo a se stesso, per darlo a me. Ormai sono passati quasi cinque mesi dal primo contatto e tra noi non c'è nessuna implicazione. Siamo diventati entrambi bravissimi a scrivere il resoconto della nostra giornata, dopo averlo epurato da tutti i dettagli troppo personali.

Da fine settembre, i corsi all'università sono ricominciati e le aule sono prese d'assalto, le esercitazioni che tengo due volte alla settimana sono seguite con interesse e questo mi gratifica non poco.

Anche oggi pomeriggio, arrivo in aula magna con il mio solito entusiasmo. Purtroppo il sorriso mi muore sulle labbra quando vedo Philippe seduto in prima fila. La campanella non è ancora suonata, così mi avvicino a lui prima della lezione.

«Che cosa ci fai qui?». E per di più vestito in questo completo gessato scuro che ti calza a meraviglia? Ma forse questo è meglio non aggiungerlo.

«Volevo vederti ed ero sicuro che non avresti risposto alle mie telefonate».

«E come mai sei arrivato a questa conclusione?», domando con sarcasmo. Alza un sopracciglio e non gli do il tempo di rispondere. «Forse perché non ci siamo lasciati da amici? Visto che tu mi tradivi con tutte quelle che ti capitavano?»

«Quante volte te lo devo ripetere che è successo una sola volta?».

Sto per ribattere che aver tradito *una sola volta* per me equivale a una rottura definitiva, poi penso a mia sorella. Lei si è comportata anche peggio di Philippe… almeno noi non eravamo sposati né convivevamo.

Torno a guardare il mio ex. Non ha la bellezza di Damiano o Sasha, ma ha un viso angelico. Dannazione a lui e al suo accento francese!

«Hai ragione, ormai non ha più importanza, fa parte del passato». I suoi occhi scuri mi fissano. «Di cosa devi parlarmi?»

«Si tratta di lavoro», risponde passandosi la mano tra i ricci biondi. «Ho un amico che dirige il reparto marketing della Sokio. A maggio lanceranno un nuovo smartphone, con un proprio sistema operativo e vorrebbero presentarlo all'edizione SMAU di Torino».

«E…?», domando sbrigativa, dato che dovrei iniziare la lezione.

«E mi ha chiesto il nome di chi ha elaborato la presentazione per la mia società. Mel, vorrebbe offrirti un lavoro. E pure ben retribuito». Che melodia quando pronuncia il mio diminutivo. Uffa! Torno a concentrarmi su quello che mi ha appena proposto e, in effetti, avrei proprio bisogno di un'entrata extra.

«Be', grazie, fammi contattare direttamente da lui».

«Perfetto, allora gli darò il tuo numero di telefono». E quando si avvicina per salutarmi, il suo odore di muschio mi proietta indietro nel tempo. A un anno fa, quando la nostra relazione si è conclusa, dopo aver scoperto che era stato a letto con una sconosciuta. Annusare questa essenza però, oltre ai ricordi brutti, sta facendo tornare a galla anche quelli belli.

Phil mi riporta alla realtà dandomi un bacio sulla guancia. «Allora ci sentiamo presto!».

La campanella suona e io raggiungo la cattedra. Il mio corpo è lì, ma la mente viaggia lontano. Scuoto la testa per scacciare via quei pensieri e inizio la lezione.

Quando a cena racconto a Damiano dell'incontro, lui inizia a imprecare contro Philippe.

«Chi cazzo si crede di essere? Mel, da' retta a me, quello sta tentando di trovare un modo per ritornare con te!».

«Ma no, Damiano. Ti darei ragione, se mi avesse offerto di lavorare per lui, ma è per un suo conoscente», affermo convinta.

«Secondo me non dovresti accettare. Philippe Vaillant non fa mai nulla senza volere qualcosa in cambio».

«Parli così perché mi vuoi bene, e ti ringrazio, ma, se anche dovesse provarci, ti assicuro che non tornerei certo con lui», ribatto tentando di convincere il mio migliore amico, che si limita a sospirare.

«Mel, quello stronzo ti trasformava. E non era affatto un bello spettacolo vederti tanto insicura».

«In che senso, scusa?»

«Eri sempre nervosa e agitata. Diceva che passava a prenderti alle otto e la maggior parte delle volte si presentava con un'ora di ritardo. Entrava, ti guardava poco soddisfatto e tu correvi a cambiarti». Mi scruta dritto negli occhi, mentre la sua voce vibra di rabbia. «Mel, eri succube di quel cretino, ti annullavi pur di accontentare i suoi capricci».

Ora che mi ci fa pensare, mi tornano alla memoria episodi simili.

«Va bene, tenterò di stare lontana da lui, ma voglio comunque ascoltare di che proposta si tratta. E se sarà vantaggiosa dal punto di vista economico, l'accetterò». Damiano sta per ribattere, ma io lo anticipo: «A patto che lui non si metta in mezzo. Ok?».

Con la testa mi fa un cenno affermativo poco convinto. Io intanto avvio la lavastoviglie e mi guardo intorno alla ricerca del mio cellulare.

«Tranquilla, sono solo le dieci, il tuo ammiratore segreto è un nottambulo», mormora, mentre ribatto con una pernacchia. «Scherzavo», commenta alzando le mani al cielo, «comunque lo hai lasciato sul divano».

Corro a vedere se Facebook ha qualche notifica per me. Sì, che c'è! Vado in camera mia per leggere il messaggio in pace.

24 ottobre 2013 ore 21:23

Ciao Mel,
volevo avvisarti che questa sera sparisco. Sono a cena con dei colleghi. Festeggiamo la chiusura di un progetto che è andato benissimo. Ne sono entusiasta, però sono anche molto preoccupato per quello che mi aspetterà lunedì. Concluso questo incarico temo che tornerò alle mie consuete mansioni ed è un tipo di vita che inizio a trovare tremendamente stretto. Questi mesi sono stati una pacchia e mi sento soffocare al pensiero di quello che mi attende. Credo che stia per arrivare un tornado e io mi troverò esattamente sulla sua traiettoria. Scusa il tono down, ma stasera è così.
Almeno tu fa' bei sogni.
Un grosso bacio,
Leo

Negli ultimi mesi le parole *baci* e *abbracci* piovono nei nostri messaggi e ammetto che colorano le mie giornate.

24 ottobre 2013 ore 22:26

Sera Leo,
immagino che non leggerai queste righe tanto presto, ma ti scrivo lo stesso. Siamo in perfetta simbiosi in questa giornata. Tu non sai come sarà il tuo domani e io invece sono alle prese con il passato che torna a bussare alla mia porta, ma il risultato non cambia: soltanto incertezza per entrambi.
Capisco fin troppo bene il tuo stato d'animo, però ora non pensarci, goditi la cena. Concludere un progetto impegnativo è un gran risultato. Sii orgoglioso di te!
Bacio,
Mel

Spengo lo smartphone e dopo averlo appoggiato sulla scrivania mi ritrovo a fissare l'ultimo cassetto. Perché non riusciamo a staccarci da oggetti legati a ricordi spiacevoli? Apro quel contenitore e cerco le foto del periodo in cui stavo con Phil. Mentre le passo in rassegna, le parole di Damiano mi ronzano in testa. È difficile ammettere che ha ragione lui. In quasi nessuna la mia espressione è serena e spesso sono vestita o pettinata in modi che non mi rappresentano proprio. Raduno quelle foto e la rabbia mi suggerisce di bruciarle, invece le rimetto nella busta e le richiudo nell'ultimo cassetto.

Capitolo 10
Riccardo

Per il progetto con la Bundesbank non avrei potuto chiedere un team migliore. Mi sono trovato davvero bene a collaborare con loro, inoltre restare a Torino e tornare a casa ogni sera è stata un'esperienza impagabile. Sono uscito spesso con i colleghi per una birra o una pizza, e mi è sembrato di recuperare un po' di quella normalità persa a causa dei continui e lunghi viaggi. Stesso motivo per il quale, con il tempo, anche i vecchi amici si sono allontanati.

Questa sera stiamo festeggiando la conclusione del progetto. Eppure il mio pensiero corre già a lunedì e al nuovo cliente che mi affiderà Giorgio. È Peter che mi riporta al presente domandandomi se voglio una sigaretta. Nell'ultimo periodo ho ripreso questa brutta abitudine. Cerco il mio pacchetto ed esco a fumare con lui.

«Questi quattro mesi sono volati, ma sono contento di tornare a casa», dice Peter nel suo ottimo italiano.

«Ti manca la tua famiglia?»

«Mi prenderai per scemo, ma mi è dispiaciuto non essere presente il primo giorno di scuola di mia figlia. Sono sciocchezze, che però non tornano. Scusa, a te non interesserà sentire queste cose», commenta.

Mi interessa? Non lo so nemmeno io.

«Quanti anni hanno i tuoi figli?», chiedo tra un tiro e l'altro.

«Friedrich tre e Hanna sei. Tu hai figli?»

«No, alla mia ragazza non piace per nulla l'idea di ingrassare. Credo che preferirebbe morire». Peter mi sta osservando come se avessi detto una banalità, così aggiungo: «È una modella».

«Wow, una modella? È famosa?»

«Tempo fa era la testimonial dell'azienda You&2, quella che si occupa di abbigliamento intimo».

Peter ci pensa su un attimo.

«Chi? La rossa?».

Faccio un cenno di assenso con la testa, mentre spengo il mozzicone.

«Proprio lei, Bianca Comi», affermo.

«Complimenti! Molti uomini pagherebbero per essere al tuo posto», ribatte euforico, mentre io mi limito a un mugugno, pensando che in passato, infatti, molti avrebbero davvero pagato per averla. Anche io lo avrei fatto. Ma siamo usciti da quel giro in cui ogni cosa ruotava intorno al sesso e in tutto questo – devo ammetterlo – Bianca ha giocato un ruolo fondamentale.

Torno dentro e prima di sedermi guardo il cellulare, ormai è diventato un gesto automatico. Che scemo, cosa controllo a fare? Ho detto a Mel che sarei stato impegnato. E invece, ecco un suo messaggio.

Sono qui, in un ristorante pieno di gente piacevole, ma solo le sue parole mi fanno spuntare il sorriso. Spengo il telefono e torno a godermi la serata, proprio come mi ha consigliato.

Una volta tornato a casa le rispondo con calma.

25 ottobre 2013 ore 01:33

Mel, grazie per le tue parole. Sai che era da tanto che nessuno si complimentava per i miei risultati? Non sono per nulla un santo, è giusto che tu lo sappia. Mi hanno definito in mille modi tra cui: bastardo, figlio di puttana, egoista, insensibile, maschilista e volubile. Avrei dovuto dirtelo già mesi fa! Non sono la persona che tu pensi. In fondo sono uno stronzo e basta.
Leo

Inviato. È da un po' che volevo confessarle la verità, prima che qualche mio gesto rovini l'idea del tutto falsata che ha di me. Ho voluto essere onesto. Ma una voce si fa strada in me: se fossi sincero al cento percento, le direi anche dell'esistenza di Bianca. Questa mia paranoia mentale si ferma nell'istante in cui arriva la sua risposta.

25 ottobre 2013 ore 01:51

Perché mi stai dicendo tutto questo?
M.

25 ottobre 2013 ore 2:02

Per farti capire. Affinché tu non ti abbandoni a facili idealizzazioni. Per mantenere la promessa di non ferirti mai.
L.

25 ottobre 2013 ore 02:14

Allora ascoltami bene. Con me tu non sei mai stato niente di tutto ciò da cui mi metti in guardia. Con me tu sei *diverso*. Non me ne frega niente di chi tu sia o cosa abbia fatto nella tua vita. Da cinque mesi ti scrivo quando sono triste, felice, annoiata o impaurita e tu da cinque mesi rispondi a ogni mio singolo messaggio con garbo, sapendo sempre come rassicurarmi.
Va bene, Leo, è la serata delle confessioni? Eccoti la mia: non posso fare a meno dei tuoi messaggi. Entrambi siamo d'accordo che questo nostro mondo virtuale rimarrà tale, ma la tua presenza per me conta e voglio che continui a essere così. Non riesco a ricordare una giornata senza le tue parole. Questa è la verità, fattene una ragione.
M.
P.S. Anche se sta per arrivare un tornado, io sono qui se hai bisogno di me.

Oh Cristo! Appoggio la nuca alla parete, mentre sono alle prese con la solita difficoltà di trovare una risposta adeguata ai suoi messaggi. Non è una sensazione fastidiosa, perciò scrivo di getto e invio.

25 ottobre 2013 ore 02:35

Oggi sono io a volere una promessa da parte tua. Mel, promettimi che mi fermerai prima di deluderti. So perfettamente che ti fidi di me, ma non ci sono abituato. Tendo a rovinare molte cose e non voglio che accada con te.
L.

25 ottobre 2013 ore 02:59

Te lo prometto, ma sono certa che non succederà mai. Proprio perché ho imparato a fidarmi di te.
Ora va' a riposare.
Un bacio,
M.

25 ottobre 2013 ore 03:04

Grazie di tutto. Notte.
Bacio,
L.

Spengo il cellulare e appena mi infilo sotto le coperte, avverto il mio corpo rilassarsi.

Al mattino mi sveglio tardi. È già mezzogiorno quando accendo il telefono e ricevo un SMS di Bianca che mi ricorda l'appuntamento di questa sera con i suoi genitori.

È dalla cena a casa dei miei che evito di incontrarli, non perché mi vergogni di ciò che ho detto in quella occasione, ma perché hanno le stesse convinzioni di mio padre. Con i miei i rapporti si sono raffreddati e mia madre mi telefona solo per non sentirsi in colpa.

Bianca sarà impegnata per tutto il pomeriggio, così, tentando di non pensare al tornado che mi attende lunedì, sono andato a correre perché mi fa stare bene.

La relazione con Bianca si sta facendo un po' tesa da qualche mese a questa parte, non capisco se sia lei a essere sempre più insofferente per via dei suoi impegni lavorativi o se la causa sia io. Decido di non pensarci e come è mia abitudine prendo il portatile e accedo a FB. Il suo messaggio è lì ad attendermi.

25 ottobre 2013 ore 18:04

Ehi Leo,
ti informo che domani non riuscirò a collegarmi, tra poco parto per un weekend fuori porta!!! Abbiamo deciso all'ultimo momento di fuggire dalla città. Dobbiamo ritrovare un po' di pace. Ma per il tornado di lunedì, sarò qui se avrai bisogno di me! :-)
Buon fine settimana.
Un abbraccio,
Mel

"Abbiamo deciso? Dobbiamo ritrovare?" Di chi sta parlando? C'è forse un uomo nella sua vita? Ma che idiota, che cosa mi interessa? Dopotutto io sto con Bianca. Come spesso capita, non so cosa risponderle, ma questa volta le motivazioni sono ben diverse. Forse dovrei solo augurarle buon divertimento… Be', lo farò domani!

Quando citofono, Bianca mi avverte che non è ancora pronta e con la scusa di dover fare un paio di telefonate, l'aspetto in auto. Non ho proprio voglia di sorbirmi i suoi preparativi.

Dovrei scrivere a Mel, ma qualcosa mi trattiene. In fondo la mia risposta può benissimo aspettare e rimetto via il cellulare.

Quanto cavolo ci mette, Bianca? Inizio a tamburellare le dita sul volante. Eccola arrivare, finalmente.

«Ciao, amore».

«Ciao. Se tua madre fa le solite facce perché siamo in ritardo, ti avviso che questa volta non me ne assumerò la responsabilità!».

«Non dirà nulla, tranquillo!».

E passa i successivi venti minuti a raccontarmi nei dettagli la sua giornata. Appena entro nella villa dei suoi, l'unico che mi accoglie con allegria è Sebastian, il dogo argentino, che scodinzola felice mentre lo accarezzo. Sono sicuro che sarà l'unico momento lieto della serata. Il resto infatti è un continuo parlare tra Lisa e Bianca. Prima la madre elenca tutte le amiche già sposate della mia compagna e il relativo numero di figli, poi Bianca mi costringe ad ascoltare di nuovo la radiocronaca della sua giornata. Marco tenta uno straccio di conversazione, ma in me trova un muro. Sono troppo stanco, o forse semplicemente scoglionato.

L'apice arriva quando Lisa chiede alla figlia cosa aspettiamo a fissare la data delle nozze. In quel momento mi sveglio dal mio torpore e vedo che Bianca aspetta una parola da parte mia. L'unica possibile risposta che mi passa per la mente, è: «Al momento, Lisa, ci sembra prematuro fare progetti, dato che la nuova attività di Bianca non è ancora iniziata. Abbiamo tempo per rifletterci».

Madre e figlia mi sorridono. Per questa sera è andata, sono salvo!

A cena conclusa, dopo aver salutato i suoi genitori, mentre aspetto Bianca davanti all'auto, controllo il mio cellulare. Non c'è nessun messaggio. Cretino, lo sapevi anche prima! Sono quasi le undici e mezzo e con molta probabilità si starà divertendo con il tizio con cui è partita. Metto il telefono in tasca prima che Bianca mi cinga la vita.

«Possiamo andare», sussurra.

È silenziosa mentre ci avviamo verso casa.

«Tutto bene?», le chiedo.

«Sì, stavo riflettendo su quello che hai detto a cena. Sei stato gentile a pensare a me e alla mia carriera. Mi ha colpito. Grazie».

«Prego», rispondo dandomi mentalmente del bastardo. La mano di lei si posa sulla mia coscia. Lentamente risale verso l'inguine, per poi fermarsi sopra il mio uccello che reagisce subito a quella pressione.

Appena apre la porta di casa, si toglie la giacca e la seguo fino alla camera. Si siede sul bordo del letto e mi attira a sé, dopo aver abbassato la cerniera dei miei pantaloni. Si sbottona la camicetta facendo sparire anche il reggiseno, poi alza la vaporosa gonna. Indossa solo autoreggenti, niente biancheria intima. Si sdraia con le gambe aperte mostrandomi tutto. Mi avvicino e le sono già dentro trattenendola per i fianchi. A lei piace restare passiva durante il rapporto, sono io che decido come e quanto penetrarla. Con le mani si tocca i seni, stimolandoli e dopo pochi istanti raggiunge il suo orgasmo. L'assalgo con ancora più prepotenza, mentre le sue contrazioni mi portano all'apice. La mia mente è di nuovo svuotata di tutti i pensieri.

Lei è inerme, sul letto, e anche dopo essermi ritratto, resta con le gambe aperte. Mi sistemo i pantaloni e ho soltanto voglia di tornarmene a casa.

Mi guarda con il volto accaldato.

«Non ti fermi stanotte?»

«No, domani mattina devo svegliarmi molto presto, ho una relazione da presentare. Non voglio disturbarti». Grandissimo stronzo, non c'è nessuna relazione da consegnare!

«Oh, va bene!», mugola, «ti chiamo appena mi sveglio. Dormirò come un ghiro, grazie per questa favolosa scopata». Le stampo un bacio sulle labbra ed esco senza dire nulla.

A casa mi sdraio nel mio letto. Chissà se anche Mel questa notte ha fatto sesso. Che stupido! Non sono affari miei, però mi domando che effetto potrebbe farmi fissare quegli occhi azzurri, mentre mi muovo in lei. Per allontanare l'effetto di quel pensiero sono costretto a farmi una doccia ghiacciata. Tento di convincermi che Mel non sia una gran bellezza. Perché coprirsi metà della faccia, altrimenti?

Capitolo 11
Melissa

Sergio resterà a Vienna tutto il weekend per un congresso e Simona mi ha letteralmente costretto ad accompagnarla a Sirmione. Deve consumare uno di quei pacchetti regalo per due persone in un centro benessere. Mi ha obbligata a lasciare a casa il cellulare, il tablet e il computer, fermamente convinta che entrambe abbiamo bisogno di depurarci dalla tecnologia e dato il numero di volte a cui accedo a email, chat di Facebook e web in generale, direi che ha proprio ragione.

Durante il soggiorno abbiamo a lungo parlato di Leo.

«Mel, ti sembra saggio dare tanta confidenza a un tizio che hai conosciuto su Facebook e di cui non sai nemmeno il nome?», mi domanda Simona mentre siamo a cena.

«Non so cosa risponderti, Simo. Con lui seguo solo il mio istinto. E poi… Oh, insomma, mi piace ricevere i suoi messaggi e in fondo non facciamo nulla di male! Ci scriviamo e basta!».

«Per carità, non ti sto accusando di nulla! È solo che in tribunale ne ho viste tante di storie nate così e ti assicuro che alcune sono finite proprio male», commenta lei.

«Me ne rendo conto, ma credimi, non riesco a fare a meno di lui… e credo che anche per Leo sia la stessa cosa. Non guardarmi così! So cosa stai pensando».

«Secondo me state diventando pericolosamente intimi», sentenzia mia sorella e – devo ammetterlo – ha proprio ragione!

E infatti la prima cosa che faccio, appena metto piede a

casa, è precipitarmi in camera e accendere il cellulare. L'icona di FB si illumina, e il mio cuore insieme a lei.

27 ottobre 2013 ore 17:33

Ciao,
spero che ti sia divertita durante il vostro weekend.
Leo

Tutto qui? Mi sembra un po' freddo come messaggio.

27 ottobre 2013 ore 18:56

Ciao,
tutto bene, grazie, è stato meglio di quello che mi aspettassi.
E tu?
Un abbraccio,
M.

27 ottobre 2013 ore 19:04

Direi alla grande, erano mesi che io e la mia ragazza non passavamo un paio di giorni a farci tante coccole.
Spero sia stato lo stesso per te. A volte bisogna allontanarsi dalla quotidianità per apprezzare la persona amata, giusto?
L.

Dopo questo messaggio, mi lascio cadere sul letto. Io non lo immaginavo… cioè supponevo che ci fosse qualcuno, ma in questi mesi non mi ha mai parlato di lei. E ora, vederlo scritto nero su bianco, mi lascia una strana sensazione addosso. Sospiro e tento di rispondere in fretta, non voglio che intuisca che ci sono rimasta male.

27 ottobre 2013 ore 19:07

Ehi Mel, ci sei? Che cosa è successo? Sei caduta? :-)
L.

Appunto. Fa pure lo stronzo? Che sciocca, ma perché me

la prendo con lui? Non è colpa sua se la mia reazione è esagerata.

27 ottobre 2013 ore 19:15

Ci sono. Nessuna caduta, tranquillo.
Sono lieta che abbiate trascorso un weekend romantico. Hai ragione quando dici che a volte bisogna allontanarsi per potersi ritrovare.
Erano anni che io e mia sorella non parlavamo tanto. È stato come tornare bambine, quando eravamo complici contro i nostri genitori! :-)
E questa sera mi offre pure la pizza! Anzi, mi sta aspettando, sarà meglio che la raggiunga!
Alla prossima,
Mel

Non c'è nessuna pizza, ma dovevo staccarmi in qualche modo. Spengo questo stupido telefono e lo lancio sul letto con un moto d'ira. Perché sono tanto arrabbiata? Lui non è niente per me. Niente! Faccio un profondo respiro e tento di riprendere il controllo.

Damiano è da Sasha e io non ho proprio voglia di fare nulla. Alla fine mi metto sotto alle coperte senza nemmeno cambiarmi.

Al risveglio, il mattino dopo, sono un po' frastornata. Ho lezione dalle dieci fino a mezzogiorno, la radiosveglia indica che mancano due ore. Fisso il mio cellulare sul comodino, ma lo evito e vado in cucina dove trovo un post-it del mio coinquilino.

"Quando sono rientrato dormivi, non ho voluto svegliarti. Ti ho portato i cornetti alla crema del Belvedere e il caffè è pronto sul fuoco. Buona giornata. Damiano. P.S. Bentornata!".

Dopo una colazione così non posso che stare meglio! Vado al lavoro con un umore decisamente migliore, e quando arrivo in aula mi accorgo di aver lasciato lo smartphone a casa. Non capitava da molto tempo. Prima di Leo era un'abitudine dimenticarlo ovunque. Va bene. Posso continuare la disintossicazione.

Quando torno a casa, la sera, trovo Damiano ai fornelli. Una buona cenetta con lui e poi sprofondiamo nel divano a guardare un film. Per tutta la serata ho evitato di controllare il telefono, ma prima di andare a dormire mi ritrovo a fissarlo come se fosse una bomba. Alla fine mi siedo sul pavimento, allungo la mano e lo accendo. Ecco l'icona che s'illumina. La tocco e si aprono i *suoi* messaggi. Sì, suoi, perché ce ne sono almeno dieci!

28 ottobre 2013 ore 01:17

Mel ci sei?
L.

28 ottobre 2013 ore 04:32

Dormi sodo, eh?
Buona continuazione di sogni... io non ci riesco.
L.

28 ottobre 2013 ore 07:30

Ehi, non sei ancora sveglia?
L.

28 ottobre 2013 ore 09:30

Oggi è il giorno del tornado...
L.

Gesù, presa dalle mie paranoie me ne sono scordata, che stupida!

28 ottobre 2013 ore 12:27
Stai bene? Mi sto preoccupando...
L.

28 ottobre 2013 ore 15:35

Mel, tutto ok?
L.

28 ottobre 2013 ore 16:30

Tornado partito... sono al centro.
Dove sei?
Ho esagerato...
L.

28 ottobre 2013 ore 18:06

Sto uscendo ora dal lavoro. Spero di sentirti più tardi.
L.

A questo ultimo messaggio allega una delle sue immagini. Il mare piatto, una barriera di sassi, la calma. Mentre nel cielo enormi nuvole nere, ammassate, minacciano quella quiete.

Sento una fitta al petto. Gli scrivo subito.

28 ottobre 2013 ore 23:02

Leo, scusami, ho dimenticato che per te questa sarebbe stata una giornata cruciale. Raccontami come è andata... se ti va ancora di farlo.
Mel

Mentre entro nella doccia, mi chiedo come sia potuta sfuggirmi di mente una cosa tanto importante. Ero troppo presa da me stessa e dalla notizia che ha una ragazza. Non mi asciugo i capelli e torno subito in camera per vedere se c'è un messaggio. Grazie al cielo, eccone uno.

28 ottobre 2013 ore 23:26

Melissa, non sei tu a doverti scusare.
L.

28 ottobre 2013 ore 23:30

Direi proprio di sì, invece. Sono io che avevo promesso di esserci oggi, ma ero concentrata solo su me stessa e sulla mia vita. Scusa! :-(Non ho giustificazioni.
Allora, la situazione è peggiore di quello che ti aspettavi?
M.

28 ottobre 2013 ore 23:33

Non proprio, diciamo che gli ultimi quattro mesi sono stati un'eccezione, e semplicemente torno alla vita di prima, alla mia normalità.
Da domani starò lontano dall'Italia per qualche settimana, è il mio lavoro. Vado in Cina e rientro a metà novembre, appena posso ti scrivo...
L.

28 ottobre 2013 ore 23:49

Domani? Così presto?
Fa' buon viaggio.
Un abbraccio,
M.
P.S. Ti aspetto da questa parte del monitor.

29 ottobre 2013 ore 00:02

Parto sereno... era l'unica cosa che volevo sentirmi dire da te stasera.
Notte, dolce Mel.
Un bacio,
L.

Lentamente i colori autunnali sono spariti, lasciando posto a quella odiosa nebbia su Milano che preannuncia l'arrivo del freddo.

A metà dicembre firmo l'accordo con la Sokio per la presentazione del loro nuovo smarthphone. Alla fine ho accettato l'incarico: il compenso è alto e io avevo bisogno di tenermi occupata in qualche modo. E buttarmi nel lavoro è un modo per sentirmi meno sola. Damiano e Sasha non ci sono e Leo, da quando ha ripreso a viaggiare, mi scrive meno. In compenso m'invia molte foto come se fossero cartoline virtuali. Ogni istantanea cattura la luce in modo particolare e dimostra la cura che Leo mette nel fotografare quello che ha davanti al suo obiettivo. Questa meticolosità, unita al fatto che spesso mi riferisce di essere in zone senza connessione, mi fa supporre che giri il mondo perché è un fotografo professionista.

Il giorno di Natale è finalmente arrivato e la temperatura si è abbassata notevolmente. I mezzi spargisale sono già all'opera e i meteorologi annunciano abbondanti nevicate in serata, anche se io vedo spuntare un timido sole. Mentre mi preparo per andare a pranzo dai miei genitori, guardo il cellulare e trovo un messaggio di Leo.

25 dicembre 2013 ore 10:52

Auguri di buon Natale.
Non posso dirti tutto ciò che vorrei, così ti allego una foto che ti ritrae.
Nel caso non riuscissi a vederti... tu sei quella in alto a sinistra.
Un bacio,
L.

Ci sono pure io? Osservo bene l'immagine allegata. Ci sono montagne innevate avvolte dal buio della notte e l'unica fonte luminosa è la luna, che con il suo chiarore crea un riverbero sulla neve. Non ho capito, io sarei la luna?

25 dicembre 2013 ore 11:12

Ciao Leo e auguri anche a te!
La foto è bellissima, come tutte le altre, ma permettimi una domanda: perché sarei la luna? Ti sembro così volubile?
Un abbraccio,
M.

Da che mi ha detto di avere una ragazza non riesco ad andare oltre la parola *abbraccio*. È più forte di me.

Mi preparo per uscire di casa e appena salgo in auto il cellulare mi indica una nuova notifica di Facebook.

25 dicembre 2013 ore 11:34

Non sei volubile. Quella luna ben ti rappresenta perché spesso rischiari le mie notti. Nulla di complicato. :-)
Buon pranzo di Natale,
L.

Un sorriso m'illumina il viso, ma rischio di fare tardi, risponderò al mio rientro. In alcuni tratti la strada è ghiacciata e non ho le gomme da neve su questa vecchia carretta. Quando arrivo, noto con piacere che Sergio e Simona si scambiano occhiate dolci. Li fisso incantata, finché mio padre mi riporta con i piedi per terra.

«Melissa, hai messo le gomme da neve all'auto, vero?»

«Ehm, a dir la verità, no. Ma ti assicuro che vanno benissimo».

«Allora questa sera ti fermi qui! Le previsioni danno neve e le strade saranno ghiacciate», tuona lui.

Lascio cadere l'argomento.

L'infinito pranzo si conclude nel tardo pomeriggio. Quando inizio a radunare le mie cose, è Simona ha strillare: «Mel, dove pensi di andare?»

«A casa», rispondo candida.

«Stai scherzando? Sta nevicando, è pericoloso!». Ci mancava pure mia madre.

«Sentite, in città saranno già passati a pulire le strade non so quante volte, quindi non preoccupatevi, impiegherò la solita mezz'ora, forse meno, visto che non ci sarà traffico». Bacio tutti in fretta. «Vi chiamo appena metto piede a casa, promesso».

E scappo prima che possano fermarmi.

Dopo dieci minuti la mia auto inizia a slittare per via dei cumuli di neve, rallento l'andatura e impiego una vita a percorrere pochi chilometri. Sto meditando di fermarmi a mettere le catene, quando qualcosa mi attraversa la strada. Freno all'improvviso, la macchina fa un testacoda. Sono una pallina dentro a un flipper. Sbatto più volte contro la scocca dell'auto perdendo l'orientamento e con la testa colpisco una superficie durissima, mentre le cinture trattengono il mio corpo trasformandomi in una marionetta.

Capitolo 12
Riccardo

Sono rientrato a pieno regime nella mia vita precedente. Questa volta però ho contrattato con Giorgio, ottenendo un avanzamento di carriera e un aumento di stipendio. Ma soprattutto da luglio potrò svolgere il lavoro dalla mia scrivania. Devo resistere qualche mese e poi potrò chiudere con le continue trasferte all'estero.

Questa notizia mi fa guardare al futuro con ottimismo, ma è Bianca a farmi passare in fretta il buonumore. Come oggi. Sono atterrato poco fa e me la ritrovo che gira mezza nuda per il mio appartamento.

«Bianca, che ci fai a casa mia?»

«Che maleducato, non mi saluti nemmeno?», miagola.

«Ciao. Si può sapere che cosa ci fai qui?»

«Spiritoso! Ti ho portato il tuo regalo di Natale!».

«Mancano ancora cinque giorni», esclamo spazientito, nel frattempo lei mi porge una scatola di media grandezza.

«Non vuoi nemmeno sapere cosa c'è dentro?», mi chiede, mentre io mi sto dicendo che sono proprio uno stronzo insensibile.

«Sappi che di qualsiasi cosa si tratti, non era necessario», affermo mentre scarto il pacco.

All'interno trovo i coupon per una crociera di sette giorni ai Caraibi. Data della partenza: dopodomani. Strabuzzo gli occhi.

«Cosa significa?», domando basito. «Io non vado da nessuna parte! Bianca, sono appena tornato dopo due settimane in Sudafrica».

«Preferisci passare tutte le feste natalizie con i tuoi genitori e i miei, oppure scappare via per una settimana di riposo?», ribatte sorridendo.

In effetti, messa così, l'idea della crociera mi sembra molto allettante.

Due giorni dopo, più stanco di prima, eccomi su una nave da crociera, in una suite nella zona benessere. Bianca non ha badato a spese.

E mentre lei si concede lunghi massaggi, io preferisco stare sul ponte scoperto della nave. La temperatura è favolosa e il cielo ha un colore così intenso che mi viene voglia di scattare qualche foto.

Ma il mio buonumore dura poco, perché prima di cena la mia compagna mi sta già facendo impazzire. Si sarà cambiata almeno cinque volte, senza contare trucco e capelli e intanto io sto morendo di fame.

«Allora», le chiedo quando siamo al nostro tavolo, «mi dici il vero motivo di questa vacanza?». È da due giorni che ho la sensazione che ci sia un doppio fine dietro a questa sua generosità.

«In effetti c'è una cosa che vorrei chiederti, ma non questa sera. Dovrai avere pazienza fino a Natale».

Oggi è Natale. Ho già inviato un messaggio d'auguri a Melissa.

Questa sera Bianca decide di cenare in cabina. Indossa l'abito grigio chiaro che dovrebbe essere il mio regalo, anche se in realtà io mi sono limitato a dare la mia carta di credito alla commessa.

«Allora, Bianca, cosa volevi domandarmi di così speciale tanto da organizzare tutto questo?»

«Dunque, stiamo insieme da più di tre anni e sono un po' stanca di tutte le pressioni che mi fanno gli altri, quindi, la faccio breve, non sarebbe il caso di sposarci?», annuncia serafica tra una forchettata di gamberetti e una foglia di insalata.

«Dammi dei buoni motivi per cui, secondo te, dovremmo sposarci», le chiedo immediatamente.

«Perché stiamo insieme da tempo, il sesso tra noi è spettacolare, e poi è quello che tutti si aspettano».

Lascio le posate sul piatto e mi appoggio allo schienale della poltrona, guardandola. Ma chi ho davanti a me?

«Credo che tu ti sia dimenticata la motivazione più importante».

«Cioè?»

«Bianca, ma tu mi ami?». Mi sta fissando senza rispondere. «Sono d'accordo con te, quando dici che siamo insieme da molto e che a letto facciamo scintille, ma per decidere di impegnarsi tutta la vita, credo che servano dei presupposti più forti».

«Aspetta, mi stai dicendo che non mi vuoi sposare o c'è dell'altro?», tuona.

«Entrambe le cose, direi». Inutile rinviare oltre una decisione che è maturata con il tempo, ma che mi appare lampante solo ora.

Scatta in piedi e inizia a puntarmi il dito contro.

«Mi vuoi mollare? Sei un grandissimo bastardo! Io ti chiedo di sposarmi e tu mi vuoi scaricare?»

«Hai ragione, sono un bastardo, ma almeno sono sincero. Tu invece mi chiedi di sposarti per le ragioni sbagliate», commento tentando di mantenere la calma, mentre lei è sempre più arrabbiata.

«Ma che grandissima figura di merda mi fai fare? Con che faccia mi ripresento dai miei genitori? Tu mi stai umiliando!», strilla.

«Ma ti rendi conto che non te ne frega un cazzo se la nostra storia finisce? Ti importa soltanto di cosa penseranno gli altri! Se vuoi, puoi dire che sono stato io a proporti di sposarci e tu hai rifiutato. Abbiamo discusso e tra noi è finita». Il suo silenzio è inquietante. Ci sta pensando davvero?

«Va bene!», risponde secca.

«Cosa?»

«Va bene, diremo che è andata in questo modo. E sono io che ho lasciato te».

Dio, non ci posso credere! Rimango lì interdetto, mentre lei sbatte la porta andandosene chissà dove.

Il resto della crociera lo abbiamo trascorso separati. Lei si è impossessata del letto e io mi sono accontentato del divano. E visto che mi sono levato un peso, mi sarei dovuto godere il resto della vacanza, ma purtroppo non è andata così, dal momento che a preoccuparmi c'è Melissa e il suo prolungato silenzio.

Appena atterriamo io e la mia ormai ex ragazza ci salutiamo con freddezza. Le nostre strade si separano davanti a un taxi. In auto non faccio che controllare il cellulare. Nulla. Ormai sono quattro giorni che non sento Melissa.

Giunto nel mio appartamento inizio a svuotare la valigia, ma ogni cinque minuti scruto lo smartphone. Rileggo i messaggi precedenti, però non noto niente di strano per cui possa essersi offesa o che comunque spieghi quest'assenza di contatti.

In questo clima taciturno, arriva il 31 dicembre e mentre tutti sono pronti a festeggiare, io continuo a pensare che non ho più sue notizie. Non ho smesso di lasciarle messaggi e quando, rientrando dalla mia solita corsa, sovrappensiero controllo Fb, mi prende un colpo nel trovare una notifica.

31 dicembre 2013 ore 18:22

Ciao Leo,
caspita... quanto hai scritto? Come stai?
Scusa l'assenza, ma il cellulare è andato distrutto. Pensa che ho tentato di corrompere la mia compagna di stanza per farmi prestare lo

smartphone, ma sua madre lo ha sequestrato. In compenso, grazie a lei mi hanno commissionato un nuovo progetto.
Come hai passato questi giorni? A parte scrivere la bellezza di trentasette messaggi alla sottoscritta!
Ti auguro un felice 2014.
Un abbraccio,
M.

Compagna di stanza? Che significa? Se prima ero sollevato nell'avere sue notizie, ora lo sono decisamente meno. Le rispondo subito.

31 dicembre 2013 ore 18:37

Melissa, cosa è successo? E dove sei ora?
La verità, al diavolo il nostro patto.
L.

31 dicembre 2013 ore 18:51

A Natale ho avuto un incidente. Sono finita in un fosso e l'auto si è ribaltata. Ho una gamba rotta e sono tutta ammaccata, ma poteva andare molto peggio! :-)
Mi hanno dimesso oggi. Sono stata trattenuta in ospedale perché ho battuto la testa e mi hanno fatto vari esami. Ora sono a casa. Mia sorella e mio cognato hanno deciso di farmi da badanti, ma non li sopporto più!
E tu stai già festeggiando?
Divertiti anche per me. :-(
M.

31 dicembre 2013 ore 19:13

Non c'è altro, vero?
In questi giorni sono stato un po' in ansia. Non è mai successo che non ci siamo sentiti per così tanto tempo... nemmeno quando sono fuori per lavoro.
Non badare a tutti quei messaggi... li ho appena riletti e sembro uno psicopatico, passo dall'essere asfissiante, all'ironico. Scusa, ma ero preoccupato, e direi che avevo buone ragioni per esserlo! Come stai ora?

L.

31 dicembre 2013 ore 19:17

Tranquillo, Leo, niente di grave. Qualche dolore e il fastidio di essere ingessata, ma ho imparato a usare le stampelle. Vedessi come zampetto in giro.
Grazie e scusa se ti ho fatto preoccupare. All'inizio non volevo dirti nulla, ma appena ho acceso il computer e ho visto tutti quei messaggi, ho pensato che una spiegazione fosse d'obbligo.
Ora ti lascio andare, auguri di nuovo.
Abbraccio,
M.

31 dicembre 2013 ore 19:25

Mia dolce Mel, dove credi di scappare?
Non ti sento da cinque giorni... credo che dovremmo recuperare il tempo perso, non sei d'accordo?
Ti va di festeggiare insieme questo ultimo giorno del 2013?
Ti consiglio di non pensarci troppo... Il tempo stringe...
L.

31 dicembre 2013 ore 19:30

Caro il mio Leo (mi adeguo al tuo registro),
io sono bloccata a casa, ma tu non devi uscire?
Vuoi fare l'ultima azione buona del 2013? :-)
M.

31 dicembre 2013 ore 19:36

Melissa, non c'è altro modo in cui vorrei trascorrere questo Capodanno, se non stare qui con te...
Quando sarai stanca, basta che tu lo scriva e ti lascerò riposare. Promesso.
Allora, ti va?
L.

31 dicembre 2013 ore 19:41

Non ho parole... ovvio che sì!
Ne sarei molto felice...

Ti va bene se ci aggiorniamo tra un'ora? Devo rendermi presentabile!!!
Scherzo, devo liquidare i miei badanti, mi stanno facendo impazzire. Mi faccio spupazzare per i prossimi sessanta minuti e poi li caccio fuori di casa...
A dopo,
M.

31 dicembre 2013 ore 19:48

Ti concedo tutto il tempo che ti serve, tengo la chat aperta.
E come mi scrisse un giorno una persona speciale: "Ti aspetto da questo lato del monitor".
A più tardi,
L.

La serata è stata davvero piacevole. Siamo rimasti in chat fino alle due di notte, poi ho convinto Mel ad andare a riposare. Da molto tempo non mi sentivo così rilassato. Sono convinto che la promessa di non incontrarci mai renda assolutamente sincera questa nostra amicizia, proprio perché non abbiamo secondi fini. E tutte le volte che mi sento frenato nel dirle qualcosa, penso solo che sto scrivendo a Melissa e allora le parole escono senza troppi filtri.

Capitolo 13
Melissa

L'inizio dell'anno è stata una vera sorpresa. Ho passato tutta la notte in chat con Leo. Ogni suo messaggio mi lasciava con lo stesso stupore e la stessa meraviglia di quei fuochi d'artificio che illuminavano il cielo. L'ultimo che mi ha inviato è stato il migliore.

1 gennaio 2014 ore 02:03

Ora a dormire, Melissa Riva!
Visto che è il primo dell'anno, mi concedi una cosa? Dopo che avrai letto questo messaggio, non rispondermi. Spegni tutto. Chiudi gli occhi e rilassati. Non aver paura. Abbi fiducia in me.
Immagina una soffice coperta che ti avvolge le spalle. È il mio abbraccio. Poi un soffio caldo sul tuo viso e le tue labbra che diventano umide perché vi appoggio le mie. È il nostro bacio, che rimane sospeso per lungo tempo. I tuoi capelli si spostano, perché è mia la mano che si sta facendo strada tra la tua seta scura. Questa è la mia buonanotte, Mel. In questa notte in cui temevo di averti perso. Non aver paura se quando ti sveglierai non troverai nessuno accanto a te, perché in verità ci sarò. Sarò in qualche angolo del tuo cuore, come tu ormai sei nel mio.
Ora dormi serena,
L.

Nei mesi successivi la mia vita è stata scandita sempre più dall'attesa delle sue parole. E io stessa gli ho scritto in modo assiduo. Ogni scusa è stata buona per comunicare con lui.

Temevo che la mia insistenza lo avrebbe allontanato, invece anche lui ha iniziato a contattarmi più volte al giorno.

22 febbraio 2014 ore 06:35

Non riesco a dormire. Sono a Pechino. È una città caotica, intensa, ma vitale. Vorrei che tu potessi vederla, Mel, ti piacerebbe. Ne sono certo.
L.
P.S. Ti allego qualche foto per rendere l'idea.

22 febbraio 2014 ore 07:03

La vedo attraverso i tuoi occhi e mi piace moltissimo osservare proprio quella parte che tu mi vuoi mostrare.
Un bacio e buon viaggio,
M.

I giorni passano e i messaggi si susseguono, diventando sempre più intensi. Parole che sembrano un abbraccio a cui affidare sentimenti non definiti. Parole per tentare di rivelare emozioni nascoste o sussurrate attraverso una foto. Parole che mi legano sempre di più a una persona della quale non so nulla.

Mi ritrovo a pensare a quell'ombra, a cosa stia facendo, a come stia vivendo... Ormai è parte della mia vita. La parte migliore. Perché i suoi messaggi mi regalano subito il buonumore. Vedere l'immagine del suo profilo in chat mi dà la sicurezza di averlo accanto e quando mi invia una foto, so che l'ha scattata proprio per me. Ecco perché, ormai, lo considero radicato nella mia esistenza.

E con il trascorrere del tempo inizio a cercare una traccia di lui nel volto delle persone che incontro. Mi pongo domande alle quali non potrò mai dare una risposta. So che è a Praga e lo immagino camminare verso il castello, se è a Parigi lo vedo salire le scale che portano a Montmartre, se mi dice che è a Londra, per me sta passeggiando a Hyde Park, mentre a San Pietroburgo sta ammirando *Amore e Psiche* all'Hermitage, e a Copenhagen è seduto a bere un caffè lungo il canale di Nyhavn.

A volte mi chiedo se io non stia impazzendo. In qualche raro momento di lucidità, m'impongo di allontanarmi da lui, perché non è normale questa mia dipendenza. Così come non è normale che un contatto con questa persona mi sia necessario come l'aria che respiro. E allora provo a impormi di mettere una certa distanza tra noi, ma poi il muro che ho eretto si rivela di sabbia e si sgretola sotto una leggera brezza. E quel vento sono le sue parole. Così mi arrendo e alla fine decido di non recidere quel filo che ci unisce, perché ora, in questo preciso istante, senza quell'ombra la mia vita è incompleta.

Ormai non tento più di spiegare questo mio ragionamento a chi mi sta accanto. Vivo ciò che la vita mi offre, e finché mi donerà anche la presenza di questo uomo, lo accetterò. Damiano continua a non fidarsi di Leo e mi prega in continuazione di essere cauta. Io ho smesso con i tentativi di fargli capire come la penso.

In questi mesi primaverili sto lavorando alla presentazione per la Sokio. La bozza del progetto è stata accolta molto bene. Insieme al loro addetto marketing abbiamo individuato le immagini adatte che verranno elaborate per creare l'animazione. Durante l'ultimo incontro preparatorio ho avuto un'idea che mi sembra di grande effetto, ma per realizzarla ho bisogno della foto del frangiflutti. Il tempo stringe, dal 24 al 26 maggio al Lingotto si terrà l'edizione SMAU e la Sokio vuole approfittare proprio di questa vetrina dedicata alle nuove tecnologie per lanciare il nuovo smartphone.

5 maggio 2014 ore 16:55

Ciao Leo,
scusa il disturbo, ma sto lavorando a quel progetto del nuovo cellulare e per la presentazione sarebbe perfetta l'immagine del tuo profilo Fb. Posso usarla?
Non farti problemi a dirmi di no.

Buon lavoro a New York.
Un abbraccio,
M.

5 maggio 2014 ore 17:58

Ciao, se me lo chiedi in questo modo... direi proprio di no!
Riprova e sarai più fortunata.
L.

5 maggio 2014 ore 18:03

Scusa? E come dovrei chiedertelo? :-(
Cosa non si fa per lavoro...
Caro il mio Leon de Rouc,
dato il tuo genio creativo, non credi che sia un grandissimo spreco che la tua splendida foto possa essere ammirata solo da un pubblico così limitato? Concedimi di rendere noto il tuo estro. Mi accorderesti l'enorme onore di far conoscere la bellezza della tua arte?
Con immensa stima.
Tua, Melissa

5 maggio 2014 ore 18:25

Così va molto meglio! Ti concedo di utilizzarla come meglio credi.
Bacio,
L.
P.S. Se hai bisogno di una risoluzione maggiore o di un'autorizzazione chiedi pure.
P.P.S. Hai ottenuto ciò che volevi solo perché hai usato le parole *mio* e *tua*, non per tutto il resto! :-)

Qualche giorno dopo sono in una sala riunioni della Sokio a far visionare il mio progetto ormai concluso. Il direttore marketing mi prega di anticipargli qualcosa, ma sono troppo nervosa. Mi limito a informarlo che ho tentato di seguire le linee guida dettate dall'azienda.

La luce si spegne e il filmato parte. Cinque minuti che hanno richiesto mesi di elaborazione. La parte migliore arriva con il finale. Ho creato un'animazione nella quale le onde escono dall'immagine statica del frangiflutti e diventano quasi reali, infine le gocce si uniscono dando vita al nuovo smartphone. Quando la visione termina, mi do mentalmente della stupida, perché forse ho esagerato. Ho lasciato che l'amore per quella foto condizionasse il mio lavoro.

«Dottoressa Riva», il direttore marketing richiama la mia attenzione, «complimenti! È quello che volevamo. L'idea di simbiosi tra tecnologia e natura è un ottimo messaggio. Sono molto soddisfatto».

«Grazie, è molto gentile», balbetto incredula.

«Le andrebbe di introdurre la sua presentazione a Torino?». Cosa? Parlare in pubblico? Non ci penso proprio.

«Certo, nessun problema», rispondo sperando che non mi venga un infarto.

Più tardi controllo il cellulare e trovo il messaggio di Leo in FB.

10 maggio 2014 ore 13:55

Ciao Mel, come è andata la riunione?
Fammi sapere appena leggi questo messaggio... sono un po' in ansia... :-(
Cosa credevi, di essere l'unica a preoccuparsi nella nostra strana coppia?
Sono tornato stanotte in Italia, riparto lunedì per l'Ucraina, fatti sentire prima se riesci.
Un grosso bacio,
L.

10 maggio 2014 ore 16:16

Ciao Leo, la presentazione è andata molto bene, per fortuna. Però mi hanno chiesto di introdurre il filmato all'edizione SMAU di Torino. Questa volta sono io a dirlo: "Leo, ti avviso che dal 24 al 26 maggio non ci sarò. Tranquillo, la connessione lì funziona!"
Scherzi a parte, è sicuro andare in Ucraina in questo periodo? Ci sono delle rivolte in atto. Non possono aspettare a spedirti laggiù?
M.

10 maggio 2014 ore 16:37

No, devo andarci adesso proprio perché la situazione sta degenerando. Starò fuori di sicuro tre settimane, quindi non so quando riuscirò a farmi vivo, ma ti invierò i miei in bocca al lupo e non temere, so che sarai fantastica.
Sai bene che in qualche modo sarò lì, accanto a te.
Sedici baci...
L.
P.S. Scrivi comunque, leggerò appena posso.

10 maggio 2014 ore 16:41

Grazie della fiducia. Buon lavoro a te.
Ti aggiornerò aspettando il tuo ritorno.
Abbraccio,
M.

Da quando è partito, Leo è riuscito a spedirmi messaggi a giorni alterni. Ha confermato che la tensione in Ucraina è alta. Questa mattina mi sono svegliata con le sue parole.

23 maggio 2014 ore 05:22

Mi sto spostando verso Kiev. Temo che ci saranno problemi di connessione. Domenica fa' un respiro profondo e sii te stessa. Se senti che l'ansia sta per sopraffarti, immagina che io sia lì, in quella sala. Cancella tutto e tutti e pensa che ci sia solo io, come quando siamo in chat. Indirizza a me le tue parole.
Vorrei dirti tante cose che ora non posso, che fraintenderesti, ma quando tornerò, dovremo affrontarle, insieme.
Ti mando un bacio, Mel. Uno in cui poso le mie labbra sulle tue.
L.

Oddio, non può dirmi cose del genere e poi sparire! Fa sempre così: invia messaggi strani e poi fa finta di nulla. Adesso chissà cosa dovrà confessarmi, magari che è sposato. Eppure dice che vorrebbe baciarmi. Fanculo! Sono stufa di farmi illudere dalle sue parole e dalla sua incoerenza. Forse non è nemmeno a Kiev, ma è su qualche atollo con la sua donna, facendosi tante risate alle mie spalle. Non so se dipenda dalla presentazione o dalle cose che mi ha scritto, che sembrano così contraddittorie, ma sento che sto perdendo il contatto con la realtà.

23 maggio 2014 ore 07:15

Le tue labbra sulle mie... Ti sei esposto, Leon de Rouc! Come vuoi che ti risponda? Devi dirmelo tu, perché io non lo so! Non ti capisco e l'aspetto peggiore di questa situazione è che non capisco più nemmeno me stessa. E io mi sto stufando di questi tuoi messaggi in cui dici e non dici al tempo stesso. Tanto sono certa che al tuo ritorno glisserai l'argomento, come è ormai tua abitudine. Ma sai la novità? Sono arrabbiata, Leo. Il motivo? Semplice: rileggiti il messaggio precedente, quello in cui scrivi che vuoi baciarmi, ma mi devi confessare qualcosa che potrei fraintendere...
Ora vado, questi giorni di lontananza credo che ci faranno bene. Io ne ho di certo bisogno per sbollire la rabbia e tu per schiarirti le idee.
Mel

Spengo il cellulare e lo lancio sul tavolo, mentre Damiano entra in cucina sbadigliando.

«Buongiorno, Mel». Non rispondo e sbuffo. «Che succede? Mi sono dimenticato qualcosa?»

«No, scusa, Damiano. Negli ultimi tempi Leo scrive messaggi assurdi che mi fanno soltanto irritare», gli confesso.

«Ti ha offeso in qualche modo?»

«Tutt'altro. Scrive cose favolose che condivido e che sento anche io, ma...».

«Ma?», mi incalza.

«Ma io non so nulla di lui. Non so che faccia abbia, dove viva o che tipo di vita conduca. Per quanto ne so, potrebbe essere sposato e avere dei figli e io sono qui come una cretina a sciogliermi a ogni sua parola. E poi è pieno di contraddizioni. Capisci?»

«Mel, sai bene come la penso», risponde rassegnato.

Il profumo di caffè appena fatto si sparge intorno a me ed

è uno dei punti fermi della mia giornata. Della mia vita qui a Milano. Mentre me lo verso, il mio coinquilino accende la radio sintonizzata sul notiziario.

«Passiamo ora alle notizie dagli esteri», gracchia la giornalista. «A Kiev gli scontri e i tumulti si moltiplicano di giorno in giorno. Anche un fotografo italiano e il suo traduttore hanno perso la vita a causa di un colpo di mortaio».

Sono in piedi davanti al tavolo. La tazzina mi scivola dalle mani e si infrange a terra. Fisso quelle macchie scure sul pavimento. Damiano mi parla. Non capisco quello che dice. Mi scuote. Gli fisso le labbra e tento di concentrarmi sulle sue parole.

«Mel, dimmi cosa c'è. Rispondi!».

«Leo... è a Kiev», pronuncio con un filo di voce.

«Oh cazzo! Non sai dove di preciso?»

«No», rispondo disperata scuotendo la testa, «e nell'ultimo messaggio che gli ho scritto... dicevo che era meglio stare per un po' lontani. Damiano, e se fosse lui...».

«Dài, non è detto! Scrivigli di farti sapere al più presto che sta bene».

Resto immobile tremante. Penso solo a lui che mi confessa che vorrebbe baciarmi, mentre io gli rispondo con toni duri. Appena riprendo il controllo, gli invio un messaggio tramite la consueta chat.

23 maggio 2014 ore 08:25

Alla radio hanno riferito che un fotografo italiano è morto a Kiev.
Mandami un messaggio appena puoi.

23 maggio 2014 ore 09:55

Leo, non volevo scrivere quello che hai letto.
Mettiti in contatto con me.

23 maggio 2014 ore 11:28

Hanno detto il suo nome... non sei tu, vero?

23 maggio 2014 ore 13:42

Ti prego... rispondi. Avanti.

23 maggio 2014 ore 17:59

Sto impazzendo, Leo. Alterno momenti in cui mi dico che è impossibile che sia tu, ma la verità è che non so nulla di te, nemmeno il tuo vero nome...
Aspetto tue notizie.

23 maggio 2014 ore 20:17

È difficile aspettare... sto pensando a molte cose... troppe.

23 maggio 2014 ore 23:39

Hanno intervistato i suoi familiari e gli amici...
Dimmi che non sei tu.

24 maggio 2014 ore 02:43

Ho dormito due ore e speravo di trovare un tuo messaggio al mio risveglio.
Dove sei?

24 maggio 2014 ore 04:31

Ho riletto i messaggi precedenti... i miei timori... sono lì, nero su bianco e mi fanno stare male. L'idea di non poterti avere più nella mia vita mi fa impazzire!
Ti ho scritto che sarebbe stato meglio un periodo di lontananza tra noi... Era paura, Leo.

24 maggio 2014 ore 06:26

Più il tempo passa e più aumenta l'angoscia...

24 maggio 2014 ore 09:11

Devo scrivertelo, devo fissare parole che mille volte avrei voluto dire...
Mi sono infatuata delle tue foto. Ho adorato ogni parola che mi hai inviato. Mi sto innamorando di te. Della tua essenza, del tuo modo

di leggere dentro di me, senza uno sguardo, senza tracce, ma solo attraverso dei messaggi.

Innamorata? Temo proprio di sì…

Tento di portare avanti la mia vita, infatti sono alle prese con la valigia per partire alla volta di Torino, ma sto impiegando un'eternità. Il mio pensiero torna sempre a quell'ombra. Continuo a lasciare frasi scritte di getto, senza ricevere risposta.

Arrivo a Torino in tarda serata, ho guidato pianissimo. Appena metto piede nella mia camera, controllo le notifiche di Facebook. Nessuna notizia. Gli invio un altro messaggio.

24 maggio 2014 ore 22:55

Domani sarai con me. Ti sentirò vicino perché è ciò che tu mi hai detto. Farò tacere tutte le voci degli altri. Ci saremo solo tu e io.
Vieni a darmi quel bacio che mi hai descritto e che sogno da molti mesi.
Se poi non mi vuoi nella tua vita, lo capirò, ma voglio quel bacio, fosse anche un semplice bacio d'addio.
Mi manchi…
Tua, Mel

Capitolo 14
Riccardo

Non sono riuscito a raggiungere Kiev, mi hanno bloccato prima. Spero che questo non prolunghi la mia permanenza in Ucraina. Ho inviato un SMS a Giorgio per aggiornarlo. Mentre attendevo la sua risposta, ho trovato una sistemazione in un albergo fuori città. La sua telefonata è arrivata il giorno successivo nel tardo pomeriggio, mi suggeriva di tornare subito in Italia. Ho passato non so quanto tempo in un aeroporto blindato e alla fine sono riuscito a salire su un aereo della Lufthansa.

Adesso sono all'aeroporto di Monaco di Baviera e dovrei ripartire tra due ore. Colmo l'attesa leggendo tutti i messaggi di Mel, che purtroppo riesco a vedere solo ora, grazie a una connessione decente. Davanti alla disperazione delle sue parole inizio a prendere coscienza di molte cose. Mi affretto a risponderle per sciogliere quell'equivoco, ma poi mi fermo. Rileggo le sue ultime frasi e un'idea si fissa nella mia testa. Dopo aver controllato in rete il programma dell'evento della Sokio, mi convinco che posso farcela. Voglio farcela.

Trascorro le ore successive a riflettere su cosa dirle, se riuscissi a incontrarla, ma non mi viene in mente nulla di sensato.

Un anno. È passato quasi un anno dal suo primo messaggio e da allora non sono più riuscito a fare a meno della sua presenza. Io sono confuso, invece lei ha avuto più coraggio, ha scritto ogni sensazione, anche quelle contrastanti.

Con il tempo siamo diventati più che amici, ma in questo preciso istante l'amicizia non mi basta più.

Sento il bisogno di vederla, di toccarla, di rendere concreta la sua presenza.

Sto atterrando a Torino. Sono le dieci e un quarto. Dannazione, la presentazione dovrebbe iniziare tra poco.

Corro fuori dall'aeroporto e prendo un taxi. Venti minuti dopo sono al Lingotto e mi sto precipitando allo stand della Sokio. Entro nella sala dove al centro di una parete troneggia un maxischermo. Intorno c'è molta gente, anche in piedi. Sarà già finito tutto?

All'improvviso le luci si abbassano, mentre immagini e musica si fondono attirando l'attenzione del pubblico.

Guardo il filmato che è un inno alla dolcezza e mi emoziono. Non può che essere opera sua. Alla fine ecco la mia foto e le onde che si animano. Nel semibuio della sala cerco Mel tra i volti dei presenti, ma ci sono troppe facce da scrutare. Finalmente le luci si accendono e scroscia un applauso. Osservo in giro con insistenza, ma è inutile, non la trovo.

«Posso esserle d'aiuto?», chiede una bionda sorridente. Sulla camicia è appuntato il cartellino con il logo della Sokio e il suo nome.

«In effetti, sì. Vorrei parlare con la persona che ha realizzato questa presentazione. È possibile?»

«Certo!», afferma, «Vado a cercarla. Aspetti pure qui».

«Grazie, molto gentile».

Il filmato riparte a luci accese e mi fermo a guardarlo una seconda volta, mentre le mani nelle tasche si stringono a pugno.

«Scusi, è lei che mi stava cercando?». Una voce femminile dal suono gentile mi fa voltare. Quell'azzurro. Le sue iridi. È davvero lei? La mia Mel. Il cuore si paralizza per poi ripartire in modo aritmico. A fatica riprendo il controllo del mio respiro. «Mi perdoni, devo aver sbagliato persona», sussurra lei, fraintendendo il mio silenzio.

Non ci credo! È qui, in carne e ossa, davanti a me. Un viso di porcellana, lineamenti dolci e labbra rosee.

«Lei deve essere Melissa Riva, giusto?», domando. «Mi chiamo Riccardo Ferraris e volevo farle i complimenti per la bellissima presentazione».

«Grazie, è molto gentile», sorride timidamente e stringe la mano che le sto porgendo.

Quel tocco è come fuoco che brucia la mia pelle. Sveglia, Riccardo! Riempio bene i polmoni.

«In realtà, io sono...». Non riesco a finire la frase che tra noi compare una rosa bianca.

Lei fissa la rosa, poi si volta mentre la sua bocca si spalanca estasiata e abbraccia un uomo alto quanto me. Cristo, proprio ora doveva arrivare questo stronzo!

Quello che mi fa stare peggio è vedere il loro abbraccio. Lei si aggrappa a lui come se fosse la sua unica ragione di vita. Lui affonda il viso tra i suoi capelli. Maledetto bastardo! Quando si accorge della mia presenza, si scosta da lei e le dà un bacio sulla fronte prima di parlare: «Scusa, passavo da queste parti e volevo farti una sorpresa. Ti lascio lavorare», dice guardandola, «ti aspetto laggiù».

Lei gli fa un cenno affermativo e torna a fissarmi, perciò riprendo la conversazione con un maggiore autocontrollo.

«Volevo sapere se sarebbe disposta a fare un lavoro simile per la mia società», chiedo mentre cerco un biglietto da visita.

«Volentieri, di cosa si occupa la sua azienda?»

«Progettiamo software di vario genere, per lo più legati alla sicurezza informatica. Le lascio i miei recapiti telefonici». Trovo una penna e dietro al biglietto scrivo un messaggio. «Mi chiami il prima possibile».

Le porgo il biglietto e lei lo prende, ma senza guardarlo. Avanti, Mel, gira quel maledetto pezzo di carta.

«La ringrazio, allora la contatterò presto. Arrivederci». Mi saluta e questa volta è lei a porgermi la mano. Appena la stringo quel calore intenso si propaga lungo il mio braccio e poi diventa linfa che circola in fretta. La vedo raggiungere quell'uomo, mentre il mio biglietto finisce nella sua borsa e la linfa si trasforma in veleno che brucia.

Si allontana allacciata al suo fidanzato, e mi lascia ad ammirarla. Non è molto alta, ha movenze eleganti e un fisico asciutto fasciato in un tubino grigio. Mi dico che sono un coglione per non averle fatto capire chi sono.

Appena entro in casa, lascio tutto all'ingresso. Mentre mi abbandono sul divano bevendo una birra, continuo a rimuginare sul da farsi. L'immagine del suo viso non ha abbandonato la mia mente, anzi, si è sovrapposta alle parole di questo lungo anno, ai sentimenti provati... Devo fare assolutamente qualcosa. Mi alzo di scatto, prendo il cellulare e accedo a FB.

25 maggio 2014 ore 12:56

Mel, sto bene.
La presentazione è stata spettacolare.
Leo
P.S. Eri bellissima con quel vestito grigio!

Capitolo 15
Melissa

Damiano è stato dolcissimo, non poteva farmi sorpresa più bella. Dopo la presentazione mi ha anche portato fuori a pranzo.

Adesso sono appena rientrata in albergo e muoio dalla voglia di controllare il cellulare per vedere se ci sono notizie di Leo. Il respiro si ferma quando vedo l'icona illuminata. Apro in fretta l'applicazione. Dio ti ringrazio, è lui e sta bene. Concludo il suo messaggio e rimango sconvolta: lui era lì? Dove? Improvvisamente un'idea si fa strada in me, così rovescio tutto il contenuto della borsa sul letto. Ecco il biglietto da visita che cercavo.

Ing. Riccardo Ferraris
M&P Tecnology
Corso Como, 3
Torino

Giro il biglietto e un pugno mi colpisce in pieno stomaco. Una semplice scritta a penna: "Tuo, Leo".

Era lui. Fisso il biglietto. Afferro il cellulare e con dita tremanti compongo il suo numero. Risponde al terzo squillo.

«Pronto». Dio mio, la sua voce! «Pronto», ripete a causa del mio silenzio.

«Perché non mi hai detto che eri tu?», chiedo con un filo di voce.

«Mel», sospira, «dimmi dove sei!».

«A Torino, Hotel Continental, stanza 343», rispondo tentando di controllare la voce che è sempre più flebile.

«Posso venire? Sto impazzendo», sussurra.

«Sono qui, Leo».

«Mel, io… sto arrivando».

Chiude la comunicazione. Sto davvero per incontrarlo… Rileggo il biglietto: Riccardo Ferraris. Resto seduta su questo letto con quel pezzo di carta in una mano e il telefono nell'altra, fissando la calligrafia con la quale ha scritto il suo nome, l'unico che io conosco. Leo. Mi sento bloccata al tempo zero di una formula matematica.

Nella mia mente si affacciano mille pensieri, molti sono incompleti. Tornano a galla le nostre parole, perché i ricordi che ci uniscono sono fatti soltanto di parole e di frasi. Sono spaventata a morte perché troppi *se* si accalcano nella mia testa. Poi chiudo gli occhi e rifletto: seguirò quello che il mio cuore mi suggerisce.

Tento di ricordarmi il suo viso, che non ho memorizzato, ma la sua voce risuona dentro di me, pacata e melodiosa. E le sue iridi nere. Una notte senza stelle.

Sento bussare piano alla porta. Ho un sussulto, mi muovo al rallentatore. Metto la mano sulla maniglia e prendo fiato. La apro e lui è davanti a me. Lo abbraccio, incurante di tutto. Voglio percepire che è qui, concreto e vivo. Sento un delicato odore di agrumi. Le sue braccia mi stringono. Chiudo le palpebre, mentre mi accarezza i capelli, ma lacrime dispettose mi rigano le guance. Si scosta e mi osserva. Oddio, è così bello. Questa mattina ero troppo preoccupata per accorgermi di lui. È alto, ha un viso delicato contornato da capelli scuri corti e da un accenno di barba.

«Perché stai piangendo?», chiede asciugandomi le guance umide.

«Non lo so… Stai bene e sei qui… non riesco a crederci...», balbetto tornando ad appoggiare il volto al suo torace, mentre mi incatena a sé.

Fa un passo avanti e si chiude la porta alle spalle. Anche io voglio lasciare il resto del mondo fuori da questa stanza. Lontano da noi.

L'eco del mio cuore rimbomba in tutto il corpo, mentre fisso la sua mano appoggiata sulla mia. Quante volte l'ho sognato? Come se stesse leggendo i miei pensieri, apre la sua mano e stende bene il palmo. Le nostre dita si accarezzano. Poi con le sue arriva al mio polso, risalendo fino al braccio. Ora sono sul mio collo, dietro la mia nuca, tra i capelli. Non posso fare a meno di fissargli le labbra, mentre gli sfioro i fianchi, sotto la giacca.

Sospira. Mi guarda negli occhi e poi mi attira di nuovo a sé. Le labbra sfiorano le mie, sono io ad assaggiarle. Quanto sono morbide! E quanto le ho desiderate! Cerco il suo sapore e le nostre lingue si incontrano per la prima volta. Non sono affatto intimidita da quello che sto facendo. So bene cosa voglio. Le mie mani si spostano sul suo torace, risalgono e alla fine sbottonano la sua camicia.

«Mel, non riuscirò a fermarmi se continuiamo in questo modo».

«E tu non farlo, Leo. Non farlo», lo supplico e appena pronuncio quel nome, mi guarda con una tale intensità da farmi svenire. Metto a tacere il mio imbarazzo e sussurro: «Mi fido di te, da sempre».

Le sue labbra tornano prepotenti sulle mie, per poi addolcirsi l'istante successivo. Scivolano lungo il mio collo, mentre la lampo del mio vestito scende. I suoi baci setosi si soffermano sulle spalle e poi più giù, verso il seno. Il fruscio della stoffa che cade, il reggiseno che si slaccia. Si allontana quel che basta per guardarmi. Non mi sento vulnerabile, è da così tanto tempo che lo desidero. Dopo che gli ho sfilato la camicia, avvicino le labbra al suo petto. All'improvviso le sue braccia si chiudono attorno alla mia schiena intrappolandomi in una stretta da cui non voglio sottrarmi. Rimane fermo per un po' come se stesse meditando sul da farsi. Gli regalo baci all'altezza del petto e percepisco il suo cuore battere forte. Mi porta sul letto e lambisce il seno con le labbra. Lo tortura prima di scendere verso il mio ventre. Fa scivolare via gli slip, poi la sua mano risale lungo una gamba, mentre i suoi baci si concentrano sull'altra. Sono le dita a scoprire piano il mio corpo tra i suoi e miei ansimi. Abbasso la cerniera dei pantaloni e la mia mano si fa strada tra i boxer. Quando lo sfioro ha un sussulto, si blocca per un attimo, poi riprende a muoversi con una nuova energia. Si libera degli ultimi indumenti che ha addosso. Torna alla mia bocca, mentre appoggia il suo corpo nudo sul mio. Si immobilizza, come se stesse riflettendo. Lo voglio dentro di me, ora. E mentre continuo a baciarlo, lo prendo per i fianchi. Si muove piano, con cautela. Allora alzo il bacino per andare incontro al suo primo, delicato affondo. Non posso credere che questa sia la realtà e che i nostri corpi siano un tutt'uno, ormai. Leo si scosta, mi fissa e continua la sua danza a un ritmo irregolare, prima con decisione e l'istante dopo con delicatezza. Accarezzo quel viso che non è più sconosciuto. Lui chiude gli occhi, con le labbra mi sfiora il palmo e i suoi movimenti si fanno sempre più veloci. È un crescendo di intensità, di emozioni, e giuro che sto tentando di resistere per fare in modo che duri il più possibile, ma alla fine mi lascio cullare dal piacere. Anche lui si lancia nella sua ultima spinta per poi assaporare quell'attimo in cui stringe le lenzuola tra le dita, serra le palpebre e il respiro resta sospeso. Continuo ad accarezzargli il volto, ancora non riesco a credere che sia qui. Quando riprende a respirare, apre gli occhi e la notte mi avvolge. Mi fissa e quel nero abbraccia il mio azzurro.

Non scivola via da me. Con il dito segna il contorno delle

mie labbra e mi scruta con una dolcezza disarmante, mentre la nostra carne resta unita.

«È successo davvero?», gli chiedo. «Sei veramente tu, Leo?».

Mi prende una mano, la bacia e rimaniamo così, in silenzio.

Poco dopo il suo cellulare squilla. Lui inizia a sbuffare e mentre risponde, io vado a farmi una doccia.

Non mi capacito di quello che è successo. Sembra un sogno! Quando esco dal bagno, invece, è ancora al telefono. Capisco a malapena che deve trattarsi di un problema di lavoro, l'unica certezza è che sembra molto contrariato. Si scusa chiedendomi se può usare il mio portatile. Appena lo accende e nota la foto che ho messo come sfondo, sorride.

Lo osservo ed è di una bellezza unica, perciò, senza pensarci, mi siedo dietro di lui, slaccio la cinta dell'accappatoio e faccio aderire il mio seno alla sua schiena, posando la guancia tra le scapole. Il ticchettio proveniente dalla tastiera muore. Oddio, che cosa sto facendo? Devo essere impazzita! Non è da me prendere simili iniziative. Mi allontano immediatamente, ma Leo cerca la mia mano e la trascina fino al suo ventre. Le distanze tornano ad annullarsi e io mi godo il calore del suo corpo a contatto con il mio. Mi sfiora, prima di tornare a battere sui tasti.

Pochi minuti dopo ha terminato, quindi si gira di scatto e prendendomi per la vita mi attira sopra di sé. Non resisto e gli bacio il torace, lui mi sfiora i capelli, ma ho altro in mente, perciò gli afferro i polsi e li porto sopra la sua testa. Mi osserva stupito. Rivoglio le sue labbra e rivoglio lui. Faccio leva sulle ginocchia e unisco di nuovo i nostri corpi. In quel cielo notturno vedo passare una stella. Mi muovo piano, molto lentamente, ma fino in fondo. Strattona i polsi che continuano a essere serrati tra le mie dita. Chiude le palpebre e butta indietro la testa, avvicinando il suo bacino ogni volta che gli vado incontro. Aumento la frequenza e sono costretta a posare i miei palmi sulle sue spalle. Riapre gli occhi e si avvicina per unire le sue labbra alle mie con nuova passione. Le dita scivolano sui miei fianchi imponendomi un ritmo frenetico. Il sangue pulsa, il cuore è impazzito, mi manca l'ossigeno. La sua fronte appoggiata al mio petto mi fa perdere la testa e i miei argini non reggono più alla sua forza dirompente. Il piacere mi assale più forte di prima, mentre le sue mani risalgono dai fianchi lungo la schiena. Poi si aggrappa a me con forza e il suo corpo sussulta. Si lascia andare a un gemito roco, prolungato. Quando inizia a tremare, lo stringo a me per bloccare i fremiti e lui intreccia le braccia dietro la mia schiena. Gli regalo baci tra i capelli e carezze sulla pelle. Capisco che si sta rilassando perché allenta la presa. Alza gli occhi verso i miei e sembra pensieroso.

Mi prende per la vita e scivola indietro fino ad appoggiarsi alla testiera del letto. Sorride in modo molto sensuale.

«Voglio godermi lo spettacolo per un po'», afferma.

La sua mano mi accarezza il viso, poi scende languida verso il seno, scivola lungo il ventre e più giù, dove siamo ancora intimamente uniti. Piega la testa di lato e mi guarda come se riuscisse a carpire i miei segreti. Non riesco a sostenere il suo sguardo, ma con un dito mi solleva il mento. «Dimmi a cosa stai pensando».

Le mie iridi vengono inghiottite dalla sua oscurità.

«Penso che ci siamo messi in un grosso guaio». Come posso ritornare alla mia vita dopo aver assaporato questo paradiso?

«Stai pensando al tuo ragazzo?»

«A chi?», chiedo incredula.

«Mel, questa mattina ero anch'io alla conferenza».

«Ma chi? Damiano? No, lui è il mio migliore amico», rispondo, «ed è gay!». Alza il sopracciglio. «Lo conosco da quando siamo adolescenti». Sorride, ma io mi adombro al ricordo che è lui ad avere una relazione. «Quello impegnato sei tu, non io…».

«Da Natale non più», dice e io butto fuori tutta l'aria che stavo trattenendo, mentre un'ondata di sollievo s'impadronisce della mia mente. «Ora basta parlare, vieni qui».

Capitolo 16
Riccardo

Una telefonata giunta all'improvviso. Le sue parole e un indirizzo in tasca. L'incognita dietro una porta. Lei che la apre e mi abbraccia. Le nostre dita che si intrecciano, poi quel bacio e le mani che esplorano il mio corpo. Non mi è mai accaduto di volere tanto una donna e di sentirmi così piacevolmente appagato. Mi accorgo subito di non sapere come fare sesso con Mel. Non voglio essere rude, perciò trattengo la mia irruenza e quando la guardo mi impongo gentilezza. È sotto di me e la vedo raggiungere il piacere. Gli occhi azzurri sembrano ancora più chiari, le labbra emettono vocalizzi attutiti e il rossore sul suo viso mi fa impazzire. Sono io a farla godere, questo pensiero mi trascina sulla cima di una montagna e poi giù per una ripida cascata.

Quando tutto finisce mi sdraio su di lei ansimante. Voglio restare così più tempo possibile. Voglio capire che è vera, reale.

Poi, come nel peggiore degli incubi, i miei pensieri vengono interrotti dallo squillo del cellulare.

«Non rispondi?»

«Preferirei di no», sussurro accarezzandole il viso delicato.

«Vado a fare una doccia, rispondi pure».

«Ciao, Giorgio. Dimmi tutto». Alla fine rispondo.

«Riccardo, sei rientrato alla base?»

«Sì, questa mattina».

«Meno male! Ascolta, il programmatore del cliente ucraino mi ha contattato. Dice che manca solo un pezzo di codice per far funzionare alla perfezione tutto il software, ma non riesce a sistemarlo. Hanno una fretta del diavolo da quelle parti, so che sei appena tornato, ma non puoi dare un'occhiata? Magari si tratta di una cosa banale». Che palle!

«Giorgio, avrei un po' di sonno arretrato», e una donna nella doccia, «ma vedo cosa riesco a fare entro fine serata. Girami l'email».

«Già fatto. Grazie, e fammi sapere se hai problemi».

Melissa esce dal bagno con addosso l'accappatoio e quella visione mitiga il mio malumore.

«A dopo», rispondo con poco entusiasmo.

Chiudo la comunicazione e lancio il cellulare sul letto.

«Tutto bene?», mi domanda lei.

«Problemi con il lavoro», dichiaro sbuffando mentre si avvicina al letto. Fa una faccia strana.

«Non so nemmeno quale sia la tua professione!». Ha ragione e mi metto a ridere.

«Progetto software per sistemi di sicurezza informatica».

«Allora direi che non sei un fotografo», aggiunge lei.

«Direi proprio di no! Anche io so che tu sei una ricercatrice, ma non so in quale ambito».

«Comunicazione aziendale», risponde lei.

«Ora capisco perché sai usare tanto bene le parole».

«Per essere un ingegnere, nemmeno lei se la cava male, signor Ferraris». Le bacio la mano. «Devi andare?»

«Non voglio andarmene», dico serio fissandola, «posso usare il tuo portatile?»

«Certo, fa' pure!».

Avvicino il tavolino al letto e accendo il suo computer. Sorrido quando vedo la foto del frangiflutti che usa come sfondo. Mi ha sempre tenuto con sé, da un anno a questa parte.

Entro nell'area personale del sito aziendale e testo il codice online. Non si tratta di un errore banale, ci sono delle ricorrenze sbagliate. Inizio a mandare un'email a Giorgio dicendo che impiegherò più del previsto. Merda, ci vorrà molto tempo. Impreco ad alta voce.

«Che succede?», chiede.

«Scusa, ma questo cretino ha fatto un vero caos!».

Sale sul letto e si mette alle mie spalle. Percepisco il suo profumo di vaniglia e una scarica di emozioni mi assale, quando mi trovo la sua pelle nuda contro la mia. Poi si allontana di scatto, ma prima che possa scappare le afferro il polso e la stringo a me. Allarga le gambe e le fa aderire alle mie, intanto mi accarezza il ventre e appoggia il viso alla mia schiena.

«Ora mettiti al lavoro», afferma con voce tremante.

Ma come faccio a concentrarmi se il mio respiro si fa corto e il corpo pretende altro? Molto altro.

Sistemo in fretta il software e mi volto verso di lei. In un attimo mi ritrovo sdraiato, lei sopra di me. Mi fa scivolare dentro di sé come se mi conoscesse alla perfezione e questo mi fa impazzire. Questa volta non so se riuscirò a tener a bada la mia irruenza. E ne ho la prova pochi secondi dopo, quando le prendo i fianchi per imporle il mio ritmo. È lei a salvarci entrambi, trattenendo i miei polsi. Si muove piano ed è una meravigliosa tortura. Mai provato nulla di simile e mi piace da morire. Stringo i pugni per sopravvivere a questa lentezza estenuante. Inarco la schiena, perché possa farmi raggiungere le sue profondità. Quando mi libera i polsi, apro gli occhi, mi metto seduto e le poso le mani sulle spalle. Voglio ancora di più. Non posso farne a meno, anche se mi pento di questa brutalità. Appoggio il viso al suo seno, voglio sentire il suo cuore battere solo per me. Sembra uscirle dal petto. Percepisco le contrazioni del suo sesso intorno al mio. Capisco che sta godendo e a me manca davvero poco per raggiungerla. Un'ultima spinta e l'orgasmo arriva. L'intensità di tutto questo quasi mi spaventa. Quando anche l'ultimo fremito si è sopito, mi accascio su di lei, respirando a fatica.

La abbraccio, mentre mi accarezza dolcemente. Rimaniamo così, senza parlare, per molto tempo. Di parole ce ne sono già state tante, era questo che mi mancava. Un contatto, un profumo, una voce. Lei.

Capitolo 17
Melissa

Questa mattina svegliandomi, non avrei mai potuto immaginare che la giornata sarebbe andata in questo modo. In alcuni momenti non sembravo nemmeno io, non sono mai stata tanto spudorata. Il sesso qualche volta è stato un problema, la testa mi ha spesso rovinato questi momenti, ma con Riccardo è diverso, ho bisogno del suo contatto.

Riccardo. È un nome sconosciuto, eppure mi sono legata a lui prima di sapere chi fosse veramente, di vedere il suo viso e di sentire la sua voce. Non so se per noi ci sarà un domani, però so che voglio vivere il presente.

Quando arriva la cena che abbiamo ordinato, ho la testa piena di domande, ma so benissimo che non posso dare voce a tutte, così parto dalle più banali.

«Mi racconti qualcosa di te?», chiedo titubante.

«Non c'è molto da dire. Sono figlio unico. Sono nato e cresciuto qui a Torino. Mio padre è un magistrato in pensione, mia madre un docente universitario». Caspita! Resto con la forchetta a mezz'aria. «Tranquilla, è peggio di quel che sembra. Da quando lavoro, vivo da solo. Ma non sono capace di fare nulla, si occupa di tutto la signora Rosaria, detta Rosi». Sorride e non posso far a meno di pensare che sia stupendo. «Sono spesso fuori per lavoro, e questo lo sai, ma da luglio le cose dovrebbero cambiare. E ora tocca a te», conclude.

«Ehm... Sai che vivo a Milano con Damiano. Ho una sorella minore, Simona, sposata con Sergio. Mio padre era impiegato in una società chimica, mia madre è casalinga. Lavoro all'università Cattolica e mi arrabatto con qualche lavoretto, come quello di stamattina. Come vedi, nel mio caso non c'è davvero molto da dire».

«Direi il contrario, Mel. Per esempio Milano non è al capo opposto dell'Italia». Cielo, il mio cuore batte all'impazzata. «Perché mi stai fissando?»

«Parli di distanze come se...», sussurro senza riuscire a finire la frase.

«Come se volessi vederti ancora?». Faccio un cenno affermativo e lui mi bacia. «Perché? Avevi dei dubbi?», ribatte. Mi sto liquefacendo a causa del suo sguardo.

«Un po'», rispondo con sincerità. «È tutto fuori dagli schemi con te!», gli confesso.

«Quando devi tornare a Milano?»

«Domani».

«Devi riprendere il lavoro così presto?»

«A dir la verità no. Le lezioni sono terminate e la sessione di esami inizierà tra due settimane. Perché?».

Ti prego, ti prego, fa' che mi chieda di rivederlo il prossimo weekend. Ti prego!

«Mercoledì parto per Amsterdam e starò via cinque giorni». Oh no! «Vieni con me». Un infarto mi ucciderà, lo sento! «Di giorno dovrò lavorare, ma l'albergo è in centro, puoi farti un giro... So che non è il massimo, ma... che cosa stai facendo?», chiede mentre mi precipito ad accendere il portatile.

«Prenoto l'aereo», rispondo in modo candido.

Non faccio in tempo ad accedere al web che la sua bocca ha già raggiunto la mia e ridendo mi sta riportando a letto.

Capitolo 18
Riccardo

Ho passato tutta la notte con lei. Sentirla addosso mi piace. Anche il sesso è stato fantastico e, nonostante io abbia già vissuto quasi ogni genere di esperienza, c'era qualcosa di diverso. Di migliore. Mi stupisco di me stesso. Tanto più del fatto che in alcuni frangenti mi sia lasciato trasportare dalle emozioni. È vero, in altri tornavo a fare l'unica cosa che conosco: scopare. In verità il sesso tra me e Melissa non è stato semplicemente soddisfacente, ma bello da averne quasi paura.

Sono le sei del mattino ed è ora di salutarci. Devo passare da casa a cambiarmi e andare in ufficio. La guardo, mentre gira per la camera in maglietta e slip con i capelli bagnati. È così sensuale mezza svestita!

L'attiro a me prendendole una mano e le sfioro le labbra. Faccio aderire il suo corpo al mio, che si riaccende all'istante. Il bacio si fa più passionale e le sue dita sono già tra i miei capelli. A fatica mi stacco da lei e fisso quel cielo che ha negli occhi. E io ero convinto che fosse un colore ritoccato digitalmente, che cretino!

«Mercoledì mattina ci vediamo in aeroporto qui a Torino. Ti chiamo più tardi. Basta messaggi via Facebook per un po', va bene?», le propongo e lei scoppia a ridere.

«Nemmeno per un saluto?»

«Vedremo».

Nel mio appartamento, mentre il getto d'acqua colpisce il collo e scende lungo la schiena, mi torna alla memoria l'immagine di lei, abbracciata a me. Al solo pensiero ho un'evidente erezione. Che deficiente! Scuoto la testa mentre mi lavo via il sapone. È chiaro che con Melissa non è stata una scopata come le altre. Le scopate sono quelle con Bianca. Come quando ci siamo incontrati per caso in quel locale il mese scorso. Lei era lì, con le amiche già tutte ubriache, io volevo dimenticare una settimana infernale, come al solito. All'inizio abbiamo flirtato e pochi minuti dopo eravamo nella mia auto. Lei si è tirata su la minigonna e io non ho nemmeno abbassato i pantaloni. Le ho strappato il perizoma e sono affondato in lei senza preliminari. È stata la mia valvola di sfogo, come sempre. Sesso. Quello era decisamente sesso. Con Mel è stato... diverso.

Mentre mi dirigo verso l'ufficio, ripenso alla mia proposta: le ho davvero chiesto di venire ad Amsterdam con me? Che cosa mi è saltato in mente? Devo essere impazzito! Quando c'è di mezzo Melissa, non ragiono con lucidità. Ho trascorso delle ore fantastiche con lei, ma la conosco da ieri e tra due giorni dovremmo partire insieme. Merda, e adesso come esco da questo guaio?

Giorgio mi fa i complimenti per il lavoro svolto, ma mentre lui mi parla, penso soltanto a come risolvere questa storia. Non che non voglia rivederla, ma portarla con me in un viaggio di lavoro è un'altra cosa. Guardo il mio capo e mi viene un'idea.

«Senti, se invito un'amica a venire con me ad Amsterdam, cosa mi dici?»

«Che sei un cretino! Ti porti l'amichetta nel regno delle donne in vetrina? Moglie e fidanzate vanno lasciate a casa quando si va in quella città. Ma contento te, contenti tutti!», risponde il mio capo.

Ecco, non mi è stato per niente utile, speravo che mi dicesse che non si poteva fare.

Passo tutta la giornata a preparare il materiale da portare in trasferta. Come al solito avvio l'applicazione di Facebook per vedere se ci sono messaggi in chat. Niente. Che idiota! Sono stato io a chiederle di non inviare più nulla.

Sono costretto a testare il nuovo software almeno cinque volte, perché mi perdo di continuo i risultati. Sono troppo distratto da questa faccenda di Amsterdam. Basta! Questa sera la chiamo e le confesso che sono stato troppo precipitoso.

Al rientro a casa guardo il cellulare e ammetto che mi sto irritando: sono le otto e mezzo e non mi ha dato sue notizie. Incazzato compongo il numero che mi ha lasciato questa mattina.

«Ciao, Riccardo», risponde al secondo squillo.

«Sei arrivata sana e salva a destinazione?», chiedo piccato.

«A dire il vero, no!».

«Mel, è successo qualcosa? Stai bene?»

«Ho incontrato Cos, ha saputo del mio tradimento e ora vuole divorziare», bisbiglia, e io scoppio a ridere. «Non c'è niente di divertente, Leo. Sono disperata!». Ancora una volta, ascoltarla pronunciare quel nome mi rasserena all'istante.

«Stavo per cascarci, anche perché in passato hai già dimostrato di non essere un'abile autista», la canzono.

«Divertente. Molto divertente».

«Senti, scherzi a parte, non dovremmo metterci d'accordo? Sono Leo o Riccardo? Se continui così, soffrirò di problemi di personalità».

«Va bene, vorrà dire che smetterò di chiamarti», commenta.

«Scommetto che non riusciresti a resistere nemmeno ventiquattro ore».

«Niente sfide con te, Riccardo Ferraris alias Leon de Rouc. Ti lascio vincere! Anzi, visto che sono così buona e gentile ti chiedo pure come è andata la tua giornata».

Inizio a raccontarle del lavoro e quaranta minuti volano via in un soffio. Le auguro la buonanotte e riaggancio. Solo prima di andare a letto mi ricordo che mi ero ripromesso di parlarle di Amsterdam, e invece me ne sono dimenticato. Che scemo!

Dopo una nottataccia, vado in ufficio dove vengo immediatamente fagocitato dai problemi che questo programma ci sta causando. Arriva sera senza che me ne accorga. Cazzo, ormai è tardi per avvisarla di non venire! Inoltre non sono riuscito a sentirla per tutto il giorno.

A casa, mentre sto finendo di preparare il bagaglio, il cellulare squilla.

«Pronto», rispondo senza guardare il display.

«Ciao, Ricky».

«Bianca…». Non so cosa dirle.

«Un *ciao* sarebbe gradito. Comunque ti chiamo perché devo parlarti. Possiamo vederci?»

«Questa sera non posso e domani parto». E anche se potessi, non ho proprio voglia di vederla. «Torno tra dieci giorni», altra bugia, «ma se vuoi anticiparmi qualcosa al telefono, bene, altrimenti ci possiamo vedere al mio rientro».

«No, preferisco parlarti a quattrocchi. Segnati su quel cazzo di smartphone che venerdì 6 giugno hai un appuntamento con me e vedi di non darmi buca». Riaggancia senza nemmeno salutare. Che tesoro!

Pochi minuti dopo il cellulare squilla di nuovo e questa volta è Melissa.

«Ciao, Mel».

«Tutto bene?», mi domanda.

«Sì, perché me lo chiedi?». Ecco di nuovo che esce lo stronzo. «Scusa, sono un po' stanco. Come è andata la tua giornata?»

«Insolita, ma bene. Ti disturbo perché volevo chiederti

dove ci dobbiamo incontrare. Vengo in auto e ho già prenotato il parcheggio, ma mi serve un punto di riferimento».

«Davanti ai check-in può andare?»

«Perfetto. Ora scappo devo sistemare un po' di cose. A domani, allora», sussurra.

«Ci vediamo in aeroporto, notte».

Sono sempre più convinto di aver fatto una cazzata colossale. Maledico mentalmente il mio testosterone a mille. Ho aspettative poco rosee verso questa trasferta, sarà un vero disastro!

Chiudo la valigia e vado a dormire, perché so già che domani mi aspetta una lunghissima giornata.

Capitolo 19
Melissa

La telefonata di poco fa è stata a dir poco fredda. L'ho percepito talmente distante, da convincermi del tutto che sto facendo una stupidaggine. Sospiro e guardo tutti i vestiti disseminati sul mio letto.

Forse ha ragione Damiano. Al mio rientro da Torino gli ho raccontato quello che è successo e lui pensa che questo viaggio sia davvero una pessima idea.

«Mel, scusa, ma ti rendi conto di quello che stai facendo?»

«In che senso?»

«Vi siete visti per la prima volta e avete fatto sesso. Non guardarmi così, non ti sto giudicando. La gente fa spesso sesso occasionale, ma tu no! Tu non sei da una botta e via. E non è da te comportarti in questo modo», afferma seccato.

«Damiano, lo so. Credi che non mi sia fatta tutte queste paranoie? Ma in quel momento mi sembrava la cosa giusta».

«Capisco, ma l'idea di questo viaggio la trovo assurda. Perdonami, ma sai che ti dico sempre ciò che penso».

«Ormai è fatta. E non sarò certo io a tirarmi indietro, deve essere lui a dirmi che ha cambiato idea! E se non lo farà, ci andrò e pagherò le conseguenze della mia impulsività».

«No, Mel, già parti male. Non addossarti sempre la colpa di tutto. Siete stati in due a essere irrazionali e in due affronterete le conseguenze. Piuttosto…», i suoi occhi diventano due fessure, «…spero che vi siate ricordati di usare delle precauzioni!». Il mio silenzio viene frainteso. «Oh Cristo, Mel! Non sai un cazzo di questa persona! Ti rendi conto del pericolo che corri?»

«Sta' calmo, Damiano! Ovvio che abbiamo usato il preservativo! Ma non ti nascondo che... ne avrei fatto volentieri a meno, tanto incinta non sarei rimasta di certo, dato che prendo la pillola».

«Mi hai fatto prendere un colpo!», commenta lui dopo essersi tranquillizzato. «E se proprio vuoi fare questo viaggio», dice andando verso la sua camera per ritornare dopo qualche secondo, «vedi di partire attrezzata...». E mi lancia una confezione di profilattici nella valigia.

«Questo conferma che mi vuoi bene e ti preoccupi per me», ribatto con un gran sorriso.

Alla fine mi stampa un bacio sulla fronte, ma continua a borbottare. Una parte di me vorrebbe richiamare Riccardo per annullare tutto e l'altra vorrebbe scrivere a Leo per chiedergli che fine abbia fatto proprio lui, il mio Leo. Il freddo Riccardo non mi piace.

E lo faccio. Accendo il cellulare ed entro in Facebook.

27 maggio 2014 ore 20:37

Ciao Riccardo. Sì, ti chiamo Riccardo sul profilo di Leon. Perché? Perché decido di credere alle parole di Leon sovrapposte allo sguardo di Riccardo, al modo in cui mi tocca, a quello che mi fa provare, a come riesce a portarmi su una stella con un semplice sorriso.
Scelgo di unirvi. Anima e corpo che si fondono. Così come da un anno la mia strada si è unita alla tua e i nostri corpi si sono appartenuti pochi giorni fa. Scelgo di rischiare, anche se potrà fare male.
A domani,
Mel

Spengo il telefono e, dopo aver fatto il bagaglio, vado a dormire consapevole che non riuscirò a chiudere occhio.

E infatti, quando il suono della sveglia mi perfora i timpani, mi rendo conto di aver riposato appena un paio d'ore. Ma, a essere sincera, mi sono stancata di tutte queste paranoie! Testa alta, Melissa. Vada come vada, almeno avrai vissuto!

Prima di uscire di casa, saluto Damiano che grugnisce, mentre Sasha gli tira una gomitata nel fianco e mi regala un sorriso radioso.

Non impiego molto ad arrivare all'aeroporto di Torino, ma quando tiro fuori il mio trolley dal bagagliaio, mi prende il panico. È davvero piccolo, forse avrei dovuto portare qualcosa in più. Poi mi ricordo della promessa fatta a me stessa: niente paranoie.

Mi dirigo verso le partenze e un istante prima che le porte scorrevoli si aprano, osservo il mio riflesso. Capelli raccolti in una coda alta, jeans aderenti, stivali neri, maglione aperto e la camicia che mi ha regalato mia sorella. Mi pento di averla indossata proprio oggi, è allacciata solo dietro il collo e ha un esile nastro sotto le scapole per tenere uniti i lembi di tessuto lasciando il resto della mia schiena nuda. Faccio un profondo respiro per incamerare aria e mi avvio verso la zona del check-in. Il cuore batte all'impazzata. Mi guardo in giro e non lo vedo, c'è poco da stupirsi dato che sono in enorme anticipo. Inizio a innervosirmi. Lo cerco di nuovo, ma non lo trovo. Magari ha provato a telefonare. No, nessuna chiamata persa, nessun messaggio. Mi sento avvampare. Ho caldo. Basta, mi tolgo questo maledetto maglione! Ah, ora si inizia a ragionare.

«Melissa?». Mi volto e trovo Riccardo in completo blu scuro, camicia e cravatta chiara. Cielo, credo di aver bisogno di un defibrillatore! Mentre si avvicina, il velluto scuro delle sue iridi scorre lungo il mio corpo. Si è rasato e i fini lineamenti sono ben in vista. Credo di star trattenendo di nuovo il fiato.

«Ciao», dice con un sorriso sensuale.

Sento le guance trasformarmi in Heidi. Che imbarazzo!

Adesso che mi è tanto vicino, lo trovo ancora più bello.

Come posso sopravvivere a un uomo così? Non reggo a quella notte che mi fissa e avvertire quella fragranza fruttata, certo non mi aiuta. Mi sfiora il collo, attirandomi a sé e baciandomi all'angolo della bocca.

«Come pensi che possa controllarmi con la tua schiena in bella mostra?», sussurra prima di appoggiare le labbra sulla mia spalla nuda. Vado in apnea. Sto per prendere il mio trolley, quando lui mi anticipa. «Lascia, lo porto io!».

Lo seguo e ci mettiamo in fila per il check-in. Mi guardo intorno per recuperare una respirazione regolare e noto che c'è molta gente, forse per via del ponte del 2 giugno. Sto ancora curiosando in giro e ho un sussulto quando il suo palmo caldo si posa alla base della mia schiena. È dietro di me e la mano continua la sua corsa insinuandosi sotto il tessuto della camicetta. Arriva fino al ventre, poi apre bene le dita attirandomi a sé. Con il pollice mi sfiora la base del seno. Adesso svengo. Con l'altra mano sfila l'elastico dai miei capelli, poi li sposta da una parte. Avvicina la bocca al mio orecchio e quel soffio caldo mi provoca un brivido.

«Grazie per il tuo messaggio. Bellissimo, come sempre». E mi bacia il collo.

La fila avanza e mio malgrado sono costretta a staccarmi da lui, ma almeno il mio cuore può riprendersi da quella aritmia. Arrivati davanti alle hostess, Riccardo consegna anche il mio bagaglio e le carte d'imbarco. Prendo l'elastico e mi rilego i capelli, ma lui me lo ruba e lo infila nella tasca dei pantaloni.

La hostess di terra sta impiegando una vita con i nostri bagagli. La guardo meglio e ne capisco il motivo: sta civettando con lui. Quelli che vedo sono occhioni da cerbiatto. Esco dalla mia bolla e mi materializzo al suo fianco.

«Qualche problema?», chiedo guardando Riccardo.

Sta per rispondere, ma le mie dita si intrufolano piano nella tasca dove ha deposto il mio elastico. Un lampo di luce gli passa negli occhi, mentre il pomo d'Adamo si sposta in modo evidente. Forse strofinare la mano verso l'inguine non è stata una buona idea. Forse... Perché il sorriso che mi dona quando gli mostro vittoriosa il mio elastico, la dice davvero lunga.

Poco dopo siamo liberi di andare verso i gate. Quando mi volto verso Riccardo per chiedergli il punto di imbarco, mi prende per il polso e mi trascina dietro una parete con una vetrata che dà sulla pista. Il suo corpo mi è addosso e le labbra prepotenti sono sulle mie, poi si addolciscono. Il suo sapore è sulla mia lingua ed è così invitante! Da come le dita si muovono fameliche lungo i miei fianchi e sotto la camicia, capisco che mi desidera, così intrufolo le dita tra i suoi capelli scuri.

Quest'uomo mi fa perdere ogni contatto con la realtà. I polmoni fanno fatica a incamerare ossigeno, ma lascio che il suo odore m'invada. Si scosta da me per osservarmi.

«Lo sai che mi stai facendo impazzire, vero?»

«Se vuoi prendo il volo dopo», rispondo. Si mette a ridere scuotendo la testa, ma la mia non era affatto una battuta. Se mi sta addosso in questo modo, temo che tra poco potrei morire qui per autocombustione.

«Direi proprio di no», dice mentre estrae il cellulare e chiama per rinviare di qualche ora un appuntamento.

«Tutto sistemato».

«Che significa?»

«Appena atterriamo, avrai modo di farti perdonare», afferma riprendendo a camminare.

«Scusa? E cosa dovrei farmi perdonare?», chiedo sbigottita.

«Il fatto di avermi provocato e di avermi costretto ad andare in giro con questa fastidiosa erezione. Prima di andare dal cliente, passiamo in albergo e troverai di certo il modo di scusarti». Guardo dritto davanti a me. Non rispondo. Dopo qualche secondo Riccardo si blocca e mi fissa turbato. «Mel, era solo un modo per farti capire che ti desidero... non intendevo dire che ti costringerò a fare... qualcosa che tu non voglia».

Scuoto la testa.

«Non stavo pensando a quello. Ma al fatto che ieri ho creduto che questo viaggio fosse un errore, invece ora non c'è altro posto in cui vorrei essere. È difficile da spiegare, ma...».

«Capisco benissimo quello che intendi e avremo modo di parlarne in questi giorni. Te lo prometto», afferma prima che io finisca la frase.

Mi prende la mano e dopo aver intrecciato le dita alle mie, ci incamminiamo insieme verso il nostro imbarco.

Capitolo 20
Riccardo

Questa mattina ho ritrovato con piacere uno dei suoi messaggi. Il migliore. I miei dubbi? Non sono affatto scomparsi. Sono appena arrivato in aeroporto e sono certo che lei si presenterà all'ultimo momento, come la maggior parte delle donne. Mi do dello stronzo per questo pensiero, mentre vado verso l'area check-in. A un certo punto una figura femminile mi colpisce per la sua avvenenza. È girata di spalle e offre uno spettacolo affascinante. Ha la schiena praticamente nuda, indossa jeans aderenti e stivali. Il colore dei capelli mi ricorda Melissa. Appena si mette a frugare nella borsa, mi inchiodo sul posto. È proprio Melissa! Mi avvicino e quando sto per chiamarla, quel profumo di vaniglia mi conferma che si tratta proprio di lei. Si volta e il rossore sulle sue guance mi fa venire voglia di assaggiarne il sapore. Mi sto eccitando soltanto a guardarla. E mentre siamo in fila per il check-in, la situazione peggiora. Il suo collo è un esplicito invito a lasciare un sentiero di baci. Porto la sua schiena contro di me e le accarezzo il ventre. Non so per quanto riuscirò a trattenermi. Grazie a Dio, la fila si sposta e sono costretto a occuparmi dei bagagli. Qualche minuto dopo, mentre siamo in attesa che la hostess finisca il controllo dei documenti, lei mi mette la mano in tasca toccandomi l'inguine. È un'esplosione. Mi fa andare fuori di testa e ho una voglia pazzesca di fare sesso con lei. Appena lasciamo la fila e trovo un posto appartato, la fermo. Non posso scoparmela qui, ma posso farle capire quanto lo vorrei.

E pensare che fino a ieri sera non volevo che venisse con

me. Che grandissimo deficiente! Sposto l'appuntamento con Andrew di un paio d'ore, adducendo un problema con l'albergo. Ho bisogno di stare da solo con lei.

Questo volo mi sembra durare una vita. Mel sta leggendo una rivista, mentre io sfoglio il giornale. Sentire la sua fragranza mi dà alla testa. Alla mia età dovrei saper controllare i miei impulsi e giuro che ci sto provando in tutti i modi.

Durante l'attesa dei nostri bagagli, mentre entrambi siamo silenziosi, mi cinge la vita e si appoggia dolcemente a me.

«Sei stanca?», chiedo intrecciando le mie dita alle sue. Di solito mi irritano queste effusioni in pubblico, ma oggi non sono padrone di me stesso.

«No, ma vorrei già essere in albergo», sussurra.

«A chi lo dici!», confermo sospirando.

Agguanto le valigie e saliamo sul primo taxi libero. Mezz'ora dopo siamo in camera. Chiudo la porta e in un attimo le sono addosso. Le slaccio i bottoni e il fiocco della camicetta, liberandole quei seni sodi e perfetti. La mia giacca e la camicia sono già sparite senza che me ne accorgessi. Le sfioro il collo con le labbra e respiro il suo aroma, poi cerco la bocca e la lingua. È lei a sbottonarmi i pantaloni e liberare quella fastidiosa erezione a cui desidero dare immediato sollievo. Le sfilo i jeans e gli slip. Appena è nuda davanti a me, compio un gesto che non mi appartiene: l'abbraccio. Un abbraccio intenso, mentre lei mi bacia e mi accarezza la pelle. Tutta l'urgenza delle ore precedenti sembra svanita, in realtà la desidero più di prima, eppure il tempo sembra essersi dilatato. La stringo forte.

«Leo, stai bene?», mi domanda. *Leo*, la parte migliore di me.

«Mai stato meglio».

Le sue carezze non si fermano, mentre il mio cuore pulsa. Torno alle sue labbra e le bacio con avidità, la prendo in braccio e la porto a letto. Disegno una strada di baci dalle labbra fino al seno e scendo verso l'ombelico. La mano è tra le sue cosce, risale verso l'inguine. Le dita dentro lei mi danno la certezza che il suo corpo mi reclama a gran voce. Appoggio il viso sul ventre, mentre le osservo entrare e uscire da quell'antro caldo. Mi piace vederla contorcersi e ansimare. Torno a unire le nostre labbra per poi fissarle gli occhi.

«Mel...». Sfiora le mie braccia tese mentre entro piano in lei. Alza il bacino per accogliermi meglio. Mi fermo perché il cuore mi sta scoppiando in gola e il fiato mi manca. Vado ancora più a fondo e lei non smette di accarezzarmi. Arretro e rientro. Aumento il ritmo. Ma poi torno a essere Riccardo che si impossessa di lei, come sono abituato a fare con le altre. Divento brutale e aggredisco quel fisico con spinte sempre più forti. La sto scopando.

Quando la sua mano mi scosta i capelli dalla fronte e scende lungo il viso, mi paralizzo tornando improvvisamente lucido. Ansimante la guardo negli occhi, mentre mi maledico. Scivolo fuori da lei prima che sia troppo tardi, che le faccia male e che lei possa odiarmi. Mi stendo supino, lo sguardo rivolto al soffitto. Cazzo, che cosa stavo facendo?

«Scusami», dico senza guardarla.

«Ho fatto qualcosa che... Scusa, io non...».

«No, Mel!», sussurro girandomi verso di lei, «tu non c'entri. Sono io. Il problema sono io».

Mi guarda senza capire. Meglio così, altrimenti sarebbe già scappata.

«Non riesco a... Mi cerchi, ma l'istante successivo mi allontani... Ti prego, spiegami», balbetta.

«Te ne andresti», dico con un filo di voce e intanto mi accarezza il viso.

«Dove posso mai andare... Il mio cuore ti insegue da un anno, Leo», sussurra e io vedo soltanto quell'azzurro.

Metto una mano sulla sua e le bacio il palmo, dopodiché

appoggio la testa sul suo grembo. Non fa domande, ma sono le parole a uscirmi spontanee.

«Non ho mai faticato nella vita. La mia famiglia non ha certo problemi economici e il concetto di "crisi" per mia madre, coincide con il fatto che qualcuno non può andare alle sue cene. Sono cresciuto a suon di scuole private, non ho scelto né il percorso di studi né il mio lavoro, era già tutto programmato in base alle conoscenze di mio padre. Anche all'università, essere il figlio del magistrato Ferraris ti garantiva qualche punto in più. Aggiungici una bella faccia con cui flirtare e un discreto corpo con cui scopare, e il gioco è fatto». Le sue carezze non accennano a fermarsi. «Ti racconto tutto questo solo per farti capire. Molte donne sono passate dal mio letto». Mi lego a lei stringendole la vita. «Con loro mi sono concesso giochi erotici che del gioco avevano molto poco, ho praticato sesso violento. Le legavo, umiliavo, poi, quando una di loro ha minacciato di denunciarmi per stupro, ho smesso con tutta quella merda». Perché non dice nulla? La stringo ancora di più, ma lei si immobilizza. La sto perdendo, lo percepisco. Trovo il coraggio di cercare i suoi occhi, però Melissa evita i miei. È troppo per lei, lo capisco. «Sono passati tre anni e con te è tutto diverso. Ti ho giurato che ti avrei trattato con rispetto e che non avrei tradito la tua fiducia, ma non so se ne sarò capace. Prima mi sono fermato...». Leo, dove sei finito? «Perché ero il solito Riccardo e mi sono sentito uno schifo!».

«Dimmi soltanto una cosa», parla con voce flebile continuando a fissarsi le mani, «tu non hai fatto nulla a quella ragazza, vero?». Alza lo sguardo. «Non ne saresti capace, io... lo so...».

«Assolutamente no!». Oh Cristo, pensa davvero che potrei fare una cosa simile? Mi allontano da lei, mentre tento di risponderle. «Tutte le mie compagne erano consenzienti.

Con lei è stata una storia strana e complicata. Alla fine siamo stati insieme tre anni».

«Quando facciamo l'amore e ti allontani, è perché hai paura di farmi del male?».

Chiudo le palpebre e faccio un cenno affermativo con la testa. È allora che avverto le sue braccia intorno a me e le labbra calde sul mio petto, che poi risalgono attraverso il collo, fino alla guancia e ritrovano le mie. Infine mi sussurra: «Non so come tu fossi prima, ma posso dirti con certezza che mi sto innamorando di te e che non mi fai paura. Sono qui e mi allontanerò quando sarai tu a chiedermelo». Mi accarezza il viso cercando i miei occhi. «Le emozioni che provo con te, sono così intense che a volte mi turbano. E non si tratta solo di questo momento. È da un anno che la mia giornata è scandita dalle tue parole e dai tuoi gesti».

Mi dà un bacio languido prima di voltarsi dandomi la schiena e appoggiandosi a me. Intrecciamo le dita e se le porta al seno. Le scosto i capelli e l'aroma di vaniglia mi calma. Il desiderio si riaccende in me e anche lei se ne accorge, perché sposta il bacino ed ecco che sono di nuovo in lei. Inizia a muoversi, sospiro e seguo il suo ritmo senza staccare le labbra dalle sue. Poso il palmo sul suo cuore che corre veloce. Chiudo gli occhi e percepisco che anche il mio batte sempre più forte. Mi sembra di correre nella stessa direzione, poi vedo il burrone davanti a me, non mi fermo, questa volta mi butto. La stringo forte. Appoggio la fronte alla sua spalla, le labbra serrate da cui fuoriesce un grido soffocato. Lungo. Lei continua a muoversi, io esplodo in un'estasi pura. Un ultimo affondo e anche per lei arriva un gemito. Quando tutto passa, i nostri corpi, ansimanti sono ancora uniti.

«Mel…», dico mentre siamo sdraiati a letto.

«Mhm…».

«Niente».

«Che cosa volevi dirmi?». Scuoto la testa. «Leon de Rouc che non ha parole, è grave!».

«Fare l'amore con te toglierebbe le parole a chiunque», sussurro e mi dà un bacio, prima di accoccolarsi tra le mie braccia.

Anche io sono capace di fare l'amore.

Il cellulare che squilla mi ricorda i miei impegni, ma vederla appoggiata al mio petto mi mette già di buonumore. Adoro avere il suo profumo addosso. Mi rivesto e le poso le labbra sulla fronte, prima di uscire per il mio appuntamento di lavoro.

«A dopo».

«Buon lavoro», biascica.

Esco da quella camera tentando di capacitarmi di quello che è successo. Ma di una cosa sono certo: mi sento meravigliosamente bene ed è tutto merito di Melissa.

Capitolo 21
Melissa

Dopo che lui se ne va, esco per una passeggiata. Ho bisogno di aria fresca per rimettere ordine tra i miei pensieri. Tento di analizzarli lucidamente, ma alla fine c'è solo una domanda importante che mi pongo: lo voglio nella mia vita a ogni costo? La risposta è sì.

Sì, per quello che mi ha dato di sé in un anno di chat. Sì, per quello che mi fa provare. Sì, per quello che mi ha confessato, perché avrebbe potuto tacere.

Fin dal nostro primo incontro a Torino, ho capito che qualcosa lo logorava, ma credevo che fosse semplicemente la stessa confusione che anche io provo tuttora. Invece, alla luce di quello che mi ha raccontato oggi, capisco molte cose. L'uomo che ha appena fatto l'amore con me è così diverso da quello sicuro e spavaldo che ho incontrato in aeroporto. Lui è Riccardo, non il mio Leo che parla con il cuore in mano.

Guardo la vetrina di un antiquario, ci sono delle bellissime cartoline in bianco e nero scolorite dal tempo. Entro e ne prendo qualcuna.

Quando rientro in albergo, di Riccardo non c'è nemmeno l'ombra, ma poco dopo ricevo un suo SMS:

Ciao Mel, torno alle sette, scegli dove andare a cena. Grazie di non essere scappata. Un bacio.

Sono in aeroporto. Buon proseguimento! :-) Mel

È in ritardo di venti minuti. Mi sembra di aver già vissuto questa scena... Con Phil era ormai diventata un'abitudine. Mi distraggo sfogliando una rivista, poi passo alla brochure dell'hotel. Ora però sto iniziando a preoccuparmi! Per fortuna il cellulare emette un *bip*.

Scusa, problemi come al solito. Esco adesso, sarò lì tra venti minuti... o devo raggiungerti in aeroporto? Una carezza, nell'attesa.

Tiro un sospiro di sollievo e mi rilasso. Prendo una delle cartoline acquistate e scrivo pensieri alla rinfusa. Poco più tardi la porta si apre.

«Perdonami, poso il computer e usciamo a cena», dice trafelato. Solo quando si gira mi osserva e sorride. «Sei molto bella!».

«Grazie. Come è andato il lavoro?»

«Un errore dietro l'altro. E come spesso capita, all'ultimo momento il cliente cambia idea su alcune specifiche tecniche del prodotto senza rendersi conto che io impiego una vita per apportare quelle modifiche». Si passa una mano sulla faccia. «Usciamo?»

«Sembri davvero stanco, perché non ordiniamo qualcosa al servizio in camera?»

«Ti sei fatta bella per uscire, sarebbe un delitto farti rimanere qui dentro».

Mi avvicino e gli metto le braccia intorno a collo.

«Mi sono fatta bella per te e tu mi stai guardando. Del resto non mi importa niente», dico e lui sorride.

Durante la cena parliamo un po' di noi e di quella parte delle nostre vite che ignoriamo, ma Riccardo è costretto a rimettersi subito al lavoro. Mentre lui sbuffa verso il portatile, per non disturbarlo non accendo la televisione, ma mi metto a leggere.

«Adesso basta, è quasi mezzanotte», esclamo dopo che per

l'ennesima volta si massaggia gli occhi. «Salva quel che devi e poi vieni a dormire». Sottolineo bene la parola *dormire*.

Quando torno dal bagno con addosso il pigiama, il computer è spento e lui ha già la testa sul cuscino, ma le palpebre sono alzate. Mi infilo nel letto e spengo la luce.

«Notte, Leo».

Cerca la mia mano e intreccia le nostre dita stringendo forte. Inalo il suo odore e mi accoccolo contro la sua schiena, abbracciandolo.

«Sono molto felice che tu sia qui, Mel». Oddio, lo ha detto davvero?

«Non vorrei essere da nessun'altra parte», confesso, mentre accarezza con le labbra il mio palmo.

«Grazie di avermi trovato», sussurra e sento il mio cuore battere fortissimo. O forse è il suo?

Anche oggi è stato dal cliente tutto il giorno, mentre io ho visitato Amsterdam da sola. Rientra in albergo alle nove e mezzo. Mi chiede di nuovo se voglio uscire.

«Ho ordinato la cena quando mi hai telefonato per dirmi che stavi partendo», affermo, offrendogli una mano per farlo alzare dal letto su cui si è catapultato appena è entrato in camera. Si mette a sedere con un certo sforzo. Lo aiuto a sfilarsi la giacca e mentre gli sbottono la camicia mi osserva in modo strano.

«Che cosa c'è?», chiedo.

Mi attira a sé e appoggia il viso al mio ventre. Mi abbraccia e io gli accarezzo i capelli. A Phil non è mai piaciuto questo gesto, mentre Riccardo sembra apprezzarlo molto. Lo rilassa.

«Tienimi così qualche minuto», risponde sospirando e non voglio altro.

Poco dopo alza gli occhi e si lascia togliere la camicia. Ha un fisico tonico e scolpito e credo che non mi abituerò mai a tanta perfezione. Anche questa sera si vede lontano chilometri che è sfinito.

Va a farsi una doccia, ma io non riesco a togliermi dalla testa lo sguardo di poco fa. Non resisto e lo seguo. Apro le porte scorrevoli e quando mi vede, sorride. Le labbra sono già su di me. Vogliose. Mi ritrovo spalle alla parete. Le sue braccia mi intrappolano. Come se volessi fuggire? Il suo torace è aderente al mio. Il bacio si fa più passionale. La sua mano scende lungo il collo, sfiora il seno, arriva ai fianchi e si ferma dietro la mia coscia. La piego e la sollevo assecondando il suo invito. Lo desidero talmente. In quell'istante, si blocca e si allontana dalle mie labbra. Ha uno sguardo strano e un lampo di terrore gli attraversa le iridi. Non capisco, ma ha di nuovo quell'espressione lontana.

«Riccardo...», sussurro prima che mi interrompa.

«Mel, non chiedermi nulla. Torna di là, ti prego».

Perché mi sta rifiutando? Mi sento così umiliata... Afferro un asciugamano e vado verso la porta, ma anziché uscire subito, mi volto. Lo vedo seduto nella doccia, le mani tra i capelli, gli occhi fissi a terra e l'acqua che scroscia sulla sua schiena. Mi torna alla mente l'immagine che amo. L'immobilità del frangiflutti e l'acqua che lo sovrasta. Come ho fatto a non capire? Le onde non sono nate per attaccare quella struttura e la costruzione non è stata creata per impedire alla natura di fare il suo corso, ma per proteggere l'uomo. Lui è il frangiflutti che vuole proteggermi, ma io sono come quelle onde che non hanno scelta... Non posso non amarlo.

Rientro e mi inginocchio davanti a lui. Alza di scatto la testa, mentre prendo la spugna e la passo sul suo collo. Non mandarmi via, Leo! Lasciati amare... Continuo a lavarlo, lui resta immobile. Solo quando le mie dita passano sul suo cuore, si rianima e me le blocca a quell'altezza. Batte fortissimo. Mi avvicino e muovo le labbra sulle sue con tutta la dolcezza di cui sono capace. Si limita a rispondere, ma senza trasporto. Allora mi appoggio alle sue spalle e porto le gambe oltre i suoi fianchi, sopra le sue. Gli sono incollata addosso e lo guardo, mentre il suo corpo risponde alla mia provocazione, trovando subito la via verso la mia carne. Le sue dita si posano leggere sui miei fianchi. Decido io il ritmo. Inizia a baciarmi con dolcezza mista a passione. Poco dopo uno tsunami mi investe con forza e quando passa so che le onde devono continuare ad abbracciare il frangiflutti. Nessuno dei due ne è uscito annientato. Sono salvi entrambi.

Capitolo 22
Riccardo

Non appena metto la testa sotto il getto dell'acqua, le porte si aprono. Ho le palpebre chiuse, ma gli angoli della mia bocca sono già rivolti verso il cielo e so che tra poco raggiungerò il paradiso. Eccola qui. Il mio corpo arde mentre la bacio, le prendo la gamba e me la porto al fianco. All'improvviso mi assale il ricordo di me e Bianca nella doccia, che scopiamo in modo brutale e mi viene la nausea. Mi allontano velocemente. Non voglio essere così, non con lei. Mi sposto in un angolo e abbasso lo sguardo. Mi fissa e immagino che si stia domandando in cosa abbia sbagliato. Lei? Sono io a essere sbagliato. Questa è la verità.

Poi tutto avviene in fretta. Le chiedo di andarsene, le porte si aprono, scivolo lungo la parete e provo un freddo pungente. Poco dopo sono costretto a riaprire gli occhi perché Mel è inginocchiata davanti a me. Sospiro e la guardo, senza sapere cosa dire. Inizia a lavarmi il torace, ma non mi guarda. Quando la sua mano passa sul mio cuore, qualcosa dentro di me si accende. Si avvicina sempre più, finché mi attira a sé. Mi accarezza i capelli. Da dove è spuntato questo angelo? Mi alza il mento e unisce le nostre bocche. La lingua cerca la mia, dopo averla trovata la avvolge. Melissa si muove lenta sopra di me, carezzevole fino a quando non torno a essere l'uomo che merita. La prendo per i fianchi, ma solo per seguire ogni suo movimento. Ogni cellula del mio corpo reclama questa donna. Sono in lei, mentre si muove prima piano, poi in modo più deciso. All'inizio mi impongo di non spostarmi di un millimetro per il timore di rovinare tutto, poi mi scosto quel che basta per sentirla di più. È lei ad accelerare il ritmo senza smettere di accarezzarmi e baciarmi tra i capelli, sulla fronte. Quando le labbra si posano sui miei occhi, i miei sensi esplodono. Ansimante, rimango stretto al suo petto tutto il tempo necessario per riprendermi. Questo è l'amore di un angelo che rischia di bruciarsi le ali scendendo nel mio inferno.

La sveglia impostata sul mio cellulare suona. Allungo la mano e la spengo in fretta, prima di disturbare anche Melissa. Il suo braccio mi avvolge di nuovo. Mi piace. E anche tanto. E io che avevo paura di affrontare questo viaggio! Non ho mai provato con altre quello che sento con lei. È tutto diverso e anche io sembro trasformarmi in un altro uomo. Migliore? Non lo so. Non voglio sprecare tempo prezioso a pensarci. So che sto bene e basta, il resto passa in secondo piano. Almeno per oggi.

Nonostante possa stare a letto fino a tardi, Mel vuole fare colazione con me. Ha la faccia assonnata, è bella. Prima di scappare in ufficio, le sfioro le labbra, sa di caffè e brioche alla crema.

Sto lavorando come un matto per finire entro mezzogiorno. Voglio fare una sorpresa a Melissa. Poco prima di pranzo le mando un SMS:

Arrivo tra venti minuti, oggi ti porto in un posto delizioso. Mi raccomando metti vestiti comodi, ci sarà da camminare! Bacio

Salgo in camera ed è bello trovarla lì che mi sorride. Mi cambio al volo e pranziamo in un ristorante vicino all'hotel.

«Ti rendi conto che siamo qui da mercoledì ed è la prima volta che usciamo insieme?», le chiedo.

«Ho trovato il servizio in camera eccellente, anche se, a

voler essere precisi, l'intrattenimento serale lascia un po' a desiderare», afferma scuotendo la testa.

«Eh?»

«C'è sempre lo stesso uomo che entra ed esce dal mio letto. Potrebbero cambiare ogni tanto, per non far annoiare i clienti, non credi?», domanda e sorride maliziosa.

«Be', se l'uomo in questione sono io, ti posso assicurare che nessuna si è mai lamentata». Mi pento subito delle parole che ho appena pronunciato. «Scusa... Stavo solo scherzando», dico mentre lei si limita ad alzare le spalle.

«Non preoccuparti, ognuno di noi ha avuto le proprie esperienze», asserisce. Aspetta un attimo, fermi tutti! «Perché mi stai fissando?»

«Mi chiedevo quali fossero state le tue *esperienze*». Sottolineo apposta la stessa parola che ha usato lei.

«Riccardo, mi stai per caso domandando quanti uomini ho avuto?»

«No... Però io ti ho raccontato diverse cose di me, anche molto intime. Invece, tu...». Forse mi sto addentrando in questioni di cui non vuole parlare. Posa la forchetta sul piatto e si abbandona sullo schienale della sedia.

«L'unica relazione seria si è conclusa già da tempo ed è durata un anno. Tra noi è finita perché lui mi ha tradito. Non c'è molto da aggiungere, a parte il fatto che soltanto recentemente mi sono resa conto di quanto fosse stronzo», afferma, ma la curiosità prende il sopravvento.

«E non vi sentite più?»

«A dir la verità ci siamo incontrati qualche mese fa. È stato lui a mettermi in contatto con la Sokio», risponde.

«Non ti piace parlare molto di te, vero?»

«Non la metterei in questi termini. È solo che ho una vita tranquilla e mi piace che sia così. Amo la mia quotidianità, mi dà sicurezza. Per esempio, tu mi chiedi spesso di uscire a cena... Be', a me non interessa se siamo chiusi in una camera d'albergo o nel ristorante più famoso di Amsterdam, l'importante è stare con te!».

«A volte temo di non sapere come comportarmi», le confesso sospirando.

«Se può consolarti, lo stesso vale per me... È che sappiamo poco l'uno dell'altra, ma mi sembra di averti accanto da sempre. Quando sono tornata a casa da Torino avevo mille dubbi ed ero tentata di annullare questo viaggio, invece ringrazio il cielo di non averlo fatto. Scusami, sono parole senza senso...». Poso la mano sulla sua.

«Capisco il tuo discorso. Quando siamo insieme sembra che tutto il resto scompaia, ma quando ognuno torna nella propria città o alla propria vita, cerchiamo quasi di negare quello che c'è tra noi. Mi conosci da pochi giorni, ma è da tanto che ci frequentiamo», commento.

«È da tanto che mi sto innamorando di te, allora!», mentre lo dice si fa sempre più rossa in volto e abbassa gli occhi. Le alzo il mento con il dito.

«E io sono quello che arriva quando il treno sta per partire. Ma voglio salire su quel treno perché altrimenti mi perderei un tragitto meraviglioso. Anche io inizio a provare qualcosa a cui non sono abituato... Scusa per il ritardo», sussurro, invece lei intreccia le dita alle mie con forza.

«Posso farti una domanda che non ho mai trovato il coraggio di porti?»

«Certo!», rispondo con una punta di nervosismo.

«Che razza di nome è Leon de Rouc?». Scoppio a ridere.

«Leggi al contrario la parola *Rouc* e ti sarà tutto chiaro».

«Oddio, *Cuor* di Leone, ovvero Riccardo! Che fantasia contorta! Però confesso che non ci sarei mai arrivata».

«La cosa importante è che ti abbia portato fino a me. Tutto il resto è secondario».

Usciti dal ristorante mi dirigo verso l'auto che ho noleggiato proprio oggi e quando le indico di salire, mi guarda sospettosa.

«Dove stiamo andando?», domanda mentre mi immetto nel traffico cittadino.

«Volendam, a circa venti chilometri da qui. E domani partiamo per Bruges, pernotteremo lì».

Fermi a un passaggio ferroviario, mi volto e vedo lo stupore dipinto sul suo viso.

«Ma oggi non devi lavorare?»

«No, ho fatto di tutto per terminare questa mattina», non dice nulla. La vedo osservare fuori dal finestrino. «Mel?», non risponde. «Melissa… che cosa…». Si slaccia la cintura e si getta tra le mie braccia.

«Cosa ho fatto per meritarti, Leo?», sussurra affondando il viso nel mio collo.

«Mel, ho sempre pensato solo a me stesso, ma da quando Leo ti ha conosciuto qualcosa è cambiato».

Il suo palmo è rimasto posato sulla mia gamba per tutto il viaggio. Quando arriviamo a destinazione, sono orgoglioso di vederle spuntare un enorme sorriso mentre si guarda intorno. Conosco il posto, ci sono stato diverse volte per fotografare scorci di questo villaggio di pescatori. Mi dispiace non aver portato anche in questo viaggio la mia macchina fotografica. Avrei potuto immortalare il suo viso raggiante. Le stringo la mano mentre passeggiamo per le vie di questa cittadina dalle caratteristiche case con il tetto spiovente e le facciate colorate. Ma l'unica cosa che cattura la mia attenzione è vederla ammirare questo luogo con gli occhi che le brillano. Ci fermiamo a bere qualcosa e poi la vedo entrare in un negozio di souvenir. Mi pareva strano che non avesse la mania dello shopping… L'aspetto fuori fumando una sigaretta.

«Da quando fumi? Non ti ho mai visto farlo», chiede.

«Diciamo che quando ci sei tu non ne avverto l'esigenza». Alza un sopracciglio senza capire. Spengo e getto quel che resta. «Ti dà fastidio?». Scuote la testa.

«Guarda cosa ho comprato». Immagino tazze, tazzine e altri oggetti inutili. Apre il sacchetto e poi la fisso incredulo.

«Bulbi?»

«Certo, tulipani!». Scoppio a ridere, allora è proprio vero che è diversa.

In questo momento rido, ma li sento. Sento i miei demoni bussare. Se ne andranno mai? Sospiro. Per oggi mi lascio andare alla leggerezza, ma so che presto torneranno.

Capitolo 23
Melissa

Sento dei rumori e apro gli occhi. Riccardo sta chiudendo la porta della camera.

«Ehi, stavi scappando e poi hai cambiato idea?», chiedo.

«Io? Direi di no, sono proprio dove vorrei essere», risponde mentre porta avanti un carrello da cui proviene profumo di caffè e brioche.

Dopo aver fatto colazione partiamo per Bruges. Impieghiamo quasi tre ore per arrivarci, ma il viaggio è ben diverso da quello del giorno prima: Riccardo si chiude in un ostinato mutismo. A metà strada ci fermiamo per un caffè e non fa altro che fumare una sigaretta dietro l'altra. Provo con ogni tipo di argomento, ma mi risponde a monosillabi. Eppure la giornata di ieri è stata perfetta. Siamo rientrati in tarda serata in albergo e appena ho toccato il cuscino sono partita per il mondo dei sogni, ma credo che lui mi abbia tenuto abbracciata durante la notte, quindi non capisco a cosa devo questo suo cambiamento di umore.

Quando arriviamo a destinazione, capisco perché questa cittadina sia stata meta di pittori famosi. È incantevole, con i suoi canali e le case che vi si affacciano. Una leggera brezza si alza, è una giornata soleggiata, ma non troppo calda. Mi volto verso Riccardo e appena i nostri occhi s'incontrano, abbassa lo sguardo. Non si può continuare così!

Si porta l'ennesima sigaretta alla bocca. A passo deciso mi avvicino e la rubo. Non fumo dai tempi dell'università. Si appoggia all'auto fissandomi e poi ne accende un'altra. Oddio, nemmeno una reazione! Prima che ributti il pacchetto in macchina, ne prendo una seconda.

«Mel, cosa fai?»

«Secondo te?», chiedo, mentre lui fa per prendermi la sigaretta.

«Ti fa male, non farmi incazzare e dammela immediatamente!», tuona.

«Riccardo, che te ne frega della mia salute?»

«Non essere stupida, lo hai capito benissimo che ci tengo a te», risponde.

«Perfetto, allora facciamo un patto», gli propongo. «La puoi fumare tu, se mi prometti una cosa». Gli occhi gli diventano due fessure.

«Va bene, ma dammi quella sigaretta». La passo a lui che se la porta subito alla bocca. «Allora, che cosa ho vinto?», domanda con poco entusiasmo.

«Me!», dichiaro fissando i suoi occhi. «Voglio che oggi tu faccia di me tutto ciò che vuoi». Lo vedo deglutire e fissarmi.

«Melissa, che cosa vuoi dire?»

«Quello che ho detto. Non mi opporrò a nessuna tua proposta. Vuoi fare un giro della città, lo faremo. Vuoi andare in albergo e restarci tutto il giorno, lo faremo. Tutto quello che vuoi. Incluso il sesso a cui sei abituato…».

«Tu non sai di cosa stai parlando», dice a denti stretti.

«Hai ragione, io non ne so niente!», sbotto sempre più arrabbiata, «ma sono stanca di vederti adombrare perché rimugini su quello che sei stato. Ne abbiamo parlato e riparlato. Hai detto di provare qualcosa per me, di volermi nella tua vita. Abbiamo fatto l'amore». Sta per ribattere, ma non gli do il tempo per farlo. «E non guardarmi così! Hai capito esattamente, tu con me non fai sesso, tu hai fatto l'amore fin dalla prima volta. Sono arcistufa di vederti preoccupato per qualcosa che forse non capiterà mai».

«Melissa, non è un gioco!», strilla lui.

«Mai sostenuto il contrario», sospiro tentando di calmarmi. «Non puoi cambiare il tuo passato, ma devi imparare a considerarlo tale. Entrambi abbiamo commesso degli errori ed entrambi sbaglieremo anche in futuro. E allora?»

«E se dovesse capitare? Se iniziassi a trattarti come un oggetto per soddisfare un mio bisogno e non come una persona? La penseresti ancora in questo modo? Te lo dico io: no! Scapperesti lontano. Perché tu non vuoi e non ti meriti di essere trattata in quel modo. E cosa credi che resterebbe di me?», grida.

«Tu vuoi proteggermi da qualcosa che forse non avverrà mai e così stai rovinando il presente. Questo non è logico, Riccardo. Va bene tener conto delle proprie paure, ma non puoi basare le tue decisioni solo su quelle. E infatti non le hai ascoltate quando sei venuto a cercarmi e mi hai lasciato quelle parole sul biglietto da visita, né quando ti sei presentato alla mia porta o mi hai proposto questo viaggio». Leggo confusione sul suo volto. «Tu hai già vinto l'intera guerra contro le tue paure, smettila di pensare che potresti rovinare tutto».

Abbassa lo sguardo e sospira, poi torna a guardarmi come se si fosse svegliato da un sogno. Getta la sigaretta a terra e mi è addosso. Il mio corpo è incastrato tra lui e l'auto, mentre mi bacia con una tale foga che non riesco nemmeno a prendere fiato.

«Sali in macchina», mi ordina.

Dopo circa venti minuti di strada e di silenzio siamo davanti all'ingresso di quello che pare proprio un castello.

«Siamo arrivati». Un uomo in livrea mi apre la portiera.

Appena entro nella hall, mi guardo intorno affascinata. Una mano alla base della schiena mi fa voltare.

«Possiamo salire», dice Leo.

La suite è bellissima e la vista sulla città altrettanto. Appena scosto le tende, le sue mani si muovono sui miei fianchi.

«Allora, con te posso fare tutto quello che voglio?», sussurra mentre mi bacia il collo.

«Sì, tutto!», affermo risoluta.

Mi fa voltare e mi incatena al nero dei suoi occhi. Amo troppo quest'uomo. Mi toglie la giacca, la lancia su una sedia, mi prende in braccio e mi porta a letto.

«Hai paura di me?», chiede.

«No, perché ti amo». Vedo un lampo attraversargli le iridi. Finalmente sono riuscita a pronunciare quelle semplici parole.

Mi toglie la maglietta e resta lì a osservarmi. Poi agisce. Il cuore impazzisce per questo miscuglio di attesa e timore. Chiudo gli occhi e penso alle sue parole, ai suoi gesti e a come mi guarda.

Un'ora più tardi mi sto stiracchiando nel letto. Ha fatto l'amore con una dolcezza sconfinata, sussurrando parole gentili e promesse che ha già mantenuto.

Esce nudo dal bagno e non posso fare a meno di arrossire all'idea che quel corpo in parte mi appartenga.

«Forza pigrona, vestiti che andiamo a visitare la città».

«Uffa, non possiamo stare ancora un po'? Usciamo più tardi», mugolo.

«No», dice lui, «oggi decido io. O forse l'hai dimenticato?».

Mentre ammiro estasiata ogni angolo della città, mi fa mille domande a cui rispondo senza imbarazzo. Mi chiede persino a che età ho fatto l'amore per la prima volta. Ma quando sono io a fargli le stesse domande, mi risponde che oggi è il suo turno, non il mio, quindi le mie curiosità non verranno soddisfatte tanto presto.

Rientriamo in albergo a tarda sera. Abbiamo camminato tantissimo.

«Stanca?», chiede porgendomi un bicchiere d'acqua.

Viene a sedersi accanto a me e, mentre lo osservo bene in volto, mi pare più sereno rispetto alla mattina, quindi ne approfitto.

«Mi è consentito fare una domanda?»

«Certo. Permesso accordato».

«Ti stai trattenendo?», chiedo con un filo di voce.

«A dir la verità no». Mentre parla mi accarezza i capelli. «Quando mi hai fatto quella proposta, la prima cosa a cui ho pensato è stata come mi sarebbe piaciuto *scoparti*. Ma già la parola stessa mi ha infastidito. Poi ho capito che non voglio tornare a essere quell'uomo. E finché mi rammenterai che posso essere diverso, allora non devo temere il passato».

Gli ultimi due giorni sono corsi veloci. È ora di fare ritorno a Torino. L'idea di salutarlo, dopo tutto quello che abbiamo vissuto, non mi piace.

«Dove credi di andare?», mi chiede mentre cerco le chiavi della macchina.

«A ritirare la mia auto».

Scuote la testa. Abbandona la valigia, si avvicina, mi prende per la vita e mi stringe a lui.

«Tu non vai da nessuna parte», sussurra, «vieni a casa con me». Lo osservo per vedere se sta scherzando.

«Stai dicendo sul serio?»

«Devi lavorare?», chiede scostandomi una ciocca di capelli dal viso.

«No, gli esami iniziano la settimana prossima e non ho tesisti da seguire».

«Mi sembra di avertelo già detto che miglioro solo se tu mi sei accanto. Vuoi che mi trasformi in un mostro a due teste o che sputi fuoco?»

«Se la metti su questo piano, allora vuol dire che mi fermerò per salvare il mondo dalle tue grinfie». Ridiamo entrambi.

Quando arriviamo a casa sua, mi prende quasi un colpo. Abita in un palazzo d'epoca, ma il meglio arriva quando vedo il suo attico, con una terrazza che è grande quanto il mio appartamento. Mi fa fare un rapido giro e sembra divertirsi come un matto ad ascoltare i miei commenti.

Stiamo pranzando all'aperto quando il suo cellulare squilla. Un'imprecazione e si allontana per rispondere. Sento soltanto frammenti della conversazione, ma capisco che si sta alterando. Dopo pochi minuti torna e, passandosi la mano tra i capelli, inizia a parlare.

«Mia madre! Tutti i genitori chiedono al proprio figlio come sia andato il viaggio, se è stanco o meno. La mia invece chiama per ricordarmi di non fare stronzate».

«In che senso, scusa?»

«Al circolo di golf a cui è iscritto mio padre si terrà il matrimonio di un mio collega. Mi chiamava per rammentarmi di evitare di fare figuracce. Ho declinato l'invito tempo fa, perché non sapevo nemmeno se per quella data sarei stato in Italia», afferma con rabbia.

«Non so davvero cosa dire», ammetto sincera.

«Dimmi solo che ti fermerai fino a domenica. Lunedì forse dovrò partire per Dublino».

«E me lo chiedi pure? Certo che mi fermo!». Riacquista il sorriso.

Il pomeriggio lo passo a dormicchiare sulle sue ginocchia, mentre vediamo un vecchio film in TV. Quando si avvicina l'ora di cena, apro il frigorifero e lo trovo ben fornito. C'è tutto l'occorrente per una carbonara. Appena metto l'acqua a bollire e la pancetta a soffriggere, la cucina si riempie di odori. Sono talmente concentrata che non mi accorgo subito che Riccardo è seduto su uno degli sgabelli e mi osserva con un sorrisetto molto sexy.

«Da quanto tempo sei lì?»

«Abbastanza da poterti ammirare. Mi piace averti qui».

«Non è un grande spettacolo vedermi cucinare», ribatto e mentre passo davanti gli do un bacio.

«Invece è molto erotico vederti girare per la mia cucina con addosso quella gonna». Mi fissa imbambolato.

La cena gli è proprio piaciuta visto che ha chiesto il bis. Ci spostiamo in terrazza per bere il caffè. Soffia un leggero vento e la calura del pomeriggio è un ricordo. Ripenso alla sua espressione dopo la telefonata della madre, lo raggiungo e mi godo con lui il panorama della sua città. Allontana la sigaretta e posa le labbra sulla mia guancia.

«Ho visto che nel bagno degli ospiti c'è una vasca enorme. Vado a preparare l'acqua. Ti aspetto di là», dico lasciandolo a bocca aperta.

Apro il rubinetto e intanto mi tolgo i vestiti. Dieci minuti più tardi è seduto tra le mie braccia, rilassato. Gli sto raccontando aneddoti su me e Damiano, in particolare sulle nostre litigate per chi rimane troppo tempo in bagno. Ride di gusto quando gli racconto della volta in cui l'ho chiuso dentro minacciandolo di farlo restare lì a dormire, senza calcolare che la finestra si affacciava sul balcone. Risultato: me lo sono ritrovato in cucina in mutande, che sbraitava, intanto la vicina ci spiava...

Mentre mi asciugo i capelli sto già sbadigliando. Indosso una delle sue magliette e all'improvviso Riccardo mi prende in braccio.

«Cosa fai?»

«È il mio turno di occuparmi di te!».

Mi porta in camera e mi adagia sul letto. Si toglie la maglietta e i jeans, restando in boxer, poi si infila sotto le lenzuola. Senza bisogno di parole, mi bacia la fronte augurandomi così la buonanotte. Allunga una gamba fino a toccare la mia. Scivolo verso di lui fino ad averlo al mio fianco. Dormire abbracciati è scomodo, ma voglio stargli vicino il più possibile.

La mattina sento una sveglia suonare. Apro gli occhi e lo vedo alzarsi.

«Devo andare al lavoro. Continua a dormire», sussurra accarezzandomi.

Mentre ascolto l'acqua della doccia scrosciare, mi alzo e vado in cucina. Sono le 06:50. Con che cibo si farà colazione in questa casa? Apro i vari armadietti e ringrazio mentalmente la signora Rosi, che segue la mia stessa logica nell'organizzare la credenza: tutto l'occorrente per la colazione è sullo stesso ripiano. Metto sul fuoco la caffettiera e spalmo la marmellata sulle fette biscottate. Mentre il profumo di caffè invade l'aria, metto in tavola latte e cereali. Il succo d'arancia mi cade quasi dalle mani quando lo vedo comparire in cucina e fissarmi con un'espressione indecifrabile. In completo gessato e camicia chiara è un vero spettacolo.

Vorrei supplicarlo di non andare al lavoro e di tornare a letto con me.

«Riccardo…». Non mi risponde. «Leo…». Ecco, con questo funziona. Mi osserva e io lo guardo con aria interrogativa.

«Ehm, non faccio quasi mai colazione a casa». Complimenti Melissa!

«Non lo sapevo…». Sto per scusarmi quando lui si siede e inizia a bere il caffè.

«Se ce la faccio, esco prima dal lavoro e ti porto a fare un giro», dice baciandomi la guancia. «A dopo, Mel».

Lo vedo allontanarsi, bello da far tremare le ginocchia e sospiro come un'adolescente alla prima cotta.

Ho passato un bel po' di tempo al telefono con Simona, a raccontarle di questi giorni, ma senza scendere nei particolari. Poi ho provato a trovare qualcosa d'interessante alla TV, ma invano. Alla fine decido di esplorare un po' la casa. Leggo i titoli dei libri presenti sullo scaffale e ammetto di non conoscerne nemmeno uno. Molti sono fotografici. Meglio passare alle foto che sono esposte sui vari ripiani: Riccardo con un trofeo in mano, sempre lui con due persone distinte di mezza età, lui da adolescente su una barca a vela. In un'altra immagine invece è con un gruppo di ragazzi. Non sembra tanto diverso da oggi, quindi presumo sia recente. Guardo bene le persone che ha attorno. Sembrano quelli che io chiamo "fighetti". Cerco le mani di Riccardo e le vedo strette attorno ai fianchi di una rossa. Bellissima, sorridente. Merda! E se fosse la donna con cui ha appena rotto? Alzo gli occhi e vedo il mio riflesso nella vetrina. Osservo di nuovo la rossa e poi me. Mi allontano nervosa. La mia testa è abituata a ragionare per immagini e mi sembra che tutte quelle foto abbiano un comune denominatore, così torno a scorrerle velocemente e, infatti, noto che lui non sorride in nessuna.

Riguardo la rossa di cui stringe i fianchi. Cavolo! Per distrarmi telefono a Damiano e so già che scatterà l'interrogatorio più relativa predica, ma ho bisogno di parlare con lui. Ho la testa piena di pensieri. Anzi, di paranoie! Non è solo Riccardo a dover combattere le sue paure. Esistono anche le mie.

«Ehi, finalmente ti fai sentire! Un solo SMS in tutti questi giorni… è davvero poco. Stavo iniziando a preoccuparmi. Allora, come è andato il viaggio con il bel tenebroso?»

«Bene», rispondo senza colore nella voce.

«Frena l'entusiasmo! È successo qualcosa?»

«Merda, sì!». Racconto a Damiano come ho trascorso il soggiorno ad Amsterdam e gli accenno anche al passato di Riccardo.

«Dannazione, Melissa! Le persone così non cambiano dalla sera alla mattina», tuona lui.

«Damiano, mi chiedo che ci faccio io qui!», sbotto fissando la foto.

«Dammi retta, fa' i bagagli e torna a casa».

«Forse hai frainteso. Non sono arrabbiata per quello che Riccardo mi ha riferito, ma perché lui è abituato a circondarsi di persone molto diverse da me. Tipo questa rossa a cui è avvinghiato in questa foto del cavolo! È talmente bella!». Mi rendo conto di essere furiosa, ma non ce l'ho con Damiano che mi sta ascoltando e nemmeno con Leo. Forse sono adirata solo con me stessa e non ne conosco nemmeno il motivo. «Perché dopo avermi vista allo stand della Sokio, non mi ha lasciato andare per la mia strada?»

«Mel, non capisco, dove vuoi arrivare?»

«Sto dicendo che lui è abituato a donne di un certo tipo, e quindi non so perché mi abbia voluto nella sua vita. Ecco cosa sto dicendo», sbraito.

«Cioè pensi di valere meno della prima belloccia di turno?», domanda lui. «Mel, sei bella e sei intelligente, e quando tu vuoi bene a una persona, dai tutta te stessa. Se sto insistendo perché tu venga via da lì, è per la paura che questo tizio possa farti stare male».

«Lo so e ti ringrazio», dico ritrovando la calma, e forse pure la ragione. «Ma credo che l'unico modo per sapere se sia sincero o meno, è provarci, non credi?»

«Devi decidere tu, Mel, ma sta' con gli occhi bene aperti e, se capitasse qualcosa, telefonami e arriverò in un lampo. Chiaro?»

«Te lo prometto! Un bacio».

Chiudo la conversazione e mi aggiro fissando di nuovo quelle foto. Una frase è martellante nella mente. Prendo la cornice con l'immagine della rossa.

«Non sarò appariscente, magra ed eterea come te, ma ho visto il timore di perdermi nei suoi occhi. E decido che questo mi basta».

Rimetto la foto al suo posto. Prendo il cellulare e vado a farmi una passeggiata per sbollire la rabbia e mettere a tacere la mia insicurezza.

Capitolo 24
Riccardo

Non credo di essere mai andato al lavoro con questo sorriso stampato sulle labbra. Ero appena uscito dalla camera quando ho sentito il profumo di caffè invadere la casa. Mel era in cucina a preparare la colazione. Non ricordo nemmeno l'ultima volta che qualcuno lo ha fatto.

Anche ieri sera, la cena che ha imbandito, il bagno insieme e poi dormire nel mio letto: piccole cose a cui non ho mai dato tanta importanza, ma che lei sa rendere davvero speciali.

Quando mi siedo alla scrivania, Mattia mi informa che Giorgio mi vuole nel suo ufficio. Spero solo che il viaggio in Irlanda non sia stato anticipato.

«Ciao, Giorgio».

«Ricky, ciao. Tutto bene?»

«Molto bene, grazie». E mi ritrovo di nuovo a sorridere. Lui mi osserva bene.

«Visto il tuo buonumore allora possiamo dire che oggi è proprio la tua giornata fortunata», dice mentre mi dà una busta, «congratulazioni, te lo sei davvero meritato!».

Si tratta di una lettera della direzione con cui mi comunicano che a decorrere dal 1 luglio divento il responsabile della supervisione dei progetti europei. Guardo Giorgio.

«Io non so cosa dire. È più di quello che avevamo concordato. Grazie».

«Riccardo, ti sei fatto un gran culo in questa società, è il minimo che possano fare per te». Mi alzo e gli stringo la mano.

«Grazie tante, Giorgio. Se non ti dispiace, uscirò qualche ora prima per festeggiare».

«Immagino che ad Amsterdam, con la tua amica, sia andata molto bene».

«Direi che non poteva andare meglio», affermo.

Torno alla mia postazione e, mentre rileggo la lettera con attenzione. Sono felice per il cambiamento di rotta che la mia vita sta prendendo. Non resisto e chiamo Mel.

«Melissa, mi senti?». C'è molto chiasso intorno a lei.

«Riccardo, aspetta un attimo!». Parla prima con me e poi si rivolge ad altri. «Scusi, posso appoggiare qui queste cose, esco un attimo poi torno! Grazie». Il rumore diminuisce. «Leo, ci sei ancora?»

«Sì, ma dove sei?»

«In un centro commerciale a un paio di isolati da casa tua. Non ho molti vestiti con me, quindi sono uscita a comprare qualcosa».

«Tra non molto esco, se mi aspetti ti raggiungo».

«Scherzi? Non ho intenzione di sprecare il tempo che posso passare con te a fare shopping», afferma risoluta.

«E dimmi un po', cosa vorresti fare oggi?»

«Ehm, un giro per la tua città con te che mi fai da cicerone?»

«E giro per Torino sarà. Tornerò per le due e mezzo, tu pranza pure, io mi preparerò un panino al volo».

«Preferisco pranzare con te. A dopo. Un bacio». E ha già riagganciato.

Appena varco la soglia di casa, un delizioso profumino mi accoglie. Mi dirigo in cucina e quello che vedo mi rende felice. Melissa cucina e si muove sinuosa canticchiando una melodia che stanno trasmettendo alla radio. Indossa una camicetta nera senza maniche e dei pantaloncini di jeans. Impossibile resistere. Si gira di scatto e, dopo un attimo di stupore, mi sorride. La prendo per la vita, si alza in punta di piedi e mi sta già baciando.

«Bentornato». Sono davvero contento di essere qui. «È quasi pronto, ho apparecchiato in terrazza». Piega la testa di lato davanti al mio silenzio. «Tutto bene?»

«Mai stato meglio!», dichiaro. «Vado a cambiarmi e ti aiuto».

Camminiamo quasi tutto il pomeriggio per le vie del centro, poi le propongo di fermarci fuori a cena, ma preferisce tornare a casa. Non potrei essere più d'accordo. Dopo aver consumato due pizze, siamo in salotto, distesi sul divano. La mia testa è appoggiata sulle sue gambe, mentre mi accarezza i capelli. Mi godo questo momento di quotidianità a cui non sono abituato. Non mi importa dell'allarme dell'auto in strada che scatta ogni dieci minuti, né del cane che abbaia. Non chiudo le finestre infastidito dai litigi dei coniugi Margalli. Nulla può distrarmi. O quasi… La sua mano dai capelli scende verso il mio collo, come una piuma e su di me quel tocco ha una carica erotica pazzesca.

Chiudo le palpebre e questa volta sono io ad accarezzarle il ginocchio, fino a risalire la coscia e insinuare le dita sotto all'orlo dei pantaloncini. Le sposto gli slip ed è facile arrivare a lei, al suo calore. Le carezze smettono un attimo, il tempo di alzarmi, prenderla in braccio e portarla a letto. Faccio l'amore con lei per la prima volta in questa casa, i miei timori non sono spariti, ma si sono affievoliti. Ed è merito suo.

Mi sveglio sentendo il suo profumo sul cuscino e la certezza che sia al mio fianco. Mi volto e vedo i suoi capelli neri, gli occhi chiusi, il respiro regolare e quella bocca rosea leggermente aperta. Spengo la sveglia prima che la disturbi. Vado a lavarmi e appena sono vestito, l'ormai consueto profumo di caffè invade l'aria, misto a odore di brioche.

«Mel, è presto, torna a letto».

«Buongiorno a te», dice mentre traffica con il microonde, «ieri mattina ho comprato i cornetti surgelati. Non saranno il massimo, ma meglio di niente».

«Non devi prepararmi la colazione, non è necessario», ribatto mentre addento una brioche.

«Mi fa piacere, e poi se non facessimo colazione insieme, non ti vedrei per tutto il giorno».

«Ti prometto che esco dall'ufficio appena posso. Dimenticavo, questa mattina passa Rosi per fare le pulizie. L'ho avvisata che ci sei tu, quindi non spaventarti se te la trovi in giro per casa», l'avverto.

«La signora Rosi... Così vedrò chi si occupa di te!».

La fisso a lungo, poi abbasso lo sguardo.

«Credo che l'unica persona a cui io stia sinceramente a cuore sia seduta di fronte a me».

Posa la mano sulla mia.

«Non ci credo, e sono sicura che non ci credi nemmeno tu!», afferma. «Ma confermo che tu sei in cima alla mia lista», aggiunge con un enorme sorriso.

In dieci anni che lavora per me, Rosaria mi ha chiamato solo in caso di emergenza. Per questo la sua telefonata mi allarma.

«Pronto, Rosi, è successo qualcosa?»

«Riccardo, scusa, ma qui abbiamo un problema».

«Abbiamo?»

«Non c'è corrente. Sono due ore che stiamo provando di tutto... Aspetta... Melissa, attenta! Sì! Ora funziona. No, è saltata ancora...». Che cosa diavolo stanno combinando?

«Rosi, riferisci a Melissa che sto tornando a casa e di non toccare nulla!», esclamo mentre spengo il computer.

Appena entro, sento un vociare che arriva dal salotto. Mel ha il cacciavite in mano e Rosi sta tenendo la scala. Ma sono matte?

«Cosa state facendo?».

Si scambiano un'occhiata ed è Melissa a rispondere: «Non si vede? Stiamo giocando a carte». Sorride. «Sto sistemando la spina di questo splitter».

«Scendi subito da lì! È pericoloso», le intimo.

Ma lei non mi degna di considerazione e chiede a Rosi di alzare l'interruttore del contatore generale. Mi avvicino alla scala e la fulmino io con lo sguardo prima che lo faccia la corrente. Alla fine il sistema elettrico è a posto. Rosi torna esultante e con gli occhi a cuoricino, mentre osserva Mel. Anche Rosi è stata colpita e affondata dalla sua personalità.

«Scusa se ti abbiamo disturbato, puoi tornare al lavoro», mi dice Mel.

«Prendi la borsa e un cambio di vestiti, oggi si va al mare».

Le sue labbra si aprono come il cielo dopo un temporale.

Capitolo 25
Melissa

I giorni sono volati e mi sembra di vivere dentro a un sogno. Vorrei poter trascorrere con lui ogni momento della giornata. Oggi è venerdì e domenica devo rientrare a Milano. Per ora non penso a cosa succederà quando sarò a casa, preferisco concentrarmi sul presente. Sono già le sette, quando sento rumore di chiavi e la porta aprirsi. Gli vado incontro e mi basta un'occhiata per capire che qualcosa non va, ma faccio finta di nulla.

«Bentornato. Tra poco è pronta la cena». Ha un sorriso tirato.

«Mel... preso dall'euforia di questi giorni, mi sono dimenticato di una cosa...». Si fissa le mani. Cavolo, è grave.

«Di che si tratta?»

«Bianca, la mia ex, prima di partire per Amsterdam mi ha chiesto se potevamo vederci. Siamo rimasti d'accordo che ci saremmo incontrati questa sera. E me ne stavo dimenticando, ma oggi il memo del cellulare mi ha dato questa bella notizia!». Non mi piace affatto che debba uscire con la sua ex, ma il mio malcontento è mitigato dalla sua reazione. Accidenti, non sarà la rossa?

«Devi uscire a cena?». Scuote la testa. «Allora vieni! È pronto». Chissà come mai lo vuole incontrare. Melissa, non essere gelosa! Fanculo, invece sono gelosa, eccome!

«Vorrà chiedermi delle modifiche al sistema informatico», dice di punto in bianco mentre ceniamo. «Sta avviando una sua attività e le avevo promesso di crearle il sito di e-commerce. L'ho ultimato un paio di mesi fa, ma sicuramente avrà cambiato idea su qualche cazzata». Sì, come no! O forse con la scusa del lavoro, ci vuole provare. Mi sforzo di non perdere la calma. Sorridi, Mel. Sorridi un corno! Sospiro. Mi fissa preoccupato con la forchetta a mezz'aria.

«Perché mi guardi così?», gli domando.

«Stai facendo delle facce strane».

Per forza, sto ripassando tutti i metodi di tortura medioevali che mi vengono in mente. Ai quali sottoporrei volentieri la rossa, ovviamente.

«Ehm... Il risotto è troppo saporito».

«Io lo trovo eccezionale», commenta. Credo che sappia bene cosa mi passa per la testa. Infatti aggiunge: «Mel, mi dispiace, vorrei telefonare per mandarla al diavolo, ma ormai la conosco fin troppo bene, non mi lascerebbe in pace. Ti prometto che torno presto».

E dopo queste parole, la mia rabbia sbollisce in fretta.

«Riccardo, va' tranquillo al tuo appuntamento».

Si sta preparando e tra poco uscirà. Mi sta per venire un attacco di ansia e quando si presenta in cucina, bello da far paura, mi passa per la testa l'idea di lanciare dalla finestra le chiavi dell'auto... Insieme a quelle di casa.

«Io vado, allora», pronuncia titubante.

«Buona serata». Ma non troppo!

«Mel?». Alzo gli occhi. «Torno presto». Mi bacia la fronte ed esce di casa. Ci sarà un modo per bloccare l'ascensore dall'esterno?

L'arrivo di un SMS sul cellulare mi fa rinsavire dai miei loschi propositi.

Forse te l'ho già detto, ma te lo scrivo di nuovo: è bellissimo averti in giro per casa.

Un po' più serena grazie a questo messaggio, vado in terrazza a godermi un po' di fresco. Questo stato di grazia però dura il tempo di andare in salotto e trovarmi davanti alle foto. Guardo la rossa e le faccio una pernacchia. Che maturità, Melissa, complimenti! Accendo la televisione e mi fermo su un telefilm americano che ho amato molto *Friends*. Perfetto, ho proprio bisogno di ridere! Peccato che dopo due episodi la mia faccia sembri di gesso. Guardo l'ora: 23:12. Per fortuna doveva tornare presto! Calma, Melissa. Spengo la TV e mi infilo a letto portando con me il cellulare. Inizio a cercare informazioni su Riccardo Ferraris. Un'ora e mezzo dopo sono ufficialmente depressa. Della persona che amo parlano in vari siti di gossip, e fino a qui la cosa è digeribile, ma ciò che mi sconvolge sono i vari flirt con donne che starebbero bene su un Red Carpet. E poi la rossa. Bianca Comi, ventisette anni, modella e ora stilista. Occhi verdi da ammaliatrice, corpo da seduttrice e, a quanto pare, buone capacità manageriali. Ok, torniamo ai metodi di tortura medioevali, magari poi starò meglio.

Sono quasi le due e la mia mente si immagina probabili scenari dove loro ritornano al passato. Tento di dormire. Chi ci riesce? Rifletto sui suoi racconti e inizio a collegare i pezzi dei discorsi. Il rapporto con Bianca è appena finito, quindi è stato con lei per tre anni. Merda, è lei che voleva denunciarlo per stupro?

Queste mie elucubrazioni mentali terminano nel momento in cui avverto il rumore delle chiavi. Devo far finta di dormire oppure fargli il terzo grado? La porta sbatte e le chiavi cadono a terra. Sento delle risatine sommesse, così mi alzo e vado a vedere. Accendo la luce e lo trovo appoggiato alla porta d'ingresso che ride.

«Riccardo, tutto bene?», chiedo avvicinandomi.

«Benissimo, Melissa». Troppe esse sibilanti, forte odore di sigaretta misto a un alito che sa di alcol.

«Sei ubriaco!».

«Abbastanza», dice continuando a ridere, «è stata una bella sorpresa! Proprio bella», dice a voce molto alta.

«Non urlare o sveglierai i vicini», lo ammonisco.

«I vicini? E che vuoi che me ne freghi dei vicini. Sono abituati a sentire urlare Bianca!». Un sonoro schiaffo in pieno volto mi avrebbe fatto meno male.

Cade a terra. Lo osservo e non riconosco più chi ho davanti. Il tempo di riprendermi e lo aiuto ad alzarsi.

«Vieni, ti porto a letto». Questa mia affermazione scatena ancora di più la sua ilarità.

«A letto. Cristo, questa è buona. Tu? Ma che cazzo dici?». Sto tentando di mantenere la calma continuando a ripetermi che è completamente sbronzo.

Riesco ad arrivare in camera. E appena apro la porta, la sua risata sparisce e si blocca fissando il letto.

«Vedrai che dopo una bella dormita, starai meglio».

Lui si volta e mi fissa. Il sangue nelle mie vene si gela, perché in questo momento mi sta guardando con odio. Non riesco neanche a parlare talmente sono impietrita.

«Vuoi fottermi la vita anche tu?». Che cosa?

«No, vorrei solo che tu riposassi un po'». Provo a convincerlo. «Non sei stanco?». Dal suo sguardo capisco che sta riflettendo.

Faccio un passo sospingendolo verso il letto, ma all'improvviso mi fa voltare e con uno spintone mi butta sul materasso.

«Tranquilla, adesso ti do quello che vuoi! Vuoi il mio uccello, non è vero?». Non riesco a muovermi, sono di marmo. Quando lo vedo slacciarsi i bottoni dei jeans, ho un barlume di lucidità, così mi alzo senza riuscire a parlare e gli passo oltre per raggiungere la porta. Ma lui è più veloce. Mi blocca con un braccio e mi scaraventa di nuovo verso il letto.

«Dove pensi di andare? Prima devi farmi godere, altrimenti cosa me ne faccio di te».

Oddio, mi viene da piangere! Riprovo ad allontanarmi e tento di resistere al suo secondo placcaggio, ma è troppo forte, mi agguanta un'altra volta e durante la colluttazione inciampo, andando a sbattere con violenza la schiena contro il comodino. Il grosso portalampada cade a terra seguito dal fragore di vetri rotti. Mi fa male la spalla, ma il dolore più grande non è lì. Lo vedo strabuzzare gli occhi e aprire la bocca come se volesse pronunciare qualcosa, ma non esce alcun suono. Approfitto di questo momento per correre nella camera degli ospiti e chiudermi dentro. Mi rifugio nell'angolo più lontano possibile dalla porta e mi metto una mano sulla bocca, iniziando a piangere. Ho paura che arrivi. Oddio, ho paura di lui!

Continuo a singhiozzare, finché non percepisco dei passi nel corridoio. Tento di non fiatare, mentre le lacrime mi rigano il viso. La luce che filtra dalla fessura sotto la porta viene oscurata da un'ombra, ma non è più la mia amata ombra. Due colpi alla porta mi fanno sussultare e divento un tutt'uno con la parete, poi sento il mio nome pronunciato come una supplica. E dopo un tempo indefinito resta solo il rumore di passi che si allontano.

Mi lascio scivolare dentro al letto alzando il lenzuolo fino al collo, perché ho molto freddo. Il cuore è ormai ghiacciato.

Capitolo 26
Riccardo

Mi alzo di scatto e mi assale un conato. Corro in bagno e vomito. Un attimo di pausa e poi ricomincio. Mi sciacquo la bocca. Inizio a sudare freddo, non perché sto male, ma per i ricordi che tornano a galla un po' alla volta. L'appuntamento con Bianca. Mel che si muove in cucina canticchiando. Bianca che mi attende al solito locale e mi dice che ha un ritardo. Bianca che aspetta un bambino. Giura che è mio. Io che impreco contro un Dio che non mi dà pace. Io che bevo. Lorenzo, il buttafuori, che mi carica su un taxi. A casa. Il suo viso. Non ricordo cosa le ho detto. Ricordo solo lei in lacrime che scappa via.

Mi metto in piedi e ho un capogiro. Sono costretto ad appoggiarmi al muro. Torno in camera e il letto è vuoto e la lampada del comodino è per terra distrutta. Che cosa è successo? Vado in salotto, poi in cucina, ma non è nemmeno lì. Nella camera degli ospiti la porta è aperta, il letto disfatto, però lei non c'è. Tento di ricordare, mi sforzo, ma niente. Rivedo il suo volto impaurito in lacrime. Che cazzo ho combinato? Ho il terrore di chiamare il suo nome e non ricevere alcuna risposta. Poi avverto un rumore provenire dalla terrazza, esco e la trovo seduta con le gambe raccolte al petto. Tiro un sospiro di sollievo nel vederla ancora qui e prego perché non scappi. Resto lì a fissarla, mentre è persa nei suoi pensieri, infine mi faccio coraggio e avanzo verso di lei. Non so cosa ho fatto ieri sera, ma un senso di angoscia mi pervade.

Mi passo una mano tra i capelli e mi blocco a qualche metro da lei.

«Mel...», sussurro. La vedo raddrizzare la schiena, ma senza voltarsi. «Ieri sera ho fatto qualcosa che...». Mi zittisce con un gesto delle dita, mentre si porta l'altra mano al viso e inizia a piangere. In un attimo la raggiungo, ma lei si allontana. Una lama mi lacera la carne. Tutto intorno inizia a girare e sono costretto a sedermi. «Che ho fatto?», chiedo più a me stesso, mentre mi copro la faccia, sperando che sia soltanto un incubo. Bianca, il bambino e lei. Vorrei dire qualcosa, trovare le parole, invece resto muto e fermo come un coglione.

Oddio no! Si avvicina cauta, fino a inginocchiarsi accanto a me e con un gesto disperato le cingo la vita legandomi a lei. Ho bisogno di quel contatto per non affondare. Mi ritrovo ansimante con la testa tra le sue braccia. Non riesco a parlare, a muovermi, a pensare. Stringo il mio angelo e lei ricambia.

«Aspetta un bambino...». È l'unica cosa che riesco a dire. La perderò. Lo sento, ma le devo una sincerità che non sapevo nemmeno di avere prima di lei.

Mi alza il viso fino a incrociare i suoi occhi e mentre se li asciuga penso che mi ucciderei per essere stato la causa di quel dolore.

«Raccontami quello che è successo», mormora con voce roca.

«Prima dimmi che non ti ho fatto del male, ti prego. Non potrei sopravvivere a questo». Scuote la testa. «E allora perché piangi? Mel, devo sapere se ho fatto qualche cazzata. Ti chiedo perdono per qualunque cosa, ma non posso sopportare l'idea di averti ferito».

«Leo, non hai fatto nulla». Basta quel nome per sciogliere le mie catene. «Ora spiegami cosa è accaduto». Tiro un sospiro di sollievo.

«Ci siamo lasciati prima di Capodanno, ma una sera, più di un mese fa, l'ho incontrata in un locale e abbiamo fatto sesso», dico tenendo lo sguardo basso. «Ieri sera mi ha detto che è incinta. È sicura che sia mio, ma ho dato in escandescenza perché non posso crederci. Non posso credere che lei non abbia avuto altri in questi mesi. E…».

«E?», mi incoraggia a parlare.

«E non posso credere che Dio voglia punirmi proprio ora».

«Pensi che un bambino sia una punizione?»

«No, perderti sarà la mia punizione», ribatto scuotendo la testa, mentre lei mi accarezza il volto.

«Ti ho ripetuto più volte che non posso andare da nessuna parte senza di te».

Riprendo a respirare e appoggio la testa sulla sua spalla. Emette un lamento e si scosta in fretta. Cazzo, riaffiora un'immagine di lei che cade addosso al comodino. Prima che si allontani, le sposto la maglia ed eccolo lì. Un livido violaceo grosso come un pugno fa mostra di sé ricordandomi che sono un animale. Mi alzo in piedi e inizio a scuotere la testa preso dal panico.

«Cristo, no! No, no! Scusami». Serro forte i pugni. «Sono un bastardo. Cosa ho fatto? Perdonami». Inizio a camminare avanti e indietro, senza controllo.

«Smettila. È stato un incidente», afferma lei indietreggiando.

«Vattene, Mel. Vattene, finché sei in tempo, allontanati da me», la prego.

Mi prende per la camicia e dopo aver bloccato il mio viso, mi stringe a sé. Rispondo al suo abbraccio. È così piccola e fragile.

«Melissa, ascoltami, devi andartene. Non puoi restare qui», insisto.

«Vuoi che te lo dica? Va bene! Ieri sera ti sei comportato

come una bestia! Non sapevo più nemmeno chi cazzo avessi davanti agli occhi», grida lei, e le mie mani scivolano via dal suo corpo. È giusto e mi merito tutto l'odio che mi sbatterà in faccia.

«Hai ragione», ammetto rassegnato. Ormai l'ho persa. Come ho potuto mandare tutto a puttane?

«Riccardo, giuro che se mai dovesse ricapitare, non mi vedrai mai più! Hai capito?», tuona e io la fisso incredulo.

«Significa che...».

«Che eri sconvolto e ubriaco e so che non era tua intenzione farmi del male». Cristo, è possibile che forse non sia tutto finito?

«Chi ti assicura che non ricapiterà? Dimmi, chi?», domando disperato.

«Ho la certezza che non succederà di nuovo, perché ho imparato a conoscerti», asserisce in modo deciso.

«Mel, sei un angelo piombato nella mia vita, ma sei scesa nel mio schifo di mondo e ti stai bruciando le ali. Se tu volessi fuggire, ti prometto che non ti tratterrei», le sussurro tenendole il volto tra le mani.

«Va bene, Leo, ammettiamo che io adesso esca da quella porta. Allora dimmi, a cosa sono serviti tutti i nostri discorsi? Tu credi di avermi sconvolto la vita in queste settimane? Mi dispiace deluderti, ma non è così. Tu mi hai cambiato l'esistenza da quando hai risposto al mio primo messaggio, anche se allora non potevo saperlo. Nessuno di noi poteva prevederlo e ora che sono nella tua vita, non ho intenzione di scappare. Anche se non ci crederai, quello che mi dai è più grande delle cavolate che combini».

Guardo la sua determinazione e cedo. Appoggio la fronte contro la sua e chiudo gli occhi.

«Scusa, se non ho la forza di lasciarti andare».

Mi abbraccia facendo aderire i nostri corpi.

«Non preoccuparti, io ne ho abbastanza per tenerci uniti».

«E ora che facciamo?», chiedo stringendola.
«Non so... io non conosco Bianca. Riccardo, cosa potrebbe volere da te?»
«Non ne ho idea, ma sarà meglio che mi cerchi un avvocato».
«Allora, chiamiamo mia sorella», afferma lei, «è un ottimo avvocato».

Capitolo 27
Melissa

Ho un chiodo fisso nella testa: "Aspetta un bambino". Mi manca il respiro e mille pensieri si accavallano mentre compongo il numero di Simona. Risponde al quarto squillo.

«Ciao, sorellona, allora come vanno le cose?»

«Simo, ho un problema». Silenzio all'altro capo del telefono.

«Ma stai bene?». Sto bene? Non lo so, ma non è il momento di pensarci.

«Diciamo di sì, ma ho bisogno di una consulenza legale, per Riccardo».

«Va bene, vuoi anticiparmi qualcosa o preferisci che ci vediamo?»

«No, meglio parlarne di persona. È una faccenda complicata. Domani puoi dedicarmi un po' di tempo?»

«Certo, tesoro, quando vuoi, ma non mi piace sentirti così preoccupata».

«Simo, io non c'entro, sì, sto male, ma chi mi preoccupa è proprio Riccardo».

«Allora ci incontriamo alle tre allo studio, lì ci sarà maggiore privacy».

«Senti, per favore, non...».

«Tranquilla, non dirò nulla a nessuno! Mel, so fare il mio lavoro. E vedrai che troveremo una soluzione. A domani».

«Grazie. Un bacio».

Spengo il cellulare e vado a cercare Riccardo, per aggiornarlo. Lo chiamo, ma non risponde. Cerco in tutte le stanze finché non lo trovo in camera. I cuscini del letto sono scaraventati per terra, mentre le lenzuola sono ammucchiate ai lati e i cocci della lampada raccolti in un angolo. Il comodino è sparito.

«Riccardo, che cosa stai facendo?»

«Voglio cambiare le lenzuola».

«E il comodino?»

«L'ho portato nell'altra stanza». Non mi guarda. Che cosa gli starà passando per la testa?

Mi avvicino e gli sfioro i capelli. Sospira in modo rumoroso. Si sente in colpa. Tutti i passi avanti fatti insieme non possono essere annullati da un errore.

«Guardami». Non si volta. «Leo, per favore, guardami». Si volta piano e i suoi occhi sono spenti. Notte senza stelle. «Non eri in te!».

«Inizio a ricordare. Ti ho detto delle cose orrende. E mi ricordo bene anche quello che stavo per fare… e se tu non fossi riuscita a scappare? Fino a dove sarei arrivato, Mel?». Deglutisce rumorosamente. «Vuoi accanto un uomo così?»

«No, non voglio un uomo così. Io voglio te», commento, ma il suo sguardo continua a essere pieno di dolore. Gli accarezzo il viso. «Forza, Riccardo Ferraris, abbiamo un letto da rifare».

Prendo le lenzuola pulite e inizio a sistemarle, dopo venti minuti in camera non c'è più traccia di quel che è successo la sera prima. Quando torna, dopo aver buttato i frammenti della lampada, sul suo viso rivedo di nuovo le onde burrascose e il frangiflutti. Gli prendo la mano e lo attiro verso di me sul materasso.

«Ti giuro che non accadrà mai più, Mel. Ti amo».

Mi ama? Oddio, lo ha detto davvero? Sono sicura che siano parole sincere. Non riesco a dire nulla e mi stringo ancora di più a lui. Tengo gli occhi chiusi e mi faccio coccolare dal suo calore. La stanchezza prende il sopravvento e mi addormento serenamente.

Quando mi sveglio però sono sola. Vado in cucina, dove è seduto con in mano un bicchiere pieno di liquido scuro. Mi fermo ed è lui ad accorgersi di me.

«Ciao, dormito bene?», domanda con un sorriso tirato.

«Sì, grazie. E tu?»

«Mi sono svegliato con una gran sete, vuoi un po' di Coca-Cola?».

Coca-Cola! Melissa, sei ufficialmente una stronza! Mi avvicino allo sgabello su cui è seduto. Lo abbraccio da dietro e gli poso il mento sulla spalla.

«Cosa stai guardando?», gli chiedo indicando il cellulare.

«Un'email di mia madre. Sabato prossimo è il compleanno di mio padre e vuole che vada a cena da loro». Poggia la guancia contro la mia. «Ci penserò. Al momento ho altro per la mente».

«A proposito, domani alle tre abbiamo un appuntamento con mia sorella nel suo studio di Milano. Per te va bene?»

«Mel, senza di te sarei già andato nel pallone. Hai visto cosa ho combinato da solo! Quindi accetto tutto, purché tu mi stia vicina», afferma.

Mentre si mette a lavorare al computer, prendo la lattina vuota e la butto nel contenitore del vetro. Appena lo apro mi viene un colpo perché è pieno di bottiglie. Controllo il frigorifero e noto che tutta la birra è sparita. Stessa sorte è toccata all'armadietto degli alcolici e alla dispensa del vino. Sospiro.

Mi metto a cucinare e appena ci mettiamo a tavola, affronto l'argomento "Bianca".

«Parlami di lei». Mi guarda perplesso. «Leo, devo sapere…».

«Si chiama Bianca Comi. I nostri genitori sono amici di vecchia data. Siamo cresciuti nello stesso ambiente. Dopo gli anni all'università, un po' turbolenti, lo ammetto, ho iniziato a lavorare nella stessa azienda in cui mi trovo ora. Il proprietario è un conoscente di mio padre. Per farla breve, il lavoro mi faceva schifo, ma ero stufo dei continui battibecchi con mio padre, e allora ho accettato il posto. Ero un impiegato modello, però fuori dall'orario d'ufficio rivolevo la mia libertà. Trasgredire era diventata la parola d'ordine. In tutto». Abbassa lo sguardo. «Frequentavo dei club… particolari. E in uno di questi incontrai Bianca». Mi fissa. So di cosa parla anche se non sono mai stata in uno di quei posti. «Lei era poco più che una ventenne, giovane e smaliziata, e apprezzava certe esperienze sessuali "forti". I nostri genitori hanno sempre avuto la speranza che tra noi scoccasse la scintilla. E qualcosa in effetti è successo».

«Sei diventato il suo amante o qualcosa di simile?», chiedo piano.

«No, diciamo che io cercavo solo sesso, la cosa che contava era scopare e non avere legami». Fa una pausa prima di aggiungere: «Mel, sei sicura di volere che vada avanti?»

«Voglio conoscere tutto quello che ti riguarda!». Anche se lo stomaco brucia e i polmoni si gonfiano in modo irregolare.

«Ho sempre saputo che Bianca aveva un debole per me. Una sera, dopo l'ennesima scopata, lei mi ha chiesto di diventare la mia partner, in esclusiva. Era disposta a tutto. Rifiutai, perché voleva dire porre fine alla mia valvola di sfogo, alle mie trasgressioni. Sarei diventato matto. Provò in tutti i modi a convincermi e, infine, arrivò la minaccia della denuncia per stupro. Non scenderò nei dettagli, ti dico soltanto che quella sera aveva insistito per farlo in modo violento, perciò aveva tutte le prove per potermi accusare di un simile atto: i lividi, il mio sperma, le sue grida e persino le richieste di aiuto ai vicini. Era riuscita a inscenare tutto alla perfezione». Mi osserva con un misto di disperazione e amore. «Ti giuro che era consenziente, Mel». Poso una mano sulla sua.

«Ti credo, Leo!». Sono consapevole che quando lo chiamo in questo modo, si sente più sicuro. «Continua».

«Un po' per non attirare attenzione su di me, un po' per accontentare i miei e sentire che erano orgogliosi di quel che ero, ho accettato la proposta di Bianca. Come previsto, agli occhi dei miei ero diventato il figlio modello di cui andare fieri. Non era più necessario trasgredire, avevo raggiunto il mio scopo. Quindi mi allontanai da quel mondo, prima di perdere quello che avevo guadagnato. In questi tre anni ho sempre saputo di non essere innamorato di lei, ma ero convinto di provare un sentimento che ci si avvicina molto. In realtà, solo ora mi accorgo di non aver capito niente. Ho scoperto cos'è l'amore, quando un angelo dalle iridi azzurre è comparso nella mia vita». Lo vedo. Vedo quell'amore di cui parla. «Facevo sesso con lei e mi sentivo sporco nei tuoi confronti. Poi non ce l'ho più fatta e l'ho lasciata. Ci siamo incontrati in un locale per caso, e il resto lo sai già. Non ho giustificazioni, è successo e basta. Mi... mi dispiace di averti coinvolta».

«Ma non avete usato... nulla?», domando con un filo di voce.

«Prendeva la pillola... Non so», risponde.

«Ti dirò cosa penso. Quel bambino forse è tuo o forse no, ma qualunque cosa tu decida, io sarò dalla tua parte. Anche se questo vuol dire diventare padre e assumerti delle responsabilità verso di lui».

Mi sorride debolmente e poi si porta la mia mano alle labbra. Vado a sedermi sulle sue ginocchia, mi guarda con un misto di stupore e paura. Lo attiro a me baciandolo, ma non si lascia andare nemmeno quando aumento la pressione sulle labbra e la tensione tra i nostri corpi. Alla fine risponde alle mie provocazioni e mi tocca risalendo lungo la schiena, sotto la maglietta. Anche le mie mani corrono veloci a slacciargli la camicia. Ogni volta che lo sfioro, mi manca il fiato.

Mi prende per la vita, si alza e mi trasporta via dalla cucina, fino alla camera degli ospiti.

«In camera tua», gli ordino. Scuote la testa. Mentre riprendo a baciarlo gli sussurro: «In camera nostra».

I suoi occhi si spalancano e senza aggiungere nulla mi porta nell'altra stanza. Mi adagia sul letto, ma mi lascia da sola per qualche minuto prima di fare ritorno con un tubetto. Silenzio. Mi toglie la maglietta, si siede accanto a me e dopo un sospiro, inizia a spalmarmi la crema sul livido con molta delicatezza. Appena conclude, la mano corre verso il mio seno. Mi appoggio a lui mentre le sue labbra mi lambiscono la spalla e il collo. Non provo dolore. Mi volto e trovo la sua bocca. Voglio il suo sapore. I miei baci non si fermano, scendono, sempre più giù. Scioglie la morsa che mi tiene a sé, poi ansimante mi fa voltare. È sopra e mi fissa, mentre si unisce a me. Balliamo senza musica, ma la melodia resta tra le più dolci ascoltate negli ultimi giorni. Il ritmo aumenta, gli occhi restano incatenati ai suoi. Il nostro amore raggiunge l'apice, questa volta insieme, forse perché ormai le nostre vite sono saldate l'una all'altra.

«Ti amo, Melissa», dice prima di lasciarsi andare sul mio corpo.

Mancano dieci minuti alle tre e siamo davanti allo studio legale in cui lavora Simona. Riccardo tornerà in serata a Torino, io resterò qui. Sono nervosa per quello che succederà con Bianca, per l'incontro con mia sorella, perché dovrò raccontare a Damiano tutto quello che è successo. Non riuscirei a tenerglielo nascosto.

Da lontano vedo arrivare l'auto di mia sorella. Appena scende, guarda me e poi Riccardo, perso nei suoi pensieri. Lo squadra e dalla sua espressione capisco che non è rimasta indifferente alla sua bellezza. Dopo le presentazioni, possiamo salire tutti nello studio di Simona.

«Riccardo, vieni pure così parliamo un po'». Ci alziamo entrambi. «Melissa, scusa, ma preferirei discutere da sola con lui». Cosa? Ma è impazzita? La guardo malissimo.

«Io entro con lui!», sbotto.

«Non posso impedirtelo, ma preferirei di no», mi risponde lei decisa.

«Mel, va bene, non c'è problema. Aspettami pure qui», dice Riccardo. Lo guardo incredula e, mentre entra, incenerisco mia sorella.

Il miei occhi continuano a correre al grande orologio appeso alla parete. Nemmeno le riviste mi aiutano a far trascorrere il tempo più velocemente. Dopo un'ora sono tentata di bussare. Dopo un'ora e mezzo vorrei sfondare la porta a testate. Per fortuna mi trattengo e cinque minuti più tardi si apre. Riccardo esce con il volto tirato e stringe la mano a Simona. Gli sono subito accanto e, come se avesse previsto il mio arrivo, alza il braccio per accogliermi. Mia sorella non mi guarda, anzi ci saluta in sala d'attesa, dicendo che si deve fermare per rispondere a qualche email.

«Allora, cosa vi siete detti?», gli chiedo mentre usciamo dal portone.

«Tua sorella è in gamba. Mi ha fatto presente tutto ciò che potrebbe accadere. La prima cosa da fare purtroppo è parlare con Bianca e capire le sue intenzioni».

«In che senso?»

«Mel, non so cosa le passi per la testa. Non la capivo nemmeno quando stavamo insieme. Simona dice che è meglio sapere cosa Bianca intenda fare con questa gravidanza, prima di prendere qualsiasi decisione».

Un senso di angoscia mi opprime torace e cuore. Solleva il mio mento e mi bacia.

«Ti amo, Melissa Riva. Non dimenticarlo mai. E grazie di esserci».

«Anch'io ti amo. Tienimi aggiornata». Fa un cenno affermativo e se ne va.

Guardo il portone e decido che è ora di sapere tutto. Voglio essere consapevole di quello che potrebbe capitare, perché non ho intenzione di stare a guardare. Non più. Devo proteggere chi amo.

Capitolo 28
Riccardo

Sto guidando per far ritorno a Torino. Penso alle ultime settimane della mia vita e mi chiedo come si possa passare dalla felicità pura alla disperazione. Forse questa è la punizione più grande: assaggiare la serenità per poi dovervi rinunciare. Eppure al tempo stesso sento di dover ringraziare e accettare la situazione che vivo, perché, nonostante tutto continuo ad avere più di quel che avrei mai potuto sperare. Solo al pensiero di avere Melissa accanto, torno a respirare a pieni polmoni. Sono un egoista. Avrei dovuto allontanarla, proteggerla, ma temo che non ce la farei ad affrontare tutto questo senza di lei.

Quando entro in casa vado diretto in camera e mi siedo sul *nostro* letto, come lo ha chiamato Mel. Un respiro profondo e chiamo Bianca. Devo farlo.

«Pronto, adesso che cazzo vuoi, insultarmi ancora?»

«No, Bianca. Ti volevo chiedere scusa per il comportamento dell'altra sera e sapere se possiamo incontrarci per discutere in modo civile».

«Di cosa diavolo vuoi discutere? Questa è la situazione. Sto già diventando una balena e non ho mai vomitato tanto nemmeno dopo una sbronza, quindi non ho proprio voglia di parlarne, credimi!».

«Ti credo, ma dato che nell'ultimo incontro non siamo arrivati a nulla, perché mi sono comportato in modo poco educato, vorrei avere una seconda possibilità, per chiarirci. Dimmi tu quando preferisci».

«Che palle, e va bene. Vieni da me dopo cena e vedi di non

fare lo stronzo», afferma, mentre io sto facendo appello a tutta la mia pazienza per non sbottare.

Riaggancio. E ora? Devo avvisare Mel? Guardo la metà del letto che occupava fino a questa mattina. Avrei bisogno di una delle sue carezze piene di dolcezza. Le telefono.

«Ciao, Leo. Arrivato sano e salvo?», chiede e riesce subito a farmi spuntare il sorriso.

«Sì, anche se la casa è vuota senza di te. Melissa, tu vuoi che io sia sempre sincero, vero?», le chiedo.

«Ovvio. Perché questa domanda?»

«Devi promettermi di dire sempre quello che pensi e ciò che provi, perché quando siamo lontani non posso guardarti negli occhi e ho bisogno di sapere sempre la verità, almeno dalle tue labbra».

«Te lo giuro, Riccardo».

«Ho telefonato a Bianca come mi ha consigliato tua sorella. Questa sera andrò a parlarle. Non so dove ci porterà questa conversazione, ma devo sapere quali sono le sue intenzioni».

«Anche io preferisco sapere la verità, proprio come te. Mi chiami o mi scrivi quando torni?»

«Appena metto piede a casa. Promesso. E tu, cosa stavi facendo?»

«Ehm, questo patto di assoluta sincerità, deve iniziare proprio oggi?», mi domanda.

«Direi proprio di sì!», rispondo.

«Ok, stavo litigando con Damiano a causa tua».

«Ah! Be', mi dispiace che stiate discutendo, ma almeno ho la riprova che sei una persona che rispetta gli accordi».

«Leo, me lo hai chiesto tu!».

«Vero. Al posto di Damiano sarei incazzato pure io. Dovremo organizzare un incontro anche con lui. Non posso cancellare il fatto che io sia stato un bastardo, ma forse riuscirò a fargli capire che sto tentando di migliorare, per te», commento.

«Ci sarà l'occasione di presentarvi. Ora torno di là per il secondo round. Ci sentiamo più tardi. Un bacio e ricorda che sono con te!».

«Lo so», la rassicuro.

Dopo cena sembro un condannato a morte. Vado da Bianca e mentre salgo le scale un peso mi opprime. Viene ad aprirmi in canotta e pantaloncini aderenti. Le fisso il ventre e noto un leggero rigonfiamento.

«Allora?», mi chiede senza nemmeno salutare.

«Intanto come stai?».

Alza un sopracciglio. «Che cavolo te ne frega?», ribatte e la mia pazienza sta per salutarmi.

«Bianca, mi sto impegnando a mantenere dei toni educati. Per cortesia, la smetti con questo atteggiamento?»

«Toni educati?», strilla. «Sai cosa cazzo me ne faccio dei tuoi toni educati?». Resto in silenzio facendo uno sforzo sovraumano. «Sto ingrassando, sto diventando una di quelle ciccione schifose che ho sempre evitato! Questa cosa è la rovina della mia carriera e della mia vita», sbraita.

«Una soluzione c'è», propongo fissandola.

«Già, è vero! Abortire, giusto? Così tu avrai il culo parato e tornerai alla tua vita come se nulla fosse», tuona.

«Non sono qui per convincerti a fare nulla. Sono qui per discuterne, insieme».

«No, tu sei qui per lavarti la coscienza e per spingermi a prendere una decisione, come se la responsabilità di questo errore fosse soltanto mia. Con la differenza che questa cosa sta rovinando la vita a me e non a te», grida.

«Prima di tutto non definirlo *questa cosa*. E secon...».

«Oh, oh... Non mi dire che Riccardo Ferraris si è già calato nelle vesti di padre?», mi interrompe.

«No, ti stavo dicendo che non ho prove che sia mio». I suoi occhi verdi si sgranano, ma prima che parta con gli insulti aggiungo: «Mi prenderò le mie responsabilità e rispetterò le tue decisioni, ma prima voglio la conferma di essere il padre biologico».

«Tu sei un fottuto pezzo di merda! Mi stai dando della puttana? Di quella che va con tutti?»

«Forse ti stai dimenticando che ti conosco bene. So quanto ti piaccia scopare». Cazzo, mi sta facendo tornare l'uomo che ho giurato di non essere. «Ieri ho parlato con il buttafuori dell'Arcadia, e mi ha confermato che negli ultimi mesi ti ha visto spesso andare via con uomini diversi...».

«Stronzo, sai benissimo che solo con te non uso il preservativo, perché mi sono sempre fidata. Invece sei peggio di tutti quelli con cui sono finita a letto. Che scema che sono stata a sprecare tre anni della mia vita, e poi per cosa? Per rimanere incinta! Ecco cosa ho ottenuto da un fottuto bastardo», inveisce lei.

Mi passo una mano tra i capelli, non devo cedere.

«Dammi le prove che è mio, e ti assicuro che farò la mia parte. Senza contestare le tue decisioni». La vedo farsi rossa in viso e riflettere su qualcosa, poi una luce di vittoria le passa nello sguardo.

«Non ci penso proprio a mettere a rischio la vita del mio bambino, per darti una garanzia di qualcosa di cui sono certa». Fino a poco fa era "questa cosa", mentre ora è "il mio bambino"? E come mai è così informata sui test da fare? «Quindi dovrai aspettare che nasca per averne la conferma».

«Non è necessario fare la villocentesi per sapere se è mio. A Milano c'è un centro dove fanno un nuovo tipo di test non invasivo. Basta un semplice prelievo di sangue da parte di entrambi». Bianca mi guarda inorridita. «Non fare quella faccia, mi sto tutelando proprio come fai tu».

«Vattene», mi urla, «sei un grandissimo figlio di puttana. Esci da questa casa e dalla mia vita. Vivrai con il rimorso di avere un figlio che non potrai mai vedere! Fuori!».

«Sta' calma, me ne vado. Se vuoi che sia presente, questa è la mia condizione. E se vuoi agire per vie legali, fa' pure, il mio avvocato è già stato avvertito». Poi ci penso e aggiungo: «E so anche che hai tempo fino alla dodicesima settimana più sei giorni per effettuare un'interruzione di gravidanza. Oltre questa data diventa un reato».

Quando richiudo la porta, sento rumore di vetri infranti e grida.

Appena entro in casa, vado diretto in terrazza con cellulare e sigarette. Ne accendo una e chiamo Mel. Risponde subito.

«Come è andata?». Già sentire la sua voce mi fa stare meglio.

«Mel, Bianca è fuori di testa!», mi limito a dire prima di raccontarle tutta la conversazione con la mia ex.

«La cosa importante è che tu abbia mantenuto i giusti toni. Stai affrontando tutto nel modo migliore. Sono orgogliosa di te».

«Quando mi sembra di perdere il controllo, penso a te e mi trattengo. Mel, vorrei che tu fossi qui».

«Devi partire per Dublino?», mi chiede.

«Il viaggio è saltato, perché il cliente non ha versato l'acconto. Ho ricevuto un'email in serata da Giorgio. Almeno una notizia positiva», rispondo.

«Ah bene! Martedì posso raggiungerti nel pomeriggio. La mattina ho una ventina di studenti che devono sostenere l'esame, quindi prima non riesco a muovermi». Spengo la terza sigaretta.

«Amore, davvero?»
«Sì, se ti fa piacere... tanto il mio coinquilino non mi parla più!». Alza la voce per farsi udire proprio dal diretto interessato.
«Mi dispiace, continuo a procurarti guai».
«A dir la verità, la colpa non è solo tua. Sasha mi dava ragione e loro due hanno discusso. Comunque, se sei d'accordo, ci vediamo dopodomani al tuo rientro dall'ufficio».
«Non vedo l'ora», affermo più che convinto.
«Perfetto, allora smetti di fumare e va' a dormire, Leo».
Come cavolo fa a saperlo?
«Un bacio».

Questo lunedì sembra non finire mai, nemmeno al lavoro ho tregua. Quando a fine giornata torno a casa, so cosa devo fare. Prendo uno scatolone ed elimino le ultime tracce di Bianca. Avevo già ripulito il mio appartamento dopo la nostra rottura, ma qualche ricordo era ancora in giro. Ho preparato un regalo per Mel, spero che le piaccia.
Il mattino dopo mi sveglio contento e vado in ufficio sereno. Nonostante tutti i problemi che dovrò affrontare, sapere che questa sera nel mio letto ci sarà lei mi mette il buonumore.
Prima di rincasare, le telefono.
«Melissa, dove sei?», chiedo.
«Buon pomeriggio anche a te, Leo».
«Scusa, hai ragione! Riformulo la frase: ciao Mel, ti manca molto per arrivare?»
«Così va meglio!», commenta ridendo. «Sono a metà strada, c'è un po' di traffico. Ma non ti preoccupare, se fai tardi ti aspetto in macchina».
«Non sarà necessario, mi troverai a casa. Mi sei mancata».
«Sto arrivando, Leo», afferma e il cuore si gonfia di gioia.

Quando entro nell'appartamento faccio appena in tempo a posare la borsa del computer e allentarmi il nodo della cravatta, che il campanello suona. Apro e mi precipito a mettere in freezer il suo gelato preferito. Ritorno all'ingresso e percepisco dei tacchi sul pavimento. Il sorriso mi muore sulle labbra, quando vedo Bianca e suo padre in corridoio.

«Che ci fate qui?», domando senza pensarci.

«Mi pare ovvio, dobbiamo discutere di questa faccenda come farebbero delle persone civili», ribatte Marco. «Visto che da soli non fate altro che litigare come bambini, forse è il caso che intervenga un adulto».

«Accomodatevi», dico tentando di mantenere la calma, «volete qualcosa da bere?»

«Un bicchiere d'acqua! E nel caso te lo fossi dimenticato, non mi piace quella frizzante», risponde Bianca. Spero che se ne vadano prima che arrivi Mel. Prendo l'acqua naturale e ci sediamo attorno al tavolo della sala da pranzo.

È suo padre a rompere l'imbarazzante silenzio.

«Riccardo, ti conosco da una vita e so che sei un bravo ragazzo, ma capirai che Bianca non è pronta per avere un figlio e allevarlo da sola. Quindi vorrei capire quali sono le tue intenzioni».

«Marco, come già accennato a Bianca, intendo fare il mio dovere e rispetterò qualsiasi decisione che lei prenderà. Voglio solo avere la certezza che sia mio».

Bianca sta per dare in escandescenza, ma il padre la incenerisce con lo sguardo.

«Riccardo, converrai con me che questo non è il giusto presupposto su cui fondare un matrimonio».

«Matrimonio?», ripeto incredulo.

«Ricky, capisco che ti sei sentito rifiutato, quando non ho accettato la tua proposta, ma ora le cose sono diverse…».

Il suono del campanello ci interrompe. Mi alzo come un

automa e apro senza chiedere chi sia. So chi è. La porta si apre e la vedo sorridere, poi mi scruta bene in viso e capisce al volo. Ecco, di nuovo piombata nel mio mondo di merda. Non riesco a reggere il colore brillante dei suoi occhi, così abbasso lo sguardo.

Capitolo 29
Melissa

Mi infilo nell'ascensore e non vedo l'ora di abbracciarlo. Appena apro la porta sento una voce femminile che lo chiama. Il cuore mi martella nel petto e il respiro si ferma. Fisso i suoi occhi scuri e mentre avanzo verso di lui, Leo si rianima. La donna che si materializza in corridoio è bellissima, come nei miei peggiori incubi. Capelli che ricordano tizzoni ardenti e occhi che sembrano colline irlandesi. Alta, algida, di una bellezza da oscurare tutte le altre. Mi squadra da capo a piedi, quasi disgustata.

«Ricky, sbrigati abbiamo molto di cui parlare». Torna in sala da pranzo e inizia a discutere con un uomo. Osservo Riccardo che ha lo sguardo perso nel vuoto e le dita chiuse a pugno. Mi prende per mano e li raggiungiamo nella stanza accanto. L'uomo vicino a Bianca è sulla sessantina e ha i suoi stessi occhi verdi. Entrambi osservano le nostre dita intrecciate, e d'istinto stringo ancora di più la presa. Guardo Leo che apre la bocca.

«Marco, Bianca, lei è Melissa, la mia compagna. Come capirete, l'ipotesi di sposare Bianca è fuori discussione». Eh? Chi si deve sposare? Le orecchie iniziano a fischiarmi e la rabbia è mitigata soltanto dal fatto che il volto della rossa si sta facendo incandescente, mentre l'uomo guarda la figlia perplesso.

«Bianca, cosa diavolo sta succedendo? Mi hai riferito che due giorni fa ti ha scongiurato di tornare insieme».

Lei trema per la collera, mentre è Riccardo a rispondere.

«La verità, Marco, è che non ho mai voluto sposarla. È

una bugia che abbiamo inventato e che le ho concesso di raccontare per giustificare la fine della nostra storia. Quando affermo che farò di tutto per questo bambino, intendo dire da un punto di vista economico e affettivo. Ma nulla di più».

«Bianca...», l'ammonisce suo padre, «è vero quello che dice?». Lei continua a fissare con odio Riccardo e lui sostiene il suo sguardo, mentre serra le dita attorno alla mia mano.

«Più o meno». Ora si volta verso il padre. «Ma ti giuro che questo figlio è suo».

Il padre sospira e si massaggia le tempie.

«Per eliminare qualsiasi dubbio basta un semplice esame del sangue», mi intrometto io.

La rossa dalla chioma leonina mi punta. Se potesse mi sbranerebbe seduta stante.

«Chi cazzo ti ha chiesto niente», tuona a denti stretti.

«Bianca!», la ammonisce urlando il padre.

Riccardo contrae la mascella e fa un passo in avanti, ma lo trattengo.

«Ci sono molte persone coinvolte in questa faccenda, nessuno vuole evitare le proprie responsabilità, si chiede solo di fare chiarezza», dico rivolgendomi al padre, che fa un cenno di assenso.

«Sarà meglio andare a casa, abbiamo di che discutere, vero Bianca?». Lei mi lancia uno sguardo che trasuda odio. «Mi faccio sentire io, Riccardo».

Leo si limita a un cenno affermativo con il capo, mentre Marco sospinge Bianca verso l'uscita. Nessuno saluta. Appena la porta sbatte, finalmente riprendo a respirare. Non oso guardare Riccardo, temo sia furioso per il mio intervento, invece le sue braccia mi avvolgono e l'odore di agrumi riempie le mie narici.

«Grazie al cielo sei arrivata. Pensavo di impazzire. È stato tutto così surreale».

«Se ne sono andati. Però sarà meglio chiudere la porta a chiave, visto le occhiate assassine che lei ha lanciato a entrambi». Inizia a ridere.

Si scosta da me e mi guarda.

«Ricominciamo da capo?», propone donandomi un bacio lungo e intenso. «Bentornata a casa».

E il capitolo Bianca è chiuso in un cassetto in fondo a una scrivania.

«Ho un regalo per te». Si allunga prendendo un pacchettino sul piano della cucina. Lo apro e trovo un portachiavi a forma di angelo stilizzato. «Sono le chiavi di casa. Libera di andare e venire quando vuoi. Ho fatto spazio nell'armadio per le tue cose».

Oddio, non posso crederci! «Grazie, è un bellissimo regalo».

Mi alzo in punta di piedi e lo abbraccio, mentre lui mi prende per la vita. Incrocio le gambe intorno a lui. Mi porta in camera da letto e non esiste più nessuno.

Quella notte e le due successive, sono state uno strazio. Riccardo ha avuto continui incubi. Nonostante l'aria condizionata, si sveglia madido di sudore, parla nel sonno, si agita fino ad arrivare a urlare. Al mattino è uno straccio, ma non perde mai la sua dolcezza e il suo sorriso.

Questa sera si è addormentato presto, ma ecco che inizia già a dimenarsi. Tento un'ultima carta. Lo abbraccio stretto e gli sussurro all'orecchio alcune frasi che mi ha scritto durante il nostro anno di chat. Quella di Capodanno, il nostro primo bacio e quella che ha scritto per farmi capire che lui era stato alla mia presentazione. Il volto si distende, le mani tornano rilassate e il respiro regolare.

Quando mi sveglio sono le otto. Sento scrosciare la pioggia e fa anche freddo, così prendo un plaid e lo copro, poi all'improvviso il suo cellulare suona. Sul display leggo Marco Comi. Il padre di Bianca? Vado in cucina e dopo aver tolto la suoneria, appoggio il telefono sul tavolo.

Poco dopo vedo arrivare Riccardo con gli occhi ancora assonnati.

«Buongiorno», lo saluto mentre viene verso di me, «hai dormito bene?»

«Molto bene!».

«Il padre di Bianca ti ha chiamato», gli riferisco passandogli lo smartphone.

«Ah... Vado in terrazzo, lo richiamo».

È di ritorno dopo pochi minuti. «Bianca ha accettato di fare quell'esame».

«Be', è una cosa positiva, no?»

«Credo di sì!», afferma e viene ad abbracciarmi. È un fascio di nervi.

«Devo già telefonare a Simona, poi te la passo così ne parlate?»

«Non è necessario... Dalle tu la notizia, per favore». Scioglie il nostro intreccio e torna in terrazza.

Simona mi rassicura. Si occuperà lei di prenotare e far sapere alla famiglia Comi le modalità di svolgimento del test e le condizioni. Mentre parlo con mia sorella, giro per casa e noto con piacere che Riccardo ha fatto sparire le foto in cui c'era anche la rossa. Certo, passare da lei a me significa retrocedere di quattro caselle al Gioco dell'oca.

Riccardo è appena andato a correre e io sto leggendo una circolare dell'università, quando il mio cellulare squilla.

«Simona, dimmi».

«Mel, buone notizie, sono riuscita a fissare i prelievi per martedì mattina. Ci penso io ad avvisare la famiglia Comi, in questo modo rendiamo le cose più ufficiali».

«Grazie infinite, sei un tesoro. E i risultati?», chiedo con una punta d'ansia.

«Se Riccardo andrà a ritirarli di persona, dovrebbero essere pronti il lunedì successivo, altrimenti te li spediscono, ma occorre più tempo!».

«Non so davvero come ringraziarti. Fammi sapere se ci sono problemi con Bianca», le dico.

È un sabato nuvoloso e non abbiamo nulla in programma. Dopo pranzo ci rilassiamo davanti a un film. A un certo punto Riccardo abbassa il volume, si sdraia e appoggia la testa sulle mie gambe.

«Tutto ok?», gli chiedo mentre gli accarezzo i capelli.

«Sì, voglio solo godermi questo momento. Tra dieci giorni tutto potrebbe cambiare».

«Ti riferisci ai risultati del test?», gli domando.

«Se non dovessi essere il padre, ci potremo buttare questa storia alle spalle». Si volta e mi osserva. «E se fosse mio, Mel? Che cosa devo fare? Ci penso e ripenso, ma non so trovare una risposta. Devo convincerla a interrompere la gravidanza o ritrovarmi un bambino che mi legherà a lei per sempre?». La sua voce si fa concitata. «Mi impongo di non prevedere scenari futuri, finché non ho risposte certe, ma non riesco. Sto impazzendo!». Si porta una mano sugli occhi e se li massaggia.

«Vorrei dirti cosa è giusto e cosa è sbagliato, ma non ne ho il potere. Accetterò qualsiasi tua decisione e se vorrai la mia opinione, ti prometto che sarò sincera».

Affonda il viso nel mio ventre e mi cinge la vita, poi il suo cellulare squilla. Si lascia andare a un'imprecazione appena legge il nome del suo interlocutore.

«Pronto! Ciao… Ehm, ah già… Sì, ci sarò!», dice mentre mi fissa. «Mamma, porto una persona se non ti dispiace… Va bene. A dopo».

«Era mia madre. Cattive notizie. Con tutto questo caos, mi ero dimenticato del ricevimento per il compleanno di mio padre».

«Quando si terrà?»
«Questa sera! E tu verrai con me». Eh?

Ce la posso fare, ce la posso fare. No, non ce la posso fare. Oddio, mi sta venendo un attacco d'ansia! Peggio... ecco mi fa male pure il braccio sinistro. È un infarto. Lo so. Sulla mia tomba scriveranno: "Qui giace Melissa Riva, amata figlia e sorella, prematuramente strappata all'affetto dei suoi cari durante un elegante ricevimento". Be', tecnicamente, se muoio adesso, non farei nemmeno in tempo a vedere questo gala. Uffa, così non avrei nemmeno la soddisfazione di curiosare nella vita mondana torinese.

Riccardo è stato irremovibile, senza di me non si presenterà. La sola parola "ricevimento" mi fa pensare a una serata fin troppo formale per i miei gusti, ma io non ho portato nulla di adatto all'occasione. Perciò sono costretta a precipitarmi fuori di casa per cercare un vestito da indossare. Leo si è offerto di accompagnarmi, ma lo shopping è già un castigo divino per me e, se devo portarmi dietro pure un uomo che non sia Damiano, la pena eterna è assicurata.

Sono già le sei e per le otto devo essere pronta. Non ce la farò mai! Ho girato tutto il centro commerciale più vicino e ho trovato soltanto capi perfetti per una serata tra amici. Mentre rientro passo davanti a una piccola bottega che in vetrina ha un favoloso abito in shantung blu, con un corpetto senza spalline e delicati ricami floreali color argento e una lunga gonna con un profondo spacco laterale. Entro per guardarlo meglio e nel giro di un'ora faccio ritorno a casa trafelata con i miei pacchetti. Sono distrutta e in ritardo... Notevole ritardo!

Scappo a fare la doccia. Non ho neanche il tempo di asciugare bene i capelli. Faccio una coda e li raccolgo in uno chignon imperfetto. Forcine, trucco veloce, insistendo sugli occhi e lucidalabbra ciliegia. Infilo le scarpe tacco dieci che ho trovato e alle 19:49 sono pronta. Mi fisso allo specchio e trovo che il risultato finale sia il massimo che potessi sperare. Se avessi avuto più tempo… Oh basta!

«Mel, come vanno i preparativi?», chiede Riccardo.

«Sì, sono pronta possiamo…». Le parole mi muoiono in bocca appena lo vedo. Indossa un completo scuro, camicia bianca e cravatta azzurra. È possibile che sia ancora più bello del solito? Lui mi scruta dalla testa ai piedi. Mi fisso le scarpe. Cosa cavolo ci fa con me? Si meriterebbe di stare con una come Bianca. Con un carattere migliore, ovvio. «Forse è meglio che tu vada da solo».

Mi prende per la vita, poi mi sfiora le braccia. I suoi occhi brillano per me. Mi bacia il collo e il sapore fruttato mi avvolge.

«Mel, sei splendida!».

«Ehm, grazie, non sono abituata a vestirmi così», commento in imbarazzo.

«Per me sei bellissima sempre, anche quando ti metti il pigiama con le ranocchie».

E scoppia a ridere, mentre usciamo di casa, mano nella mano.

Capitolo 30
Riccardo

Dal momento in cui Bianca mi ha confessato di essere incinta, le mie notti sono infestate da incubi. Questa notte ho sognato di essere in uno di quei club che frequentavo. Giro per i vari privé e in uno trovo Melissa con un tizio che indossa una maschera nera, capelli scuri, mi pare di conoscerlo. Lei sembra spaventata, mi avvicino e ho una colluttazione con lui. La maschera vola via e vedo me stesso. Mi volto verso Melissa e al suo posto trovo Bianca, tutt'altro che spaventata. Allora fuggo alla ricerca di Mel, ma non la trovo da nessuna parte. L'uomo che aveva la maschera mi insegue, ma non mi preoccupo di lui. Ho solo fretta di trovare Melissa. Di solito, quando mi sveglio dopo questi sogni, trovandola accanto mi calmo, però faccio fatica a riaddormentarmi.

Questa sera c'è anche il ricevimento per il compleanno di mio padre. Avrei preferito uscire con Melissa o rimanere a chiacchierare in terrazza. Invece, eccoci qui. Parcheggio lungo il viale già gremito di auto. Quando mia madre fa le cose, le fa sempre in grande stile. Sto per aprire la portiera, quando Mel mi blocca.

«Leo, ci siamo dimenticati un regalo per tuo padre!».

«No, tranquilla, gli ho comprato una bottiglia del suo whisky preferito». Torna a respirare. «Mel, non essere nervosa e non aspettarti troppo dai Ferraris, sanno essere molto odiosi».

Quando apro la portiera, leggo la tensione sul suo volto.

«Ti amo, Melissa», le sussurro prima di baciarle una guancia. Ora mi sorride raggiante.

Ci sono le solite facce, quelle che vedo sempre in queste occasioni. Parenti, amici e anche qualche nemico di mio padre. Saluto, ma non mi fermo a parlare con nessuno. Trovo mia madre vicino alla piscina che dà ordini a uno dei camerieri del catering. Poveraccio, non lo invidio. Stringo le mie dita a quelle di Mel e le vado incontro.

«Ciao, mamma», dico. Si volta, ma non guarda me. I suoi occhi corrono veloci su Melissa e sulle nostre dita intrecciate. «Ti presento Melissa Riva», affermo fissando gli occhi azzurri di Mel, che mi rasserenano, «la mia compagna». Torno a mia madre e leggo il consueto sguardo di disapprovazione, ma nessuna sfumatura di stupore. «Mel, lei è mia madre, Ginevra».

«Piacere di conoscerla».

«Piacere mio», ribatte mia madre senza colore, stringendole la mano. «Melissa, potresti scusarci un attimo, vorrei parlare da sola con mio figlio».

Tutto sta per iniziare.

«Se vuoi dirmi qualcosa puoi farlo davanti a Mel. Non abbiamo segreti», affermo deciso sostenendo l'espressione severa di mia madre.

«Veramente si tratta di una questione di famiglia, credo che Melissa capirà». Ora sta provando con il suo sguardo "si fa come dico io". Sto per intervenire, ma Melissa mi precede.

«Dipende da suo figlio», ribatte schietta. Ecco la mia donna! Poi si rivolge a me. «Ti aspetto qui?». Mi sento il cuore gonfio di orgoglio. Le bacio la mano e la lascio andare.

«Credo sia meglio. Torno subito». Il sorriso che mi rivolge è la giusta carica di cui ho bisogno.

Mi allontano con mia madre e arriviamo fino alla dépendance. Prima di affrontarla, osservo Melissa che si è fermata ad ammirare dei fiori in giardino.

«Marco e Lisa ci hanno raccontato di Bianca. Ti pare saggio presentarti qui con quella ragazza?»

«Non ho fatto niente di male, ma se la nostra presenza ti disturba, ce ne andiamo». Mi pare di fissare i miei occhi allo specchio.

«Non cominciare con le tue scenate. Non questa sera», ribatte secca.

«Nessuna scenata, come siamo venuti ce ne torniamo a casa», le dico in tono pacato, «è il compleanno di papà, ma se sei infastidita dalla mia presenza, devi solo dirlo. Non darò fuori di testa, non urlerò, me ne andrò e basta». Veniamo interrotti da un ragazzo in divisa. Ci passa accanto e porge il vassoio con i bicchieri pieni di vino. Silenzio tra noi. Ne approfitto per vedere dove sia finita Mel. Non la trovo. Vorrei tornare da lei. «Mamma, non hai che da scegliere: resto o vado?». Beve un sorso.

«Come hai intenzione di comportarti con Bianca?». Come sempre l'unica cosa che le interessa è salvare le apparenze.

«Voglio sapere se è mio, prima di tutto. E poi fare il mio dovere verso Bianca e il bambino, qualunque siano le sue intenzioni. Ma non la sposerò, mi dispiace, non la amo e non l'ho mai amata. E poi nella mia vita ora c'è Mel».

«Probabilmente non è nemmeno tuo. Con tutti quelli con cui va a letto Bianca!». Sono in un mondo parallelo? «Non guardarmi in quel modo. Negli ultimi tempi non la reggevo. Mi chiamava Gin. Ti rendi conto?». Mi ritrovo a soffocare una risata, mentre lei scuote la testa divertita. Sono anni che non la vedo ridere.

«Pensavo che Bianca ti piacesse».

«All'inizio mi piaceva, eccome. Quando vi siete messi insieme hai iniziato a farti sentire più spesso, a uscire meno, niente più sconosciute che transitavano per il tuo appartamento, orari più regolari…».

«Scusa, ma tu che ne sai di tutte queste cose?», chiedo interrompendola.

«Riccardo, non ricordi che sono stata io a consigliarti Rosi!». Alza un sopracciglio. Oh cazzo! «È stata lei a informarmi che al ritorno da quella crociera fatta a Natale, sembravi più pensieroso, perciò ho pensato che fosse per via di Bianca». Apre la pochette e tira fuori il pacchetto di sigarette. Allungo la mano, ne prendo una e l'accendo. «Da quando hai ripreso a fumare?». Scrollo le spalle. «Quindi, i tuoi pensieri stavano andando in un'altra direzione?». Con la testa indica Mel.

«Ci siamo scambiati messaggi tramite Facebook per un anno. Non sapeva nulla di me, neppure il mio vero nome. Mi è stata accanto ogni giorno». Faccio l'ultimo tiro e mi volto verso mia madre. «Bianca vorrebbe che la sposassi, ma io non posso. Non dopo aver conosciuto Melissa».

«Spera solo che quel bambino non sia tuo, altrimenti quella sanguisuga ti incatenerà a lei. Da quando le è venuta l'idea di aprire un suo atelier, il suo ego è cresciuto a dismisura e io ho iniziato a non sopportare né lei né Lisa».

«Mi fa specie sentirti parlare così», le confesso, «ho sempre pensato che tu la preferissi a me».

«Non dire sciocchezze! Sceglierò te, sempre. Sei mio figlio. E anche se a volte sembriamo lontani e freddi non smettiamo di seguirti». Spengo la sigaretta. «Ora vai dalla tua ragazza e divertitevi. Per nostra fortuna i Comi hanno declinato l'invito».

Mi allontano di qualche passo, poi ci penso, torno indietro e bacio mia madre sulla guancia. Lo stesso profumo di gelsomino che mi ricordo fin da quando ero piccolo. Mi posa una mano sul braccio, accarezzandolo.

Cammino verso Mel che, appena mi vede arrivare, saluta

la signora con cui sta parlando e mi viene incontro. Appoggio la fronte alla sua, la prendo per la vita e incurante di tutte le persone che ci sono, la bacio con passione.

È il giorno prima del prelievo, e sono a casa di Mel. Trascorrerò la notte nel suo appartamento così sarà più semplice andare al centro medico. La verità è che sono qui perché voglio entrare nella sua vita e voglio avere occasione di parlare con Damiano. Ho capito che per lei è come un fratello e io sono stato motivo di tensioni tra loro. Voglio fare qualcosa per lei, perché so quanto la faccia soffrire.

«Ti ho avvisato che il mio appartamento è grande come il tuo…».

«Terrazzo!», anticipo. «Lo avrai ripetuto almeno dieci volte, Mel. Non mi interessa, anzi, se pure il letto fosse piccolo ne sarei ancora più contento», dico con malizia.

«Non la penserai così quando dovrai condividere l'unico bagno con altre due persone o forse tre!». Mentre ci immettiamo nel traffico milanese, la vedo mordersi le unghie.

«Perché sei tanto preoccupata?», chiedo spostandole il dito dalla bocca. Alza le spalle. «Si tratta di Damiano?»

«No, è che il mio stile di vita è molto diverso dal tuo. Temo di…».

«Di?», la incalzo.

«Di deluderti. Di non essere all'altezza delle tue aspettative».

Appena trovo una piazzola, fermo immediatamente l'auto. Le prendo il viso tra le mani.

«Tu non potrai mai e poi mai deludermi perché da quando sei entrata nella mia vita ho smesso di chiedere qualcosa agli altri. Mi hai insegnato ad accettare quel che mi viene dato senza pretendere nulla. Quindi non mi importa quanto sia grande l'appartamento in cui vivi o quanto tu possa guadagnare o che macchina guidi, l'unica cosa importante è che tu mi ami».

Si avvicina e unisce le nostre labbra. Un bacio intenso, lungo.

Quando apre la porta, titubante, mi trovo davanti a un ambiente colorato e vissuto. Qua e là ci sono degli oggetti di design che sembrano usciti da una rivista d'arredamento, ma nell'insieme questa casa rende perfettamente il senso di calore. Mi fa strada verso la sua camera, e mi osserva, torturandosi le mani. Invece io fisso il letto.

«Che delusione», dico serio.

«Co... cosa?», domanda preoccupata.

«Speravo che il letto fosse singolo, così saremmo stati più vicini». Sorrido mentre lei mi tira un pugno all'altezza del braccio.

Per cena Melissa ha cucinato pesce e risotto ai frutti di mare. La trovo sempre sexy mentre cucina e la bacio. Mi allontano subito da lei quando sento girare le chiavi nella porta. Poco dopo compaiono due uomini. Uno è lo stesso che ho incontrato a Torino, mentre l'altro deve essere Sasha.

Mel corre incontro a Damiano e gli bacia la guancia. Poi torna da me, mi cinge la vita.

«Damiano, ti presento Riccardo, detto Leo. Lui è Sasha, il compagno di Damiano».

Dopo i convenevoli ci mettiamo a tavola.

«Allora, Riccardo, di cosa ti occupi?», mi chiede Damiano.

«Adesso creo programmi per la sicurezza informatica, da luglio invece sarò il supervisore dei progetti europei». Gli occhi di Mel diventano due fessure. Accidenti, preso da altro mi sono dimenticato di aggiornarla sulle novità.

«Dovrai andare spesso all'estero?», mi domanda. Scuoto

la testa e la vedo tirare un sospiro di sollievo. Continuo a fissarla. Sento il palmo sulla mia gamba.

«Scusa, ho dimenticato di dirtelo», sussurro.

«Loro due», asserisce indicandomi la coppia davanti a noi, «sono due designer e presto saranno famosi in tutto il mondo».

«Magari! Vorrebbe dire più soldi in tasca», dichiara Sasha mettendo un braccio sulle spalle del compagno.

Il resto della cena trascorre piacevolmente, tra racconti e aneddoti su Mel e Damiano. Ho visto lei asciugarsi gli occhi dalle risate, illuminarsi per la gioia e anche fare la sostenuta quando veniva punzecchiata.

La sto aiutando a mettere i piatti in lavastoviglie, quando Damiano ricompare. Sasha è già andato via mezz'ora fa.

«Stasera vado da Sasha, ha invitato qualche amico. In bocca al lupo per domani», mi dice porgendomi la mano, «e tu, ti vedo domani sera?»

«Sì, tranquillo Damiano, potrai torturarmi quanto vuoi, starò a Milano fino a venerdì». Mel gli fa la linguaccia prima di perdersi nel suo abbraccio.

Sto finendo di sparecchiare, quando Mel, senza dire nulla, mi porta in camera. Chiude la porta, si alza in punta di piedi appoggiando le mani al mio petto e mi bacia. Le sue dita mi stanno già slacciando la camicia. Le mie si intrufolano sotto la sua. Raggiungono il suo seno. Mentre le nostre lingue continuano a rincorrersi, i nostri vestiti sono spariti. La stringo a me e il suo profumo di vaniglia, misto al contatto della nostra pelle, mi fa sentire a casa. La prendo per la vita e la sollevo. Avanzo di pochi passi e la adagio sul letto. Sono su di lei.

«A cosa devo questo meraviglioso sorriso?», chiedo.

«Sono mesi che ti sogno in questo letto», sussurra accarezzandomi il viso e i capelli, «il mio amato Leo».

Il mio cuore si riempie della sua dolcezza e le mie labbra

tornano sulle sue. I nostri corpi si conoscono a memoria, si adattano l'uno all'altro. Ma ogni volta lei sa accogliermi con un amore che mi stupisce.

Mi piace l'attimo di massimo piacere, ma anche la tenerezza dei preliminari e la calma del dopo. Adoro, quando mi accarezza, finché non mi addormento restandole addosso. Le sue mani e il suo viso abbandonati su di me, sono un bel risveglio.

Mi ha dato molto di sé. E io? Posso solo impegnarmi a essere una persona migliore, per lei.

Capitolo 31
Melissa

La sveglia suona presto, dobbiamo essere al centro medico per le sette e mezzo. Lo lascio dormire ancora un po' mentre io bevo un caffè. Mi sento un peso opprimere il torace.

Dopo circa mezz'ora sono sul suo SUV. Non parliamo durante il breve tragitto e quando arriviamo a Villa Rosalba, ci presentiamo al reparto come da indicazioni di Simona. Un'infermiera ci fa accomodare nella sala d'aspetto.

«Signor Ferraris, prego, mi segua», gli dice l'infermiera.

Lui è in piedi davanti a me, si volta e mi guarda. «A dopo», sussurra con un debole sorriso.

Lo vedo allontanarsi e continuo a ripetermi che si tratta di un banale esame del sangue e che sono una stupida a sentirmi tanto in ansia. Faccio appello a tutta la mia lucidità.

Prendo una rivista e la sfoglio distratta, dopo dieci minuti lo vedo sulla porta. Si siede accanto a me e noto subito che i suoi occhi sono più scuri del solito.

«Signor Ferraris, ora può andare, questo è per ritirare il referto che sarà pronto lunedì 23. Buona giornata», gli dice l'infermiera consegnandogli un foglio.

Riccardo me lo passa come se scottasse e io lo metto in borsa.

Anche nel tragitto verso casa nessuno dei due proferisce parola. Entrambi sappiamo che da oggi qualcosa cambierà.

«Ti raggiungo venerdì, dopo il lavoro», afferma lui, in partenza per Torino.

«Signor Leon de Rouc, la aspetterò qui. Come sempre».

Tento di alleggerire i toni, ma non ottengo il risultato sperato.

Nei giorni che seguono mi butto nel lavoro. Non voglio pensare a nulla. Sono stanca di chiedermi come andranno le cose. Stanca di analizzare quello che provo. Stanca degli sguardi di preoccupazione di Damiano, che almeno ha rivisto il suo giudizio su Riccardo.

Ci sono momenti in cui la rabbia prevale e vorrei mettermi a urlare, altri in cui vorrei prendere Bianca a calci nel sedere. Questa attesa e incertezza mi sta logorando. Continuo a immaginarmi come potrebbero andare le cose, ma più mi costringo a non rifletterci sopra e più la mia mente ci torna con insistenza.

Dopo una lunga giornata passata all'università, torno a casa esausta. Al mio rientro un SMS di Riccardo mi avvisa che sta per arrivare. Non ho voglia di fare nulla, così mi butto sul letto. Il suono del campanello mi obbliga ad alzarmi e mentre vado ad aprire la porta, mi impongo di tenere a freno le mie paure e angosce. Non ha certo bisogno di altro stress. Quando lo vedo, tutto sparisce. Ha il viso stanco, ma mi sorride. Anche lui indossa la sua maschera migliore.

«Ciao...». Non c'è bisogno di dire altro, lo abbraccio.

L'ho costretto a dormire un po'. Sono rimasta con lui, finché il suo respiro non si è fatto regolare. Damiano e Sasha sono a Siena. Damiano ci ha invitato a raggiungerli. È da Pasqua che non vedo sua madre e sua sorella. Forse non sarebbe una cattiva idea allontanarci da tutto questo delirio.

Inizio a preparare la cena, quando lo vedo comparire in cucina.

«Bentornato nel regno dei vivi».

«Scusa, ormai non riesco a dormire bene senza di te». Si siede sul tavolo, mi prende un polso e mi attira a sé. «Vieni qui».

«Riccardo, che cosa hai?». Scuote la testa. Sincerità, Melissa, ricorda la promessa che gli hai fatto. «Non so tu, ma in questi giorni il mio umore è stato altalenante. Sono passata dalla rabbia alla paura, dall'angoscia alla felicità, ma qualsiasi cosa passa se sto con te. E anche questa storia dei risultati...».

«Se ci sei tu posso affrontare tutto», dice lui interrompendomi.

«Giurami che non lo dimenticherai mai». Lui si limita a un cenno affermativo con la testa.

Siamo di nuovo nel parcheggio di Villa Rosalba. Il giorno del ritiro del referto è arrivato. Mentre Riccardo entra, io lo aspetto davanti all'auto. Poco dopo esce con una busta. È ancora chiusa e la fissa.

«Qualsiasi cosa ci sia scritto, cambierà la nostra vita».

«Riccardo, l'ha già cambiata!».

«Non ce la faccio, Melissa».

«Dimmi: qual è la cosa che ti fa più paura?», gli chiedo.

«Che ci allontani. Lo so che ne abbiamo parlato fino allo sfinimento e ho visto tutti i tuoi tentativi di rassicurarmi, ma una cosa sono i buoni propositi, e un'altra è la realtà. Mel, ho una paura fottuta di perderti. Non sono mai stato tanto terrorizzato in vita mia». I suoi occhi confermano le sue parole.

«Leo», gli dico abbracciandolo, «quando stava per arrivare il tuo tornado, ti ho scritto di aggrapparti a me. Fallo anche ora». Sospira e mi stringe forte. Poi, insieme, apriamo quel foglio.

Scorriamo l'elenco fino all'indicatore che ci serve: probabilità di paternità.

«Cristo!», sbotta mentre abbandona il viso tra i miei capelli.

99,99%. È suo figlio. Bianca aspetta il suo bambino!

Non ho nessuna reazione, lui invece trema. Prendo il suo viso tra le mani e sussurro: «Amore, guardami». Alza gli occhi, ma non vedo altro che il buio nelle sue iridi. «Un passo alla volta. Sono qui con te». Appoggia la fronte alla mia. «Andiamo a casa».

«Guida tu, per favore...», sussurra e mi dà le chiavi.

Metto in moto il SUV. Direzione Torino. Appena entriamo nel suo appartamento si immobilizza, come se non sapesse dove andare, lo prendo per mano e lo porto in terrazza.

«Grazie», mi dice con lo sguardo nel vuoto.

Sto per parlare, quando il suo cellulare squilla. Non si muove. Appena leggo sul display quel nome, avrei solo voglia di scaraventare il telefono lontano. Ma è la madre di suo figlio, prima me lo metto in testa e prima inizierò a convivere con questa idea.

«È Bianca», gli dico. Sospira e prende il cellulare.

«Pronto». Faccio per allontanarmi, ma lui mi trattiene. «Sì, ho visto... Ho capito...». Posa la guancia sul mio petto e io inizio ad accarezzargli i capelli. «Me ne rendo conto... Devi dirmelo tu... Va bene. A dopo», afferma con tono calmo e rassegnato poi spegne il telefono. «Vuole che ci incontriamo per discuterne questa sera, a casa dei suoi», mi riferisce.

Riccardo passa la giornata a fumare, in silenzio. Non ha toccato cibo e abbiamo scambiato poche parole. Io cerco di lavorare a una presentazione sul mio portatile, per tenermi impegnata.

«Io vado. Mel, mi aspetti sveglia?»

«Certo! Lavorerò un po' a questo nuovo progetto. Al tuo ritorno mi troverai qui».

Esce di casa mostrandomi un finto sorriso. Tento davvero di concentrarmi sull'elaborazione di queste immagini, ma con scarsi risultati. Mi alzo e controllo il cellulare ogni cinque minuti. Accendo la televisione, ma alla fine trascorre soltanto un'ora. Butto il telecomando sul divano e apro il frigorifero, trovo uova e burro, così mi viene un'idea. Quando sono nervosa, cucinare mi aiuta a rilassarmi. Dopo circa trenta minuti è pronta una crostata e proprio in quel momento la porta si apre.

«Che buon profumo». Il tono non è più afflitto.

«Ho fatto una crostata. Ne vuoi una fetta?», domando contenta che il suo viso sembri meno pensieroso.

«Solo se mi tieni compagnia».

«Come è andata?», chiedo porgendogli il piatto.

«È tornata alla carica con la storia del matrimonio». Sono allibita, ma evito qualsiasi commento. «Ho mantenuto la calma solo grazie a suo padre. Mi ha riferito che appena ha saputo di essere incinta voleva abortire, mentre adesso vuole che "questo" nasca. Proprio così lo chiama. Non questo bambino. Questo». Finisce la sua fetta. «Che buona! Posso averne ancora?»

«Tutta quella che vuoi», rispondo. A parte la collera che provo per Bianca, sono felice di vedere che Riccardo è tornato di nuovo sicuro di sé. Anche se... sembra diverso. «Quindi, appurato il fatto che vuole tenerlo, come siete rimasti d'accordo?»

«La settimana prossima l'accompagno dalla ginecologa. Bianca insisteva per venire da sola con me, però la madre ha imposto la sua presenza, con mia enorme soddisfazione».

«È bello vederti più sereno», commento accarezzandogli i capelli.

«Sai, ho capito che con i suoi genitori si può ragionare, ma con lei non è possibile. Continua a fare i capricci e impuntarsi sulle sciocchezze. Anche se mi fa incazzare da morire, poi mi calmo pensando che sei a casa ad aspettarmi». Finisce anche la seconda fetta. Fissa la ciotola con la crema avanzata. «E quella cosa sarebbe?»

«Questa... sarebbe per te». Metto un po' di crema sulle

dita e gli impiastriccio il viso. Non so perché l'ho fatto, ma mi ritrovo a ridere come una cretina. Lui mi guarda incredulo, poi però lo vedo fissare la ciotola e capisco che è meglio allontanarsi in fretta. Ma è più veloce. E ora ho anche io la mia dose di crema spalmata sul volto. Lo ascolto ridere. Era ora! Tento di levarmi l'impasto appiccicoso, quando le sue labbra mi baciano il viso e leccano via i rimasugli di crema. La mia testa va in corto circuito e il desiderio si accende. Quando riapro gli occhi, vedo solo lui, bellissimo, agrumi mischiati a essenza di vaniglia. Gli getto le braccia al collo e le nostre bocche si uniscono con passione. Mi stringe con forza, percepisco le dita sulla mia pelle. Le mie sono già tra i suoi capelli. Mi fa sedere sul tavolo della cucina e io chiudo le gambe attorno al suo corpo. Continuo a baciarlo mentre gli slaccio i jeans. Anche la cerniera dei miei pantaloni è già stata abbassata. Mi sospingo fino al bordo del tavolo. I suoi occhi mi osservano come se avessero chissà quale dilemma da risolvere. Il pomo d'Adamo sale e scende. Incerto. Stringo ancora di più le mie gambe intorno a lui. Lo voglio. Voglio l'uomo che amo. Scivola piano in me. Chiude le palpebre. Il fiato si fa spezzato. Li riapre per osservare i cambiamenti dipinti sul mio viso. La sua mano scorre fino all'altezza del mio cuore. Le nostre fronti si appoggiano una all'altra, mentre i suoi movimenti seguono un dolce ritmo. Io vivo al confine tra piacere ed estasi pura. Mi stacco da lui e mi lascio cadere indietro. E precipito. Precipito con il cuore e la testa. Ancora due affondi e Riccardo mi raggiunge nello stesso luogo lontano. Mi prende per i polsi attirandomi a sé, perché ama quando la nostra pelle diventa un tutt'uno. Accarezza il mio corpo che non risponde più ai miei comandi, poiché in questo momento è suo. Il mio cuore lo ha già rapito più di un anno fa.

Capitolo 32
Riccardo

Mi sveglio dopo una notte senza incubi, mi volto e la vedo accanto a me. Oggi non ho fretta di alzarmi, ho preso due giorni di ferie. In meno di ventiquattro ore ho cambiato prospettiva sulla mia vita. Fino a ieri mattina ero pieno di paure, timori e incertezze, oggi so che diventerò padre e ho scoperto che Mel mantiene le sue promesse. Quando avevo quella busta in mano, sono andato nel pallone. Lei è stata la mia àncora.

Durante l'incontro con Bianca è stato faticoso mantenere la calma. E meno male che i suoi genitori si sono messi in mezzo tentando di farla ragionare. Sposarmi con lei? Non ci penso proprio! L'unica donna che voglio nella mia vita, sta dormendo beata qui al mio fianco.

Melissa ha prolungato la sua permanenza a Torino fino alla visita dalla ginecologa. Questi giorni sarebbero stati molto più lunghi senza di lei. Alle quattro mi presento da Mel, pronto per uscire. Avverto quel consueto e maledetto peso opprimermi.

«Vorrei che tu potessi venire con me», sussurro.

«Anche io, ma sai che lei non la prenderebbe bene e poi te la farebbe pagare». Le do un bacio sulla fronte ed esco di casa.

Simona mi ha consigliato di presentarmi direttamente al centro medico. La presenza della madre di Bianca è importante secondo lei. Non ne ho capito i motivi, ma mi fido, dato che finora i suoi consigli sono stati ottimi.

Vedo entrambe nella sala d'aspetto, Lisa mi fa un sorriso tirato, mentre Bianca volta la faccia dall'altra parte.

«Ciao. Come stai?», chiedo con sincerità.

«Uno schifo. Ho questa nausea che non mi dà tregua e sto mettendo su chili. Ne ho già i coglioni pieni». Lisa sospira.

Quando arriva il nostro turno, entriamo tutti e tre. Credo che la dottoressa Farini sia la ginecologa di Bianca già da diverso tempo, infatti sa che sono il padre del bambino e solo a me pone una serie di domande circa il mio stato di salute. Poi fa sdraiare Bianca sul lettino, mentre io resto dietro al paravento.

«Il futuro papà può starle vicino, non lo sgrido», scherza la dottoressa.

«Ricky, hai sentito cosa ha detto? Puoi venire qui a tenermi la mano se vuoi», commenta la gestante con tono melenso e poco credibile.

«Dottoressa, forse è bene che sappia che Bianca e io non stiamo più insieme. Ma vorrei assistere all'ecografia, sempre che questo non disturbi la mia ex compagna».

«Ma che grande bast...».

«Bianca!», la ammonisce Lisa. «Riccardo, ti avvisiamo quando puoi assistere».

Passano dieci minuti e sento rumori vari provenire oltre quel separé. Bianca si lamenta delle mani troppo fredde del medico e sussurra altre lagnanze verso sua madre.

«Signor Ferraris, può stare lì, le giro il secondo monitor». La dottoressa scosta la tenda. Mi fissa negli occhi e con il labiale la ringrazio. «Questa è la testa del bambino, questi sono gli arti inferiori...».

Non sto più ascoltando. Mi limito a osservare quel profilo. È così microscopico eppure così perfetto! Rimango basito davanti a quelle immagini.

La ginecologa informa Bianca che può rivestirsi e appena la mia ex mi raggiunge, mi lancia uno sguardo carico di odio. La dottoressa prende qualche appunto, poi si rivolge a Bianca e le spiega quali integratori è bene prendere, che esami dovrà portare al prossimo controllo e le elenca tutte le attività che può fare e quelle da cui è bene che si astenga. Poi le chiede se ha qualche domanda.

«Posso fare sesso?»

«Bianca, ma che domanda?», le urla Lisa.

La dottoressa mi lancia un'occhiata imbarazzata e poi torna a fissare la sua paziente.

«Sì, può farlo evitando le posizioni che comprimono la pancia, ma questo è un problema che dovrà porsi più in là. Bene, per ora è tutto. Ci vediamo tra un mese e mezzo».

Bianca e Lisa salutano.

«Dottoressa, le posso parlare un secondo?», chiedo, mentre Bianca mi lancia l'ennesima occhiataccia prima di uscire.

Appena spariscono, sento il bisogno di spiegare la situazione al medico, che si dimostra molto comprensivo. Avrà circa cinquant'anni, chissà quanti casi strani le sono passati davanti. Alla fine le pongo un'ultima richiesta e con un sorriso enorme mi accontenta.

Mentre torno a casa, ricevo una telefonata da parte di Bianca. «Era il caso di comportarti in quel modo? Sei davvero una testa di cazzo», inveisce.

«Bianca, non agitarti, non fa bene al bambino», rispondo senza ironia.

«E da quando te ne frega qualcosa!».

«Credo che importi più a me che a te. E pensa pure che io sia un bastardo, le cose non cambieranno. Mi impegnerò per il bambino, ma lui sarà il nostro unico legame. Punto. Fattene una ragione e non usare nostro figlio come arma di ricatto, perché non ci metto nulla a trascinarti in tribunale. Non sono l'unico ad avere scheletri nell'armadio. Alla prossima visita, Bianca».

Chiudo la conversazione lanciando l'auricolare sul sedile.

Quando entro in casa con i nervi a fior di pelle, mi ritrovo a sbattere la porta senza volerlo. Ma dal salotto ecco comparire il mio angelo. Mi guarda negli occhi e intuisce al volo che ho bisogno di un contatto per far passare il mio malessere.

Mi abbraccia e non dice nulla. È incredibile come una persona possa portarmi all'esasperazione e un'altra possa quietarmi.

Mentre accendo una sigaretta, prendo la foto dell'ecografia. Durante il tragitto in auto, non ho fatto altro che pensare se mostrargliela o meno.

Lei mi osserva curiosa. «Mel, l'ultima cosa che voglio è farti stare male, ma quando mi capita qualcosa, diventa reale soltanto se posso condividerla con te». Poso la foto sul tavolo. «Se ti dovessi sentire ferita, ti prego, dimmelo».

Osserva bene quell'immagine e quando vedo che con il dito segue il contorno della testolina, vorrei consumare di baci questa donna.

«Oddio, Leo, è bellissimo», afferma estasiata alzando gli occhi verso di me. Qualcosa di buono nella mia vita devo averlo fatto, per ricevere lei in dono. Si siede in braccio a me e affondo il viso nella sua spalla.

«Sono molto fortunato ad averti qui».

«Quando tu sei felice, lo sono anche io».

Fisso l'immagine in bianco e nero e alzo le spalle.

«Vorrei che fosse nostro, Mel», confesso continuando a fissare quella foto. Devo essere impazzito.

«Amo te e amerò anche tuo figlio!».

Capitolo 33
Melissa

Ormai mi sento torinese d'adozione. Lunedì ho la sessione di esami e lui deve iniziare il nuovo lavoro. La settimana scorsa è tornato turbato dalla prima visita prenatale in compagnia di Bianca. L'ho pregato di rendermi partecipe dei suoi pensieri, perché altrimenti non saprei come aiutarlo. Se all'inizio temevo che non accettasse questa gravidanza, ora ho la certezza che sarà un padre meraviglioso. Lo capisco da come ne parla e fissa l'immagine dell'ecografia. Mi ha confessato che la sua preoccupazione è proprio Bianca e come sta affrontando la situazione. Riccardo è tutt'altro che vago sull'argomento, mi racconta per filo e per segno quello che si dicono al telefono. È la nota stonata di questo periodo: lei chiama per ogni stupidaggine. Lo tempesta di messaggi e email. Noto lo sforzo che fa per mantenere la calma, ma temo che presto sbotterà. Ieri lei lo ha informato che si iscriverà in piscina, ma a un corso di hydro-tonic perché deve rassodare le gambe. Leo si è limitato a sentire Marco, all'oscuro di tutto, per cercare di farla ragionare.

È stato l'ultimo giorno di lavoro per Riccardo, prima di passare al nuovo incarico.

«Oggi ho chiamato mia madre, ci ha invitato a cena domani», mi informa mentre ci mettiamo a tavola. Io sbianco, lui ride.

«Sono contenta che vi siate chiariti e che i rapporti con i tuoi stiano migliorando, ma se vuoi andare da solo a me sta benissimo. Non mi offendo».

«No, Mel, hanno invitato entrambi. E la cosa mi ha fatto pensare che forse sarebbe ora di presentarmi i tuoi». Quando io sgrano gli occhi, si affretta ad aggiungere: «Se ti fa piacere...».

«Scusa, non sono sconvolta perché vuoi conoscere i miei genitori, ma da tua madre che ha chiesto di me!», preciso.

«È uno dei tuoi miracoli! Rassegnati, tu hai questo potere sulle persone. Con la tua dolcezza riesci a vedere il meglio nella gente, che alla fine fa di tutto per essere all'altezza della tua considerazione», commenta, poi mi bacia la guancia.

«Quindi domani sera a cena dai Ferraris?», chiedo rassegnata.

«Esatto e domenica possiamo autoinvitarci a casa dei tuoi».

«Ne saranno lieti. Più tardi chiamo mia madre».

Dopo un'ora telefono a casa e propongo di andare a pranzo da loro, ma come risposta ricevo un bel silenzio.

«Mamma, mi hai sentito?». Nulla. «Mamma?».

«Sì...». E sento che tira su con il naso. «Ci... sono».

«Mamma, è successo qualcosa?»

«N... no».

«Perché piangi allora?»

«Perché sono... tanto... contenta!».

«Ma se stai piangendo!», ribatto.

«È il primo fidanzato che porti a casa». Ah! Per fortuna non sanno ancora nulla della storia del bambino!

«Sì, a tal proposito volevo dirti che...».

«Oh tesoro, di qualsiasi cosa si tratti, ne parliamo domenica a pranzo». Mi interrompe. «Ora scappo, devo fare la lista della spesa». E riaggancia prima che la saluti.

Calma, Melissa, non agitarti prima del tempo, una cosa alla volta. Chiamo la mia sorellina e la scongiuro di anticipare ai miei, molto casualmente, che lei ha già avuto occasione di conoscere Riccardo. E anche il motivo. All'inizio mi rimprovera, ma poi riesco a convincerla che questo è l'unico modo per preparare psicologicamente i miei, evitando una discussione spiacevole.

Questo sabato mattina, mentre Riccardo è impegnato a organizzare il lavoro per il nuovo incarico, ne approfitto per uscire, fare un po' di spesa e prendere un regalo per lui.

Quando torno a casa, alza la testa dal computer e adocchia subito l'ingombrante pacco che mi porto dietro.

«Mel, cosa hai comprato?»

«È un regalo per te», rispondo, ma lui si limita ad alzare il sopracciglio. «Non farti pregare. Aprilo e basta».

«Un'enorme bacheca di legno?». Mi guarda senza capire.

Tolgo il quadro che c'è in cucina e al suo posto appendo il mio nuovo acquisto. Cerco tra le borse della spesa le puntine da disegno colorate, poi prendo l'immagine dell'ecografia e l'attacco.

«Appenderemo tutte le foto del bambino, così impareremo a conoscerlo prima che venga al mondo!». Lui non dice nulla e si limita a fissare la parete. «Se non ti piace, la togliamo...».

«No, Mel, è stupenda! Uno dei regali più belli ricevuti in vita mia», sussurra. «Vuoi sapere qual è il più bello in assoluto?». Faccio un cenno affermativo con la testa. «Un angelo dagli occhi azzurri». Sorrido felice, mentre torno a fissare la nostra bacheca.

Respira, Mel. Respira. Cena dai genitori di Riccardo. Puoi farcela! Anche se la prima volta che ho incontrato sua madre non è stato certo il massimo.

Mentre vado dal fioraio per comprare un bouquet da portare alla padrona di casa, ricevo una telefonata di mia sorella.

«Ciao, Simo. Dimmi che la mamma non è in una valle di lacrime». Lei ride. Buon segno?

«No, tranquilla. Anzi, l'hanno presa meglio di quello che pensassi. Ho sottolineato il fatto che voi due non stavate ancora insieme al momento del fattaccio».

«Davvero non hanno dato di matto?»

«Domani a pranzo vedrai con i tuoi occhi».

«Sorellina, non so davvero come ringraziarti. Sono in debito con te».

«Scherzi? Comunque domani ci saremo anche io e Sergio. A proposito, siamo tornati a vivere insieme!».

«Tesoro, è una notizia fantastica!».

Sono davvero sollevata, però poi guardo il mazzo di fiori e torna la paura per la cena di questa sera.

«Andrà tutto bene, tranquilla», mi dice Riccardo mentre siamo in auto.

Quando arriviamo, intreccia le dita alle mie. Le stringo forte, mentre Ginevra ci viene incontro.

«Riccardo, come stai?». La sua voce squillante ci accoglie.

I rapporti tra lui e i genitori migliorano un po' alla volta in queste settimane. E leggo la serenità sul suo volto.

«Bene, mamma, grazie. Ti ricordi di Melissa?».

Sua madre gli bacia una guancia, poi mi osserva.

«Melissa, è un piacere averti di nuovo tra noi». Sembra sincera.

«Grazie dell'invito», rispondo.

Consegno a Ginevra il mazzo di fiori e ne sembra colpita. Francesco ci raggiunge a tavola scusandosi per il ritardo.

Per sciogliere l'imbarazzo mi fanno qualche domanda sulla mia famiglia e sul lavoro. Quando Ginevra apprende che sono una ricercatrice, iniziamo a dialogare piacevolmente e alla fine mi sento a mio agio. Ogni tanto Riccardo allunga una mano per toccare la mia gamba e ricordarmi che è qui al mio fianco.

Poi la conversazione si sposta – come era prevedibile sul bambino. I suoi vogliono sapere le ultime novità. Lui mi fissa, come se cercasse la mia approvazione. Gli sorrido per incoraggiarlo e allora racconta ogni dettaglio. Ginevra e Francesco iniziano a inveire contro Bianca e i suoi capricci, secondo loro lui dovrebbe essere più duro verso la sua ex. Riccardo contrae la mascella e capisco che sta per alterarsi. Cavolo, andava tutto tanto bene! Poi mi ricordo di quel mio gesto folle prima di uscire. Prendo la borsa e rovisto alla ricerca della foto, dopodiché la porgo alla coppia.

«Volete vedere l'ecografia?». Mi guardano stupiti e mentre loro l'ammirano, Leo mi osserva con un'espressione indecifrabile. Mi accarezza la nuca e si allunga per darmi un bacio. Gli occhi di Ginevra si fanno gentili prima di restituirmi la foto.

«Grazie, Melissa», mi dice lei.

«Si figuri, per così poco».

«Prima cosa, puoi darci del tu. Seconda cosa, non è poco quello che stai facendo, te lo assicuro. Quindi grazie è il minimo che io possa dire».

«Ehm... Allora, prego», balbetto.

E la serata trascorre nel modo più sereno possibile.

Capitolo 34
Riccardo

Ci siamo svegliati presto e ora siamo a pranzo a casa dei genitori di Melissa. Lei è taciturna. Le ho già detto che sono disposto ad accettare il giudizio dei suoi per quel che è successo. Sono disposto a tutto pur di non perderla.

Per questo mi stupisco quando nei loro occhi non vedo nemmeno l'ombra di ostilità. Ora capisco meglio perché Mel è una persona speciale.

Il pranzo trascorre piacevolmente e si conclude con un nuovo invito da parte del padre di Mel.

«Riccardo, è stato un piacere conoscerti. Vi aspettiamo a pranzo al nostro ritorno da Viareggio».

«Volentieri, signor Riva», gli dico stringendogli la mano.

Sono così felice per come è trascorsa la giornata, che durante il tragitto verso Milano non faccio che giocare con le sue dita. Le accarezzo, le bacio, le stringo, mi sembra di essere tornato adolescente. Se fosse entrata anni fa nella mia vita, forse avrei evitato di combinare tante stronzate!

Quando arriviamo sotto casa sua, scendo dall'auto, premo il mio corpo contro il suo e la bacio. Me ne vado, con il suo profumo addosso e il suo sapore sulle labbra.

Riparto per Torino e poco dopo il cellulare squilla. So chi è anche senza leggere il display.

«Ciao, amore».

«Oh, che cosa dolce!».

«Bianca...», affermo sorpreso.

«Come mai il tuo amoruccio non è con te? Ero convinta

che ormai vivesse attaccata al tuo sedere... No, scusa, lei forse è più il tipo da scopate alla missionaria...»

«Bianca, finiscila!». La interrompo perché mi ha già innervosito. «Non sai niente di noi, quindi non osare parlare di lei, altrimenti ti giuro che sparisco e ti lascio nella merda fino al collo».

«Tu minacci me?», tuona. «Grandissimo figlio di puttana, sta' attento, non ci metto niente a raccontare al tuo angioletto che razza di bastardo tu sia!».

«Minacci a vuoto, Bianca», affermo sereno. «Sa tutto, del mio passato, di me e di te. Non ci sono segreti tra noi. Adesso, se non ti dispiace, vorrei sapere il motivo di questa telefonata, visto che la conversazione finora è stata alquanto inutile».

«Non ti sbatto il cellulare in faccia solo perché ho bisogno di te martedì mattina. Devi accompagnarmi a fare gli esami del sangue richiesti da quella sanguisuga della ginecologa. I miei non ci sono e ho paura di guidare perché mi sembra che potrei svenire da un momento all'altro. Ci vediamo alle sette e mezzo, e vedi di essere puntuale!». Ha già chiuso la comunicazione. Stronza! Quella donna sarebbe capace di far perdere la pazienza anche a Dio in persona.

Appena arrivo a casa avverto l'esigenza di bere qualcosa di alcolico. Apro il frigorifero e guardo in giro, ma ricordo di aver eliminato tutte le bottiglie dopo quella maledetta notte. Mentre mi aggiro in preda all'ansia, arriva la telefonata di Mel. Capisce subito dal tono della voce che qualcosa non va. Saranno mesi molto lunghi, visto che la data prevista per il parto è l'8 gennaio. Ma lei sa trovare le parole per farmi stare meglio. Dopo averla salutata, avvio l'applicazione di Facebook, entro nel profilo di Leon e le scrivo un messaggio. È da tanto che non lo faccio.

6 luglio 2014 ore 17:43

Ho appena fatto ritorno a Torino, che si prepara per un temporale estivo. Sai, di quelli pieni di tuoni, che scaricano a terra una grande quantità d'acqua. Ma come tutti i temporali, presto o tardi passerà. Ti giuro, amore mio, che questi momenti passeranno, e tornerà la calma anche per noi. Stammi accanto e sii paziente.
Ti amo,
Leo

Sono alla terza sigaretta quando mi arriva una notifica sullo smartphone. Apro l'applicazione. Un suo messaggio.

6 luglio 2014 ore 18:31

Temporale, terremoto, tornado che sia, basta che allunghi una mano e afferri saldamente la mia. Ci sarò sempre finché lo vorrai.
E sai bene che le nostre non sono mai state semplici parole.
Anche io ti amo, non dubitarne mai.
Mel

Guardo la sigaretta consumata a metà. La spengo senza finirla. Per oggi non ne ho più bisogno. Resto a fissare quelle nuvole grigie e gonfie da cui non mi sento più minacciato. Appoggio la testa alla poltrona e aspetto che arrivi il temporale.

Capitolo 35
Melissa

Le settimane si sono rincorse veloci e, senza che me ne sia resa conto, agosto è quasi finito, proprio come la mia pazienza, mentre l'umore è rotolato giù da un pendio. Passo sempre più tempo a Torino, ma non vorrei essere qui. Tra due settimane iniziano le sessioni di esami e da una parte non vedo l'ora di tornare a casa. Riccardo è dolce e premuroso come sempre, ma anche troppo teso per via di Bianca. La situazione è degenerata dopo che Lisa si è rotta un braccio scivolando in montagna. Frattura scomposta. Una settimana in ospedale per l'operazione e quaranta giorni di gesso, perciò non può guidare e Marco ha un lavoro che lo impegna molto. Quindi Riccardo è alla mercé di quella donna. Più che giusto che l'accompagni alle visite mediche o a fare gli esami periodici. Passi anche l'esigenza di portarla a fare qualche acquisto, ma altro, tra cui appuntamenti con le amiche, parrucchiere ed estetista, mi pare davvero esagerato.

Durante la settimana lavora come un pazzo. È soddisfatto di questo nuovo incarico, ma la sera fa sempre più tardi per stare appresso ai capricci di Bianca. Il sabato e la domenica corre per Torino per assecondare le esigenze della signorina Comi.

Ci vediamo la sera, quando rincasa, e la maggior parte delle volte mangia un boccone al volo, esce a fumare una sigaretta per rilassarsi e poi si addormenta sulle mie ginocchia, mentre guardiamo la televisione. La notte è l'unico momento che rimane per noi.

Non ne posso più di vederlo così, gli ho addirittura proposto di pagare a Bianca un autista privato. Ma pare che anche mia sorella gli abbia consigliato di rendersi disponibile. Se ci fossero problemi in futuro, Bianca non potrebbe accusarlo di non essersi preso le sue responsabilità fin dall'inizio. In tutto questo delirio, i miei ci hanno invitato a pranzo almeno tre volte questo mese, ma sono sempre stata costretta a declinare all'ultimo momento.

Oggi abbiamo l'ennesimo appuntamento a pranzo dai miei genitori. Sto finendo di vestirmi, quando il suo smartphone squilla. Non può essere lei! Mi blocco per ascoltare che cosa risponde Riccardo.

«Pronto?». Sospira e sbuffa, e questo conferma i miei peggiori pronostici. «No, oggi non posso. Ti dico di no. Ho capito, ma ho un impegno con Melissa. Non strillare, ci sento ancora bene. È domenica, non può accompagnarti tuo padre? Chiamalo! Sì, ti ascolto. Ovvio che non voglio che gli capiti nulla. Cazzo, dammi qualche minuto e parto». Cosa?

Entra in camera e non mi volto nemmeno, guardo il suo viso attraverso il riflesso dello specchio.

«Mel...», chiudo gli occhi e mi costringo a stare calma, «devo portare Bianca al pronto soccorso».

«È successo qualcosa al bambino?», chiedo immediatamente.

«Dice che ha le gambe gonfie e che non è normale». Mi fissa e sospira.

«Lo sai anche tu che è un'altra delle sue stronzate per rovinarti la giornata, vero?»

«Sì, ma che cosa posso fare? Posso solo sperare che il dottore di turno le faccia una sfuriata perché non è nulla di grave e aspettare che sua madre si rimetta». Sto tremando dalla rabbia. «Mel...».

«Mel un accidenti, Riccardo!». La misura è colma. «Basta! Sono settimane che la tua vita ruota intorno a quella donna che non fa altro che prenderti in giro! Mi sono rotta! Sono stufa! Hai capito? Fosse per il nascituro lo capirei, ma lo sta sfruttando per piegarti ai suoi capricci. Se vuoi continuare questo suo gioco fa' pure, ma io non ce la faccio più a vederti sempre stanco e incazzato con il mondo. Oggi me ne vado dai miei, torno tra qualche giorno!», sbraito. Poi prendo la borsa e le chiavi dell'auto, prima di dirigermi verso la porta.

«Melissa, aspetta. Non puoi andartene così», grida lui.

«Posso, eccome. Ho dimostrato tanta, troppa pazienza, ma oggi ho bisogno di stare per conto mio». Mi afferra per il polso, ma mi libero subito.

«Non puoi andartene, non per una stupidaggine simile». La sua voce è roca.

«Stupidaggine? Questa non è una stupidaggine!», tuono. «È l'ennesima prova che quella donna riesce a tenerti in pugno. Proprio come il ricatto dello stupro di tre anni fa. Tremo all'idea di cosa succederà, quando nascerà vostro figlio. E adesso me ne vado perché ho preso un impegno con la mia famiglia», ribatto a denti stretti.

«Quindi cosa mi stai dicendo? Che devo scegliere tra te e Bianca o tra te e il bambino?». Inizio a vedere rosso.

«Ma sei scemo? Non ti sto chiedendo niente!», urlo. «Mi sembra di avere ampiamente dimostrato che non ti impongo nessuna scelta e mai lo farò. O mi sbaglio, Riccardo?». Abbassa lo sguardo e deglutisce a vuoto.

«No, non lo hai mai fatto, ma lo stai facendo ora».

«Ti sto soltanto dicendo che ho bisogno di qualche giorno di pace, senza questa altalena di sentimenti che provo da quando hai saputo del bambino».

«Quindi ora il problema sono io? Deciditi. Che cosa non ti sta bene? Bianca, il bambino oppure io?». Ne ho fin sopra i capelli.

«Oh cazzo! In questo preciso istante mi irrita tutto! Sei contento?».

Esco sbattendo la porta e mi precipito giù per le scale. Salgo in auto e parto. Spengo persino il cellulare. Ho una tale rabbia che spaccherei tutto. Piangere? No! Non verserò nemmeno una lacrima per colpa di quella stronza.

Arrivo a Lomazzo e i miei mi accolgono con aria afflitta. Ovvio, Riccardo avrà già telefonato cercandomi.

«Non voglio affrontare l'argomento!», li anticipo.

Pranziamo in un silenzio surreale, intervallato da qualche apprezzamento sul cibo. Il telefono di Simona squilla.

«Se è lui, non voglio parlarci, non ora. Quando mi sarò calmata lo chiamerò io».

Lei lancia un'occhiata a mio cognato, poi si alza ed esce per rispondere. Nessuno osa dirmi nulla.

«Era lui. Per oggi l'ho convinto a lasciarti in pace, ma temo che domani tornerà alla carica», dice Simo.

«Grazie».

Ho deciso di fermarmi dai miei. Non potrei sostenere anche gli sguardi indagatori di Damiano e Sasha. Quando la rabbia inizia a sbollire, vado nella mia vecchia camera e chiamo Damiano. Ho bisogno di sfogarmi con lui.

«Mel, vuoi il mio parere?»

«Sì, perché tu mi dici sempre cosa pensi».

«Be', era ora! Non fraintendermi, non sono contento che tu stia male. Da quando state insieme tu sei sempre stata un punto fermo per lui. Ti sei adeguata alle sue necessità, e questo va bene, perché vedo quanto vi amate. Il vostro amore è concreto, tangibile. Lo dimostra il fatto che anche lui è cambiato, dal momento in cui è iniziata la vostra relazione. Vi siete incontrati, e questo è fantastico. Ma non potete lasciare che il vostro rapporto venga trascinato dagli eventi. Capisci cosa intendo?»

«Non del tutto, Damiano. Oggi è una giornata storta e non riesco proprio a seguirti», gli rispondo.

«Avete avuto la fortuna di trovarvi, non lasciate che Bianca e il bambino diventino la priorità nel vostro rapporto. Il fulcro della vostra relazione siete voi. Se non vi prendete cura di voi due, tutto cadrà. Meglio scontrarsi, come avete fatto oggi, che essere sempre accondiscendenti per amore dell'altro. È ovvio che quella creatura sarà importante anche nelle vostre vite, ma se non ti sta bene come Riccardo si comporta, meglio che tu lo dica. Se deve accompagnare Bianca lo farà comunque, ma sarà consapevole di cosa pensi. Potrà non cambiare nulla dal punto di vista pratico, ma tu sarai stata almeno sincera. Diciamoci la verità, amica mia, tu tendi a nascondere i tuoi sentimenti, però questa è una goccia che piano piano erode la roccia. Meglio tirare fuori ciò che provi nel momento in cui accade piuttosto che tenerti tutto dentro. I danni a posteriori potrebbero avere effetti devastanti». Rimango un attimo in silenzio a riflettere sulle sue parole.

«Da quando sei diventato così saggio, Damiano?»

«Direi dalla notte in cui ho allontanato l'uomo che amo, perché non volevo farmi vedere debole e la mia migliore amica ha pensato bene di farmelo ritrovare accanto la mattina successiva».

«Ti voglio bene, lo sai vero?»

«Anche io. Tienimi aggiornato. Un bacio».

Appoggio il cordless sul letto e accendo il cellulare. Ci sono molte chiamate perse da parte di Riccardo. Nessun messaggio. Nessuna email. Tolgo la suoneria e mi sdraio, dopo un'ora, quando mi sveglio, gli invio un SMS.

24 agosto 2014 ore 17:58

Ciao,
torno martedì. Grazie per aver capito che ho bisogno di spazio. Se hai bisogno di me, chiama pure.
Ti amo,
Mel

Trascorro questi due giorni come un fantasma. Mia madre

alla fine mi ripete le stesse cose di Damiano, nemmeno si fossero messi d'accordo, quei due! Mia sorella è più estremista. «Parlerò di questa faccenda da parente stretta, non da avvocato. Manda a fanculo quella stronza!». Per fortuna nel foro non si esprime in questo modo, altrimenti l'avrebbero già radiata dall'albo.

Quando due giorni dopo torno a Torino, appena lo vedo comparire dal salotto, mi viene un colpo. Ha il viso segnato e non si muove, non dice nulla. Fissa il pavimento.

«Ciao», lo saluto combattuta tra la voglia di corrergli incontro e quella di tirargli un pugno in pieno petto. Alza le iridi scure verso di me.

«Bentornata», sussurra. Non resisto e sono già tra le sue braccia. Casa. Mi stringe forte. «Non puoi immaginare quanto mi sei mancata! Non te ne andare più. Ti prego. Farò tutto ciò che vorrai, ma non lasciarmi mai più così».

«Scusa, ma avevo bisogno di vedere tutto da un'altra prospettiva». Si allontana un attimo, mi sposta una ciocca di capelli dietro l'orecchio e torna a guardarmi.

«E cosa hai capito?», chiede con la voce tesa.

«Che non posso fermarmi ad accettare gli eventi che la vita mi sbatte in faccia. Non l'ho fatto quando abbiamo iniziato a scriverci e nemmeno quando mi hai raccontato del tuo passato, perciò non lo farò con la storia di Bianca». Noto l'apprensione disegnata in faccia, ma finisco di dire quel che devo. «Da oggi in poi, se qualcosa mi farà stare male, esternerò il mio pensiero, non per ferirti, ma perché siamo una coppia e dobbiamo confrontarci».

Inchioda i suoi occhi neri ai miei. La notte incontra il giorno.

«Vuol dire che non ti allontanerai più, vero?». La sua voce è roca.

«Non posso andare molto lontano senza di te, Leo».

Le labbra sono sulle mie, prima si muovono dolci, poi avide. Le nostre lingue tornano a intrecciarsi.

«Ho una sorpresa. Vieni». Mi trascina in salotto, porgendomi una busta. «È per te. A dir la verità è per noi. In questi giorni ho avuto tempo per pensare, e ho capito che ti ho dato per scontato e che ti ho trascurato. Scusa». Apro la busta e trovo due biglietti aerei per San Sebastian. Lo fisso senza capire. «Venerdì pomeriggio tu e io partiamo per Zumaia, ti porto là dove tutto è iniziato».

Sono senza parole.

Capitolo 36
Riccardo

Non avevamo mai discusso. Quando si è chiusa la porta alle spalle, l'unica mia paura era che fosse tutto finito. Tutto. Ho impiegato un po' a reagire. Le sono corso dietro, ma era troppo tardi. Ho tentato di contattarla, ma non rispondeva al cellulare, perciò ho chiamato i suoi. La sorella mi ha detto di darle tempo. Ho preteso molto da lei negli ultimi mesi. Tempo, certezze, dolcezza. Amore. E cosa le ho dato invece? Problemi. Solo problemi. Una vita insieme ai miei sbagli e le conseguenze che si abbattono su di lei. La verità è che lei ha sempre pensato a me e io l'ho data per scontata. Mi sono appoggiato a lei, sempre, senza mai mettermi nei suoi panni.

Verso sera arriva il suo messaggio gelido, mitigato solo da quel "ti amo" finale e la promessa di tornare. Ho passato questi giorni facendomi violenza per non cercarla, per concederle la pace che mi ha chiesto. La casa senza di lei era fredda anche in pieno agosto. La notte gli incubi arrivavano a uccidere i miei sogni.

Con la stessa lentezza ho trascinato la mia vita tra il lavoro, Bianca e le sue richieste, il mio malumore e la sua assenza. Non riuscivo a concentrarmi. Oggi, quando mi ha scritto che sarebbe tornata, sono uscito subito dall'ufficio e mi sono fermato in un'agenzia viaggi. Voglio portarla a vedere dal vivo il frangiflutti a Zumaia.

Quando nel pomeriggio la porta si è aperta e lei era lì, ho pensato soltanto a quanto fosse bella. Vederla correre verso di me e sentire di nuovo il suo corpo contro il mio ha sciolto il ghiaccio che mi aveva irrigidito. Sono tornato a respirare, libero da quel laccio che mi stringeva. Libero di tuffarmi nel suo profumo. Il sorriso, dopo che ha visto il mio regalo, ha spazzato via tutte le mie paure.

Dopo quello che è successo con Mel, ho capito che non posso farmi travolgere da Bianca. Ho parlato con suo padre e credo che lui non fosse nemmeno a conoscenza di molte delle richieste avanzate dalla figlia.

È venerdì e Bianca deve sottoporsi all'ecografia morfologica. Ho preso un giorno di ferie. Mel è intenta a tagliare delle strisce di carta colorata. Sotto ogni foto del bambino mette una di quelle etichette, scrivendo la settimana di gestazione. Più guardo la bacheca e più vorrei che fosse nostro figlio.

Allo studio medico, Bianca arriva in ritardo accompagnata da una parente e appena mi vede, mi trafigge con lo sguardo. Alzo le spalle. Ringraziando Dio, si tratta di un'ecografia esterna. Guardo il monitor e ogni volta i dettagli del bambino sono sempre più nitidi. La dottoressa ci chiede se vogliamo conoscere il sesso del bambino. Io dico di sì, Bianca no. La questione finisce lì, ma prima di andarmene la dottoressa, come consuetudine, mi fa una copia dell'immagine e dietro scrive a penna: "fiocco azzurro". Un maschio. Salgo in auto e chiamo Mel.

«Pronto», risponde al primo squillo.

«Mel, da oggi solo etichette azzurre». Sento un urlo.

«Un maschio! Amore, sei contento?», chiede lei felice.

«Sì, ma sono più contento che l'esame sia andato per il meglio. Il bambino sta bene e cresce sano».

«È la cosa più importante», commenta.

«Sto arrivando, Mel. Hai preparato la valigia?»

«Da un'ora. Ti aspetto a casa».

"Ti aspetto a casa". Non c'è suono più bello. Prima di recarci in aeroporto, appendiamo l'ultima foto e la relativa etichetta. Azzurra. Per i prossimi due giorni voglio concentrarmi su di lei. Su di noi. Voglio tornare alle sensazioni che ho provato la prima volta che l'ho baciata, in quella camera d'albergo a Torino. E come allora, voglio chiudere tutto il mondo fuori da quella stanza. Solo lei e io.

Partiamo da Torino e facciamo scalo a Madrid. Dopo circa quattro ore siamo a San Sebastian. Ritiro l'auto che ho prenotato e arriviamo a Zumaia. Mel non ha perso il sorriso per tutto il tragitto. I suoi occhi osservano meravigliati, eccitati. Guido fino al punto in cui ho scattato la nostra foto e da lontano compare il frangiflutti. Non c'è il vento di quella giornata, ma il sole sta tramontando e lo spettacolo che si erge davanti a noi è una delle meraviglie della natura. Scende dalla macchina incantata, seguendo il richiamo dei ricordi, dei pensieri tradotti in parole, dei nostri incontri. Il vento le scompiglia i capelli, la raggiungo e le cingo la vita attirandola a me.

«Tu sei il frangiflutti e io le onde», sussurra.

«Come?»

«Nulla, Leo. Grazie di avermi portata qui. Mi sono immaginata mille volte di poter entrare in quella tua foto, e ora, eccomi».

La stringo ancora più forte. Io sarei il frangiflutti e lei le onde? Direi esattamente il contrario. Io sono la forza devastatrice e lei la solidità. Almeno, nella mia vita è così che funziona.

Capitolo 37
Melissa

Da ottobre, con la ripresa dei corsi passo sempre meno tempo a Torino, anche perché l'ateneo ha programmato le mie lezioni il martedì e il venerdì. Mi dispiace stare lontano da Riccardo, ma prendo la parte migliore del suo tempo: il weekend, dato che le richieste di Bianca si sono fatte meno invadenti, grazie alla presenza di Marco e Lisa pronti a esaudire ogni suo capriccio. Da quando io e Leo abbiamo discusso, ci stiamo impegnando a dirci quello che non va, nel momento in cui accade. E oggi è una di quelle giornate.

«Riccardo, stai scherzando, vero?», gli chiedo seria.

«No, Melissa! Per niente. Cosa devo fare, secondo te? Puntarle una pistola alla testa?»

«Scusa, ma siamo a fine novembre, nasce tra poco più di un mese. Possibile che non abbia comprato niente per il bambino?»

«Vista la mole di vestiti premaman che ha acquistato, davo per scontato che avesse fatto shopping anche per il neonato. Ma ieri, quando Lisa mi ha dato la lista delle cose che l'ospedale richiede, sono rimasto senza parole». Lo guardo e lo vedo davvero mortificato. Come se fosse colpa sua e non di quella immatura viziata. Sospiro.

«Leo, noi siamo abituati a tradurre le parole in fatti, giusto?». Alza un sopracciglio. «Armati di pazienza, amore mio, oggi shopping selvaggio per tuo figlio! E non dimentichiamoci quella benedetta lista!».

Dopo un paio di settimane, nella camera degli ospiti non

ci si muove più. È strapiena di cose ancora imballate. Vedo Riccardo sempre più preoccupato, non solo per l'avvicinarsi della data del parto, ma per le reazioni di Bianca.

Due giorni fa si è sottoposta all'ultima ecografia, questa volta tridimensionale. Quando ho visto le foto del piccolo mi sono messa a piangere. Sembrava di averlo lì, in carne e ossa. Gli occhi chiusi, il nasino perfetto e con quel pollice in bocca era un vero amore. Ho aggiunto le foto alla nostra bacheca. Anche quella dei suoi piedini che si incrociano. È l'ultima foto che appenderemo, perché tra poche settimane lo vedrò dal vivo.

Questo periodo di attesa è stato oscurato dagli atteggiamenti della futura mamma, che sembra preoccuparsi più delle smagliature e di tornare in forma, che della vita che porta dentro. Spesso Riccardo mi ripete che vorrebbe fosse nostro. E, sempre più spesso, mi ritrovo a sognare a occhi aperti che sia così, poi mi scontro con la realtà. Non ho in grembo suo figlio, ho soltanto una bacheca carica di foto e una stanza piena di cose per lui. Però ho la speranza di dare a questo bambino una parte di quell'amore che provo per suo padre.

La vigilia di Natale, Riccardo rincasa con uno scatolone enorme.

«Ciao, pensavo che dovessi andare da Bianca», gli dico prima di vedere la sua faccia.

«Infatti». E con un calcio mi avvicina lo scatolone. «Abbiamo parlato!». Sospira e fissa quel contenitore di cartone.

Mi inginocchio e lo apro. Dentro trovo svariati pacchetti con la carta da regalo strappata. Ne prendo uno a caso e dalla confezione fa capolino l'immagine di un gioco per neonati.

«Mi spieghi che significa?»

«Quella...», sta trattenendo le parole, sospira, «sono alcuni dei regali di Natale arrivati a Bianca, per il bambino. Ha detto di tenere tutto qui, lei non ha posto perché non ha ancora pensato a come sistemare la camera del piccolo».

«Oh! Be', visto che la dottoressa le ha ormai detto che è un maschio, avete almeno discusso del nome?»

«Certo, Mel. Ha detto che prima deve scegliere se imbiancare le pareti della cameretta color verde mela o giallo pallido. Quindi "il nome lo sceglieremo dopo che è nato, così saremo ispirati dal suo viso", ha detto testualmente!».

Si passa una mano sugli occhi. È davvero stanchissimo per via del lavoro, ma forse i comportamenti di Bianca sono quelli che pesano di più.

Prendo quel pacco enorme e lo trascino lungo il corridoio.

«Cosa fai?», chiede lui.

«Metto tutto nella cameretta del bambino. Domani laverò e sterilizzerò quel che serve al piccolo per l'ospedale».

«Scordatelo!», tuona lui. «Le daremo quello che abbiamo comprato, ma è sua madre e sarà lei a sistemare tutto, forse le salterà fuori quell'istinto materno che non ha dimostrato di avere fino a oggi». Detto questo, prende lo scatolone e lo deposita nella stanza insieme al resto e chiude la porta sbattendola. «Vado a lavorare al computer».

Avrei voluto dargli il suo regalo stasera, ma non è proprio il caso. Ormai lo conosco, meglio lasciarlo sbollire.

La mattina di Natale mi sveglio presto. Oggi i nostri genitori sono a pranzo qui. È la prima volta che si incontrano e vorrei che tutto fosse perfetto. Mia madre arriva prima dell'orario previsto dicendo che non hanno trovato traffico, ma in realtà so che vuole aiutarmi. L'umore di Riccardo è migliorato. Mostra ai miei l'appartamento e anche la bacheca con le foto del nascituro.

«Mamma, tutto bene?», le domando. Si gira verso di me con un'espressione indecifrabile.

«Melissa, sono davvero orgogliosa di te e di Simona». Il

cuore mi si gonfia di gioia, mentre mi concentro sull'insalata da tagliare.

«Vuol dire che hai fatto un buon lavoro», pronuncio piano.

«Decisamente!», risponde, e prosegue il suo tour della casa.

Mi fermo un attimo e mi ritrovo a sorridere.

Anche i genitori di Riccardo arrivano un po' prima. A pranzo, dopo un attimo di imbarazzo iniziale, è Ginevra a rompere il ghiaccio.

«Cecilia», dice guardando mia madre, «ma sei stata tu a insegnare a Melissa a cucinare? Una sera ci ha portato un tiramisù favoloso. Il migliore che abbia mai assaggiato».

«Non me l'ha detto, però sì, io le ho insegnato a cucinare mentre sua nonna Marta ha tentato di darle qualche nozione di cucito ed è stato un vero disastro! Invece Simona è negata in questi lavori, ma è bravissima ai ferri, vero Mel?»

«Ehm, chiedi a Riccardo», propongo a mia madre.

«Simo è eccezionale come avvocato, ma non ha il senso della misura!», afferma lui prendendo la sciarpa fatta a mano da mia sorella. Se la mette al collo e tutti scoppiano a ridere. «È vero che sono alto, ma nemmeno un boa è tanto lungo!». Vedo il suo viso illuminarsi, mentre si guarda intorno. Sembra sereno. E io non potrei essere più felice di così.

Mentre vado in cucina a prendere il caffè, vedo le due mamme confabulare davanti alla nostra bacheca. Stanno ridendo raccontandosi aneddoti sulle rispettive gravidanze. Passo piano dietro di loro. Non voglio che nulla interrompa questo idillio. Perché è così che vivo questa giornata. Le persone che amo sono riunite e serene. Gli occhi di Riccardo non sono bui. Le risate e i ricordi si susseguono.

I primi a salutarci sono i miei genitori, dicono che preferiscono partire prima che si faccia sera. Con l'occasione ci salutano anche Ginevra e Francesco. La casa torna a essere solo nostra. Sto finendo di mettere i piatti in lavastoviglie, quando Riccardo compare sulla soglia con un sorriso sornione.

«Lascia stare un momento e vieni con me».

Mi porta in camera da letto e mi fa entrare al buio, poi accende la luce e, appesa alla parete che dà verso il lato in cui dormo, c'è una riproduzione della foto che amo.

«Leo, è bellissima. Grazie».

«Per ricordarci di come tutto è iniziato». Mi abbraccia e mi bacia con dolcezza.

«Aspetta, anche io ho una cosa per te». Apro l'armadio e ne estraggo un piccolo pacchetto. «È una sciocchezza, ma... tieni».

Scarta il suo regalo. Sembra un grosso libro, poi apre la copertina e la prima pagina porta il titolo: "Riccardo, Melissa e...".

Gira le pagine, dove ho ricopiato tutti i nostri messaggi della chat. Poi il suo biglietto da visita con la scritta "Tuo, Leo". Ecco le cinque cartoline d'epoca acquistate ad Amsterdam, con i miei pensieri scritti proprio durante quei giorni. Altri messaggi della chat. Le prime foto del bambino. Il biglietto aereo per Zumaia. Le ecografie del piccolo. Poi una prima pagina bianca, seguita da altre. E una frase: "Da oggi lo riempiremo insieme...".

Chiude il libro, mi osserva e mi attira a sé baciandomi. Essenza di agrumi che mi riempie i polmoni, calore che mi scalda il corpo. I nostri cuori corrono nella stessa direzione.

Capitolo 38
Riccardo

È da poco passata la mezzanotte, spengo il computer e vado finalmente a letto. Fuori inizia a nevicare. È il 31 dicembre. Mi torna alla memoria lo scorso Capodanno passato in chat con Mel. Il più bello che ricordi. Il mio angelo dorme rannicchiato al centro del letto. Alzo il piumone e mi avvicino alla sua schiena. L'abbraccio e si lamenta.

«Sei freddo», sussurra.

«Lo so, infatti ti abbraccio per scaldarmi». Le bacio una spalla.

Sospira, mentre le mie dita si posano sul suo ventre. Le mie labbra risalgono verso il collo, fino all'orecchio. Aroma afrodisiaco di vaniglia. Appoggia il palmo sulla coscia e risale oltre il bordo dei miei boxer, scivolando verso l'inguine. Il respiro mi manca, come ogni volta che mi tocca. I miei baci si concentrano alla base del suo collo, mentre la mano scorre all'interno dei suoi pantaloni. Mi perdo nel suo calore. Appena la sfioro, capisco immediatamente che mi desidera. Le mie dita si fanno più insistenti. Adoro sentire il suo corpo che si contorce di piacere. Il suo respiro si fa affannato. In un attimo siamo nudi. Recupera il fiato, ma non le do tregua e scivolo verso il centro del suo calore. Tengo la mano sulla schiena per trattenerla a me e le assaporo la bocca. Esiste solo la danza di due corpi che si appartengono. Aumento l'intensità, le sensazioni si amplificano. La scossa elettrica arriva travolgente come sempre e mi lascia una lunga scia di fremiti. Incollo le labbra al suo sapore. Stringo Mel a me per trattenere questo attimo che è destinato a fuggire, per lasciare il posto a un altro sentimento altrettanto bello e duraturo: la pace, mista alla consapevolezza di aver vissuto insieme questo atto d'amore. Anche lei, ansimante, mi prende la mano e se la porta alle labbra. La bacia con dolcezza, mentre io le sussurro che la amo.

Questo momento soltanto nostro viene interrotto dallo squillo inopportuno del mio cellulare. Rispondo senza vedere chi sia. «Pronto?»

«Riccardo, stiamo portando Bianca in ospedale, sembra che abbia le contrazioni», dice Marco.

«Parto subito, ci vediamo là».

«Cosa succede?», chiede Mel.

«Era Marco, stanno andando in ospedale», la informo mentre mi infilo il maglione e i pantaloni.

Dopo qualche minuto trovo Melissa già vestita.

«Cosa fai?»

«Vengo con te! Sono disposta a rimanere nell'atrio dell'ospedale, ma non ti lascio andare da solo».

La vedo infilarsi il giubbotto. Si avvicina, mi bacia veloce.

«Ti amo, Riccardo Ferraris. E ora andiamo a conoscere tuo figlio».

Venti minuti dopo siamo in ospedale. Il cuore mi batte nel petto. Spero soltanto che vada tutto bene. Che il piccolo stia bene. Cerco la mano di Mel, oltrepassiamo le porte automatiche e saliamo al terzo piano. Nella sala d'aspetto vedo i genitori di Bianca. Faccio un passo in avanti, ma sento un freddo pungente tra le dita. Mel resta indietro. Mi giro e la guardo senza capire. Mi osserva e poi vedo i suoi occhi correre verso Marco e Lisa.

«Melissa?», sussurro.

«Leo, è un momento vostro… Ti aspetto qui. Intanto avviso i tuoi».

Sospiro. Torno verso di lei. La prendo per la giacca e l'attiro a me. La bacio.

«Ti amo».

Bianca è in sala parto e aspetta che un dottore la visiti. L'infermiera mi invita a seguirla, dopo avermi fatto indossare i copriscarpe. Varcate le porte della sala parto, l'odore di disinfettante mi colpisce, si infrange contro il mio viso. Sento Bianca gridare.

Chiudo un attimo le palpebre e penso a un'ora prima, tentando di recuperare quella sensazione di pace. Nella mia testa ripeto come un mantra che Melissa è lì fuori. È vicina. Avanzo verso la sala uno. Vado dal mio bambino.

Capitolo 39
Melissa

Sono seduta nel corridoio, lontano dalla sala d'aspetto, quando una voce mi fa voltare.

«Melissa».

«Ciao Ginevra. Riccardo è entrato circa un'ora fa».

«Ma perché stai qui? Fa freddo. Andiamo nella sala d'attesa».

Oltre il vetro osservo i genitori di Bianca.

«Meglio di no. Non voglio creare tensioni».

«Stai scherzando?», interviene Francesco. «Sei la compagna di mio figlio. Mi sono stufato di stare zitto per assecondare i capricci di quella vipera». Allunga una mano per farmi alzare. «Andiamo», ordina.

Sospiro e li seguo. Appena entro, le due coppie si salutano freddamente. Marco cammina su e giù, mentre Lisa si concentra sul suo cellulare.

Mi sento avvampare e non credo che sia solo per la temperatura. Dal cellulare mando un messaggio a Simona per informarla. Nell'altra tasca ho quello di Riccardo, lo prendo per togliere la suoneria e vedere che condividiamo ancora la stessa foto sullo schermo mi fa sorridere. Il nostro frangiflutti. Amare una persona vuol dire vedere coi suoi occhi, avvertire il suo dolore sulla propria pelle, gioire e rattristarsi per gli stessi motivi. Ma ora, in questa stupida sala d'attesa, mi sembra di essere inutile. Sospiro. Ginevra mi posa una mano sul braccio. La guardo e mi rendo conto che anche per lei è la stessa cosa.

Prendo una rivista e guardo l'orologio. Sono passate tre

ore ma, come continua a ripetere l'infermiera a Lisa, ci potrebbe volere anche un giorno intero. Francesco chiede se vogliamo qualcosa da bere. Scuoto la testa, ma lo accompagno volentieri ai distributori automatici. Prima di tornare dagli altri, il mio telefono squilla.

«Ciao, Simo».

«Mel, novità?»

«È entrato diverse ore fa», rispondo.

«E tu come stai?»

«Simo, è dura. Non fraintendermi, non sono gelosa, ma avessi visto la sua faccia quando è entrato. Mi pesa da morire stare qui fuori», dico piano.

«Mel, anche se ci impiegasse tutto il giorno, il risultato non cambia. Lui tornerà da te. Sempre». La mia saggia sorellina.

«Grazie per avermelo ricordato».

«Fammi sapere come si evolve la situazione e chiama a qualsiasi ora».

«Grazie, tesoro».

Bevo la mia acqua mentre mi avvio lenta in sala. Mi siedo vicino alla finestra e guardo la città addormentata, poi mi ricordo che oggi è il 31 dicembre e so cosa fare per sentirmi più vicina a lui. Prendo il cellulare, avvio l'applicazione di Facebook e ripercorro la nostra storia. Inizio a leggere tutti i nostri messaggi fin dall'inizio e mi ritrovo a sorridere di nascosto.

Sono le nove, quando Ginevra posa sul tavolino davanti a me un bicchiere di plastica con il caffè e una brioche.

«Melissa, mangia qualcosa».

«Ti ringrazio, ma ora non mi va», sussurro.

«Non sarai di aiuto a nessuno se svieni in questa sala, senza contare gli insulti di cui mi ricoprirebbe mio figlio, quindi sforzati di dare almeno qualche morso, per cortesia». La madre di Riccardo sa essere davvero convincente.

Dopo aver ingurgitato a fatica quella colazione improvvisata e aver passeggiato lungo il corridoio, torno ad accoccolarmi sulla stessa sedia. Fuori sta ancora nevicando e il cellulare indica che sono passate altre tre ore, così torno a leggere i nostri messaggi e arrivo a uno dei miei preferiti, proprio quello della notte di Capodanno.

Visto che è il primo dell'anno, mi concedi una cosa? Dopo che avrai letto questo messaggio, non rispondermi. Spegni tutto. Chiudi gli occhi e rilassati. Non aver paura. Abbi fiducia in me.
Immagina una soffice coperta che ti avvolge le spalle. È il mio abbraccio. Poi un soffio caldo sul tuo viso e le tue labbra che diventano umide perché vi appoggio le mie. È il nostro bacio, che rimane sospeso per lungo tempo. I tuoi capelli si spostano, perché è mia la mano che si sta facendo strada tra la tua seta scura. Questa è la mia buonanotte, Mel. In questa notte in cui temevo di averti perso. Non aver paura se quando ti sveglierai non troverai nessuno accanto a te, perché in verità ci sarò. Sarò in qualche angolo del tuo cuore, come tu ormai sei nel mio.
Ora dormi serena,
L.

Leggo e rileggo quelle frasi, finché non percepisco un movimento alle mie spalle. Mi volto e vedo Riccardo con il viso segnato. Fissa il pavimento. Lo stanno tempestando di domande, ma lui non risponde. Mi alzo in piedi calamitata dalla sua muta richiesta di aiuto.

«Stanno bene?», chiedo mentre mi avvicino. E se fosse successo qualcosa a Bianca? O al bambino? «Sì, Bianca chiede dei suoi genitori».

Lisa e Marco non fanno domande e si precipitano nella stanza attigua alla sala parto. Io prendo la mano di Riccardo che mi attira a sé e mi abbraccia. Forte. Sempre più forte. Si sta aggrappando a me. Quale tornado sta arrivando?

«Che cosa succede?», gli sussurro all'orecchio e lui inizia a tremare.

«Riccardo...», dice sua madre accorgendosi dello strano comportamento.
«Non l'ha preso in braccio. All'infermiera ha urlato di farlo sparire. Ha detto che non lo vuole», parla con un filo di voce.
«Cosa?», urla Francesco. «Ma com'è possibile?».
Leo mi stringe, mentre vedo Ginevra che gli posa le dita sulla schiena accarezzandolo.
«Dove è il bambino adesso?», gli domando.
«L'infermiera lo ha portato alla nursery, lo stanno visitando», trema ancora, «Mel, non so cosa fare. Piangeva e lo hanno messo in braccio a me. È così piccolo». Riccardo fatica a respirare.
«Francesco? Dove vai?»
«Ginevra, ho bisogno di prendere una boccata d'aria, altrimenti entro là dentro e le tiro uno di quegli schiaffi che avrebbero dovuto darle fin da piccola».
«Sarà meglio che vada con lui, prima che faccia una sciocchezza», mi dice la madre di Riccardo mentre segue il marito.
«Amore, chiamiamo Simona. Ci spiegherà quello che dobbiamo fare. Va bene?». Muove la testa in segno di assenso. «Vieni, sediamoci qui».

«Mel, come procede?»
«È nato e sta bene, ma Riccardo dice che Bianca non l'ha voluto tenere in braccio. Sembra che lo rifiuti», gli accarezzo i capelli.
«Cazzo! Mel, se Riccardo è lì, passamelo. Sarà meglio che parli con lui».
«Sì, è qui accanto». Gli passo il telefono, «vuole parlare con te».
Mentre prende il cellulare, un'infermiera ci raggiunge.
«Signor Ferraris, la stanno aspettando alla nursery».

Lui mi guarda, rimane incerto sul da farsi.

Mi tornano alla mente tutte le foto delle ecografie appese nella nostra bacheca, a casa.

«Posso andare io?», chiedo il permesso, ma non so a chi di preciso.

«Per lei va bene?». L'infermiera rivolge la domanda a Riccardo, i suoi occhi sono persi nei miei.

«Sì! Grazie», dice alla donna con il camice, ma rivolto a me. Mi sfiora e non so cosa voglia significare.

«Prego, da questa parte».

Non riesco a dire nulla, mi limito a seguirla. Mentre mi allontano, sento Riccardo parlare al telefono.

Percorriamo due corridoi prima di entrare in una zona dipinta con colori tenui. L'infermiera apre una porta con la scritta "sala allattamento" e mi fa accomodare. Ci sono varie sedie dalle forme ergonomiche. Mi siedo su quella più vicina, restando lì con la schiena dritta e rigida.

Pochi minuti dopo la porta si apre ed entra la stessa donna trascinandosi dietro una piccola culla trasparente. Mi alzo subito per osservarlo meglio. È tutto infagottato nella coperta e non riesco a vederlo bene. Ha un pianto sommesso e le manine strette a pugno.

«Ha urlato come un pazzo fino a qui e ora si è calmato. Come si fa a… Oh, lasciamo perdere!», afferma l'infermiera, mentre me lo posa tra le braccia.

Oddio, ora sì che posso guardarlo bene! Ha i capelli neri come Riccardo. Manine strette a pugno, bocca che si muove e guance paffute. È bellissimo.

La donna dice qualcosa.

«Scusi, potrebbe ripetere…».

Lei mi sorride dolcemente. Con fare materno mi fa sedere e mi porge un biberon adatto a una bambola. Mi spiega cosa fare e giuro che tento di stare attenta, ma continuo a fissare quell'esserino che ho in braccio. Incanterebbe anche Medusa con questo faccino. Per fortuna, questa signora ha molta pazienza e mi rispiega come tenere il piccolo e come dargli il latte.

«Prema quel pulsante in caso di bisogno», mi dice prima di chiudere la porta.

«Bisogno? Bisogno di che?», bisbiglio al piccoletto, «noi siamo tipi tosti e ce la caveremo da soli. Sei d'accordo?». Lui emette un vagito.

Gli appoggio il biberon vicino alla bocca e il piccolo inizia a succhiare avido.

«Calma, va' piano!». Continuo a parlargli e secondo me capisce, eccome. «Non ho intenzione di berlo io al tuo posto. Ha un colore strano».

Le succhiate, da avide si fanno sempre più lente. Le manine smettono di agitarsi e gli occhietti si chiudono del tutto. Cielo, che succede? Meglio chiamare l'infermiera. Tiro via il biberon e sto per premere il pulsante, quando gli osservo la bocca aperta a forma di cuore. Si è addormentato! Alzo la copertina con cui è avvolto e soltanto ora mi accorgo che indossa una tutina consunta con il nome dell'ospedale.

Non ci posso credere, Bianca non ha consegnato alle infermiere il cambio che io ho preparato per l'ospedale. Calma, Melissa, calma. Mi costringo a rilassarmi, perché ho letto in un libro che i neonati percepiscono quando chi li tiene in braccio è nervoso o agitato.

Scivolo indietro fino ad appoggiarmi allo schienale della poltrona. Lo tengo stretto al mio seno, come consigliavano di fare in un altro libro, perché sentendo il cuore battere, il piccolo lo associa a un suono familiare e in tal modo si dovrebbe tranquillizzare.

«Sei proprio come il tuo papà». E mi ritrovo a sorridere. Ora che sono più pacata, posso ammirare quanto sia perfetto. Gli accarezzo i capelli come ho fatto milioni di volte a Riccardo. I suoi sono tutti appiccicosi, ma profuma di un'essenza difficile da identificare.

«Ti dobbiamo lavare come si deve...», bisbiglio baciandogli la fronte.

Solo in quell'istante lo vedo, è fermo sulla soglia con un'espressione strana in volto, ma gli occhi sembrano brillare.

«Ehi», dico al piccolo, «è arrivato papà!».

Riccardo chiude la porta e si siede sul tavolino davanti a me. Mi posa una mano sul ginocchio e poi alza gli occhi fino a incrociare i miei.

«Amore, dobbiamo parlare». Cavolo, non mi piace, è troppo serio.

«Quando inizi un discorso così, vuol dire che stanno arrivando guai», commento.

«Ho parlato con Simona e con i genitori di Bianca». Nel pronunciare il nome della ex la sua mascella si contrae. «Lei non vuole il bambino».

«Magari è soltanto stanca. Dopo che si sarà riposata e i dolori del parto si saranno calmati, vedrai che cambierà idea», affermo fissando inebetita il neonato.

«Non vuole che il suo nome compaia sul certificato di nascita». La mia espressione cambia in un nanosecondo, mentre mi volto verso Riccardo. Vorrei dire tante cose, ma non riesco a emettere alcun suono. «Tua sorella dice che ci sono due alternative». Le dita abbandonano il mio ginocchio e si stringono attorno al biberon che ho usato.

«Spiegati meglio», sussurro tornando a osservare l'angioletto dai capelli neri.

«Lo riconosco solo io oppure evito di far comparire anche il mio nome nel certificato di nascita e quindi verrà dichiarato adottabile».

«Nessuno adotterà tuo figlio!», ribatto in fretta. Ma la tensione dipinta sul volto di Riccardo mi preoccupa.

Fisso quel Leo in miniatura. La nebbia si dissolve, i problemi hanno fine. La decisione è stata presa molto tempo fa.

Capitolo 40
Riccardo

Non avrei mai pensato che arrivasse a tanto. Quando ci hanno mostrato il piccolo, ero abbagliato da quel miracolo. Il suo rifiuto non l'ho nemmeno sentito, ho visto solo l'infermiera che mi metteva tra le braccia mio figlio. Ho realizzato in un secondo momento quello che stava succedendo. Ho anche tentato di farle vedere il nostro bambino, ma lei ha iniziato a strillare come una pazza. L'infermiera ha fatto una smorfia disgustata e ha portato via il piccolo. L'ho trattenuto, ma ha detto che doveva lavarlo e che me lo avrebbe portato in un ambiente meno pieno di tensioni negative.

Poi tutto si è svolto rapidamente. Le notizie sciorinate da Simona, Melissa che andava via, una decisione da prendere e mentre tentavo di digerire tutte queste informazioni, l'incontro fuori dalla sala con Marco e Lisa.

«Riccardo, mi dispiace, ma Bianca non vuole questo bambino. Non lo ha mai voluto. Siamo noi che l'abbiamo convinta a portare a termine la gravidanza pensando che, una volta nato, avrebbe cambiato idea. Ci sbagliavamo». Marco non è riuscito a sostenere il mio sguardo.

«Ma è sua madre», mi sono limitato a dire incredulo.

«Ci dispiace, ma forse è *meglio così*», ha affermato Marco.

«Meglio così?», ho ripetuto. «Per chi? Per voi e per vostra figlia che ve ne lavate le mani! Per mio figlio non è meglio così!». Si sono guardati in faccia e si sono allontanati senza dire nulla.

Avevo voglia di andare da Bianca e urlarle addosso tutto

lo schifo che provavo, ma mi sono trattenuto perché è stata Simona a consigliarmi di non parlare con la mia ex. Avrei potuto creare più danni.

Nei corridoi incontro l'infermiera che si è portata via Mel.

«Scusi, posso vedere mio figlio?». Per la seconda volta ho pronunciato quelle parole ad alta voce.

Lei mi sorride e mi indica la sala allattamento.

Apro piano la porta e la visione che appare ai miei occhi è bellezza pura. Ancora di più. Luce. La donna che amo bacia amorevole il mio bambino. Si volta e mi sorride radiosa. Parla al piccolo dicendo non so cosa, sono rapito da tanto calore in un gesto banale. Un bacio sulla fronte.

E poi Melissa pronuncia parole che fugano ogni mia inquietudine.

«Scrivi su quel foglio la verità. È tuo figlio e ha una casa che aspetta il suo arrivo», mi dice continuando ad accarezzare il neonato.

Butto fuori dai polmoni tutta l'aria trattenuta. Appoggio la testa sulle sue gambe mentre mi accarezza i capelli e respiro il suo profumo.

«Leo in miniatura ha i tuoi stessi capelli».

«Che ne dici di chiamarlo proprio Leon?», le propongo.

«Leon Ferraris… mi piace», afferma soddisfatta, «è perfetto!».

«Quando quel giorno in terrazza ti ho mostrato la sua prima immagine, ricordo benissimo il disperato desiderio che fosse nostro figlio. Tante volte ho chiesto a Dio perché mi avesse fatto questo. Perché doveva rovinare tutto? Solo ora posso capire quanto quel passo fosse necessario… Per avere la consapevolezza che ho in questo momento. È nostro figlio, Mel. Da oggi è nostro. Melissa Riva, sei scesa nel mio inferno, mi hai portato la luce, mi hai reso un uomo migliore. Sposami, così non me lo dimenticherò mai».

La vedo sgranare gli occhi, portarsi una mano alle labbra e

iniziare a piangere. Mi accarezza il volto e bacio quelle dita salate.

«Vuol dire che saremo in due a ricordarti ogni giorno quanto tu sia meraviglioso come uomo e padre».

Poso le mie labbra sulle sue e poi sulla fronte di nostro figlio.

Epilogo

Prendo il coltello e valuto la distanza. All'improvviso Ginevra urla: «Bianca!».

Chiudo gli occhi e tremo. Dovrei smettere di avere paura, ma non posso farci nulla, è più forte di me. Da dietro, due mani mi attirano verso un corpo caldo. Mi stringono. La mia mano sopra la sua fa tintinnare i nostri anelli. Quel dolce profumo di agrumi e un bacio dietro l'orecchio mi rasserenano subito, ancora prima delle sue parole.

«Amore, calmati». Riccardo capisce al volo, mi stringe più forte e il respiro torna normale.

«Lassia stae mamma».

Veniamo interrotti da un frugoletto con capelli corvini, viso di porcellana e la notte nelle iridi.

«Perché devo lasciare stare la mamma, Leo?», gli chiede Riccardo.

«Mamma, mia. Tu a pendere Elia! Nonno dice che piane», dice tutto serio.

«Vado, vado!». Riccardo ride e mi dà un bacio sulle labbra. «Tu aiuta la mamma con la torta!».

«È così che volevi la torta, tesoro?», chiedo mentre taglio le porzioni.

«Sì, mamma, a foma di palla da calcio». Lui e il calcio. Ho smesso di tenere il conto dei danni che combina con il padre nel giardino della nostra nuova casa.

«Porta questo piattino a uno dei tuoi amichetti».

«Ti aiuto?», chiede mia madre.

«Sì, grazie. Puoi portare queste porzioni ai bimbi laggiù, magari la smettono di litigare».

«Non ci conterei troppo, fossi in te». E se ne va ridendo.

«Bianca! Ancora?», strilla di nuovo mia suocera.

«Prima quella stronzetta in formato mignon mi ha pestato un piede e ti assicuro che lo ha fatto apposta. Deve essere proprio il nome!», sussurra Damiano.

«Infatti, tutte le volte che lo sento, non sai che nervi...», confesso.

«Be', almeno ha avuto la saggia idea di firmare subito il consenso all'adozione del piccolo. E si sa niente di dove sia finita l'innominabile?», chiede.

«Ginevra ha saputo che ormai vive in California, non so altro e non voglio sapere, credimi». Tiro via la candelina a forma di tre e continuo a tagliare la torta.

«Mamma, mamma, mamma... guada cosa mi ha dato zio Sasha e zio Damiano?», strilla eccitato il mio bimbo.

«Fammi vedere. Oh, un pallone...». Disgraziati. «Che bello! No, Leo, non in casa, Leo!». Sta già tirando quel pallone ovunque. «Grazie, zio Sasha! Penso proprio che non ti darò la torta!». E lui mi fa la linguaccia mentre ruba una fetta.

«Leo», ascolto la voce ferma di Riccardo, «la mamma ha detto che non si gioca in casa con la palla! Mettila via! Mel, ha telefonato Simona, dice che la piccola ha la febbre, quindi non passeranno il Capodanno con noi».

Riccardo mi passa l'altra meraviglia della mia vita che allunga le braccia verso di me. Ma si stanca subito e so cosa vuole.

«Sì, Elia, ho capito! Ti metto giù». Muove i suoi passi incerti. Cerca il fratello che quando si accorge di essere osservato, gli va incontro. Il piccolo si sgancia da me e dà la mano a Leon, che lo tiene forte e gli dice: «Vieni Elia, ti aiuto io. Io sono gande!».

Mi viene da ridere. Elia fissa Leon in uno stato di pura adorazione.

Alzo lo sguardo e vedo Riccardo che mi scruta. Ora i suoi occhi sono una notte piena di stelle. Il riflesso del nostro presente.

Ringraziamenti

Con il passare del tempo, mi ritrovo a dover ringraziare sempre più persone.

Ringrazio tutti coloro che si sono interessati ai miei libri. Quindi grazie a chi ha segnalato le anteprime, a chi ha lasciato una recensione attraverso qualsiasi canale o social network, a chi mi ha seguito dal 2013 oppure da ieri, a chi mi ha contattato direttamente, a chi ha consigliato una mia storia e a chi ha tentato di dissuaderne la lettura… Insomma a chiunque abbia accolto i miei protagonisti, oppure li abbia odiati va il mio più sincero ringraziamento per avermi dedicato il proprio tempo.

È alle presenze costanti della mia vita che va il grazie più grande.

A mio marito Luca, che spesso la sera si ritrova solo sul divano di casa, grazie per la pazienza. Spero che i miei sorrisi siano un'adeguata ricompensa, e nel caso non fosse così… i tuoi bastano per entrambi.

Ai miei figli, Ila e Kiki, va il mio grazie perché so che troppo spesso sono una mamma con la testa per aria, con la casa sommersa da post-it e le cene arrabattate all'ultimo minuto… Ma nonostante tutto, credo che anche voi vi accorgiate di avere accanto una mamma felice.

Ai miei genitori dico grazie perché sono stati loro i primi a costruire le fondamenta su cui oggi ho basato me stessa e quello che mi circonda. A loro devo soprattutto l'educazione al rispetto e alla responsabilità, nonché il mio senso pratico.

A chi ogni giorno mi augura il buondì e la buonanotte: Chiara Penzo, grazie per il tuo "8mismo" indispensabile a scacciare via il mio "fly down". Elena Marras, grazie perché il tuo sorriso è contagioso, ma la tua generosità e sincerità d'animo lo sono ancora di più. Francesca Santoloce, grazie perché questo romanzo lo abbiamo destrutturato e ricostruito non so quante volte, perché con infinita pazienza ti sei imbarcata in questa avventura credendoci più di me e ora, eccolo qui. Manuel Sgarella, grazie perché conoscendomi da una vita sai offrirmi spunti su cui riflettere e sai farmi vedere le cose da altre prospettive. Manuela Busatta, grazie per aver letto tutti i miei libri quando erano ancora in fase embrionale, ma soprattutto per le lunghe telefonate. Nadia Laura Zambon, chiamarti "Santa Lettrice" è riduttivo, perché appena ti invio i miei pezzi pieni di refusi e orrori grammaticali, tu lasci tutto pur di aiutarmi e questo lo fanno solo gli amici veri, quindi grazie per la tua grande amicizia. Valeria Bernacchia, grazie per il costante supporto nonostante la distanza che ci separa.

Alle mie "Crudelie Demon" preferite, grazie perché mi fate ridere come una matta anche quando ci sarebbe da piangere: Barbara Pitanti, tra le chiacchiere il tempo corre sempre troppo veloce, ma quella pausa caffè diventa puro relax in compagnia di un'amica. Caterina Montebello, hai conosciuto prima i miei libri e poi me, com'è che ancora mi frequenti? Grazie per non essere scappata. Gabriella Canova, da grande professionista quale sei temevo il tuo giudizio, eppure è bastata una tua frase per farmi aprire. Sylvia Kant, grande donna e scrittrice, grazie soprattutto perché comunicare con te significa farsi contagiare dal tuo essere solare… Mi raccomando aiutami a mantenere la promessa che ti ho fatto.

Ringrazio Patrisha Mar, collega che è diventata una sincera e preziosa amica con la quale condividere le gioie e i dolori di questo percorso professionale, così come Valeria Luzi che non ringrazierò mai abbastanza per la sua collaborazione. È stata una fortuna aver trovato una persona tanto dolce e disponibile.

Un grazie speciale ad Arianna Ambrosi e a tutti i "soliti" dove trovo sempre un sorriso e ottimi consigli di lettura.

Ringrazio chi ha letto in anteprima questo libro e mi ha lasciato la sua sincera opinione: Brunilda Doci, Chiara Zanardelli, Elena Rossi, Francesca Imbrogno, Ilde Rossi, Paola Zucchi, Sara Marrano, Silvia Zampieri, Tatiana Campanella.

Ringrazio Chiara Colombo, Gisella Elefante, Luana De Stasio, Marika Chiurato, Raffaela Pirone, Sara Scandroglio e Silvia Calosso, amiche storiche con cui condivido le cose belle e brutte, che mi camminano accanto da una vita intera.

All'intero staff della Newton Compton Editori devo un ringraziamento speciale per la fiducia accordata e soprattutto per la professionalità con cui si sono occupati di questo libro e di me. Quindi grazie a Raffaello Avanzini, Gabriele Anniballi, Martina Donati, Clelia Frasca, Alessandra Penna e Antonella Sarandrea.

Grazie di cuore a tutti voi.

Se volete, potete contattarmi alla mia pagina Facebook: www.facebook.com/DanielaVolont oppure alla pagina dedicata ai libri: www.facebook.com/ilibrididaniela, mentre le foto a cui si fa cenno in questa storia, le potete ammirare direttamente sul profilo di Leon: https://www.facebook.com/leonderouc.

Indice